十八堂课

旭宇 题

中国当代文学的现状

非虚构文学材料

作家的使命感

《我忆念的山村》

乡土诗写作

编辑的使命与爱心

读书与我们的人生

短篇小说的意蕴

明代经略熊廷弼

曾侯乙编钟

中山舰的前世今生

阿列克谢耶维奇

民间收藏

《万元户大世界》

作家的三大功夫

索尔仁尼琴

张纯如

周宝生的田野文化

红色写作

武汉大学出版社
WUHAN UNIVERSITY PRESS

图书在版编目(CIP)数据

十八堂课/刘益善著.—武汉:武汉大学出版社,2023.10(2023.11重印)

ISBN 978-7-307-23928-9

Ⅰ.十… Ⅱ.刘… Ⅲ.中国文学—文学研究—文集 Ⅳ.I206-53

中国国家版本馆CIP数据核字(2023)第153498号

责任编辑:黄 殊　　责任校对:汪欣怡　　版式设计:马 佳

出版发行:**武汉大学出版社** (430072 武昌 珞珈山)

(电子邮箱:cbs22@whu.edu.cn 网址:www.wdp.com.cn)

印刷:武汉中科兴业印务有限公司

开本:880×1230 1/32　印张:13　字数:189千字　插页:2

版次:2023年10月第1版　2023年11月第2次印刷

ISBN 978-7-307-23928-9　定价:48.00元

《十八堂课》序

《十八堂课》是武汉东湖学院驻校作家刘益善先生，在武汉东湖学院开办的人文系列讲座一部分内容的结集。请刘益善先生来做这个讲座，对当下大学生们进行人文方面的系列教育，不仅能提高他们的人文素养，扩大他们的知识面，而且对于他们的专业学习与人生成长都是有重大意义的。

我与益善先生相识已几十年了，他为湖北嘉鱼官桥八组和田野集团的发展进步，在文化宣传上做了许多事情。他是第一个用文学作品来反映官桥八组和田野集团改革开放、乡村振兴经历和过程的作家，在《人民日报》发表散文《鄂南第一村》，在《诗刊》发表小叙事诗《中国最小的官》等一系列作品，也是田野集团创办武汉东湖学院的见证人。

益善先生退休后，我们邀请他到武汉东湖学院做驻校作家，希望他能给学生教教课。武汉东湖学院是一所以理工科为主的学校，没有中文系，所以益善先生就开办了人文系列讲座。而学理工科的学生，在校读书期间，特别需要人文科学的滋养。益善先生在“读书与我们的人生”的讲座中举的例子，很能说明这个问题。2013 年上海复旦大学发生一起投毒案，该校医学院 2010 级研究生黄洋中毒身亡，投毒者是室友林森浩。林森浩为什么投毒呢？他说他看不惯黄洋，决定投毒是出于愚人节整人的想法。林森浩被判死刑后，在监狱里接受记者采访时说：“这段时间在读文学经典，过去由于理工科的书读得太多，思维太直，不懂得拐弯，做事不计后果，不会考虑别人的感受，所以犯下了死罪。要是过去多读些人文社科类的书，我也许不会这样干。”还有云南大学化学生物技术专业的学生马加爵，因与同学发生矛盾，被同学看不起，产生自卑心理，竟锤杀 4 名同学。对于杀人动机，马加爵的表述是：“我真的迷失方向了，觉得不知道该怎么生活下去了。”这种“有点想不开，恨他们就杀人”的做法，是走极端。如果马加爵平时多读一些优秀的社科文学类经典作品，思想开阔，善于思考，能辩证地看问题，树立自己的人生目标与追求，这种悲剧就有可能避免。

几年来，益善先生定期在武汉东湖学院开办人文系列讲座，他精心备课，倾心讲授，在新时期大学教育中奉献余热。我和他是老朋友，他也把自己当作官桥八组和武汉东湖学院的朋友，愿意为官桥八组和武汉东湖学院做些事。我和官桥八组、田野集团、武汉东湖学院感谢益善先生，也感谢所有帮助过我们的各界朋友。

益善先生的这十八堂课，内容涵盖文学、历史、文化、读书、人生等内容，他以自己的研究、阅读、创作以及社会调查和人生经历，叙说了其体会、见解、经验，浅近深入，鞭辟入里，而且故事性强，令人读后如饮甘泉，深受启发。他介绍的获诺贝尔文学奖的作家阿列克谢耶维奇、索尔仁尼琴和他们的作品，他叙说的历史人物熊廷弼的悲剧人生和曾侯乙编钟的出土，他讲述深藏功名的老英雄张富清的无私奉献，美籍华人女作家张纯如所写的《南京大屠杀》，抗战时中山舰的传奇和民间收藏故事，以及他谈到文学的作用、读书的作用，他带来的写作经验，等等，无不都是他多年的心得，我们受之，必定有益。

当代的大学生们，是天之骄子，是时代的希望，是祖国的未来，是民族的寄托。中国的强盛，人民的安乐，要你们来承担。你们提升了人品素质，你们明白了事物的道理，你们学好了各种社会科学知识，走上社会，就能接下父辈的担子，就会成为建设新中国的精兵强将。而人文知识的学习，是你们成长中不可或缺的。

刘益善先生的《十八堂课》，是大学生们提高人文素养的重要读本。是为序。

周宝生

2023 年 3 月 12 日

（作者为田野集团名誉董事长、武汉东湖学院董事长）

目录

第一堂课　非虚构文学材料的获取与内涵的提炼

老师们、同学们，大家好！

我很荣幸地被邀来为大家讲课。我举办了这个人文系列讲座，给大家介绍一些人文方面的知识，提高大家的人文素养，这些知识可能与你所学专业没有关系，但对大家的成长和学业一定有作用。

何谓非虚构文学？在一些写作分类学上没有明确的界定，但非虚构文学是客观存在的，只是过去在有些文体分类的书中没有将它与报告文学区别开来。就我的理解，非虚构文学是这样一种文体：它是以真实的历史背景、事件、人物为依据，用文学的手法，在非主要情节、非主要人物与细节上可以概括、加工、提炼，以再现人物与事件，表现某种时代精神。简单地说，就是大事不虚，小事不拘。非虚构文学，是介于报告文学与小说之间的一种文体。

我国新文学中最早的非虚构文学作品应该是夏衍的《包身工》，有一些教材说《包身工》是最早的报告文学作品。但《包身工》写资本家如何盘剥童工的那些残酷无人道的情景，应该是作者对上海那些纱厂的真实情况进行了概括与加工的，而非个案。因此，这篇收入中学课本中的作品，称其为非虚构文学更好。徐迟先生在六十年代写的《祁连山下》，当时作为小说发表，后来又收入徐迟的报告文学集中。此文写的是常书鸿在敦煌考古研究，一辈子献身敦煌石窟的故事，它似报告文学，又像小说，但称其为非虚构文学更好。新时期以来，非虚构文学得到了大发展，出现了诸多中长篇非虚构文学名篇，如刘心武的《公共汽车咏叹调》《五一九长镜头》、邓贤的《大国之魂》、王树增的《远东朝鲜战争》《长征》、钱钢的《唐山大地震》，等等，不一一列举。

非虚构文学作品材料的获取

我是20世纪80年代末开始写非虚构文学的，第一本书是与徐世立合写的《万元户大世界》，后来又写了《受贿的女人》《窑工虎将》《白色毒魔》《老汉口奇案》《迷失的魂灵》《营救簰洲湾》《师路跋涉写人生》《大明经略熊廷弼》等书。这些书在读者中都产生了一定的影响。

写作非虚构文学作品，在所写的题材或者人物与事件确定之后，第一步要做的工作，就是准备材料，材料是非虚构文学作家的为炊之米。材料的来源可分两个方面，一是搜集，二是采访。

所谓搜集，是要围绕着我们要写的题材，搜集一切与此题材有关的历史的、地理的、人文的、政治的、经济的材料，包括文字的、图片的、实物的，越多越好。这些材料在我们动手写作时，会起到重要的作用，会拓展我们的思路，扩大我们的视野，增加作品的厚重与深度。这个搜集材料的工作，是细致的、艰苦的，上图书馆，跑资料室，翻阅旧报旧刊，到实地考察。不要怕麻烦，你做的这些工作，决不会白费，做起来也会有不少乐趣，有时是踏破铁鞋无觅处，得来全不费工夫，你会享受到收获的快乐。

准备材料的另一个方面是采访，采访与搜集对于作家获取材料来说是必不可少、紧密相连、相辅相成的。采访与搜集比较起来，似乎是更重要的工作。

采访可以分为对外围人物的采访和对核心人物的采访，与所写题材有关的人物，只要有可能，都应该与之交谈，三言两语或长谈都可以。作家心里要有个方向盘，要紧紧围绕心中的那个目标，不可离题万里。对核心人物的采访则是最重要的，对核心人物的采访是否顺利，从核心人物那里获取的材料的多少，是决定我们所写作品能否成功的关键。对核心人物的采访，是要作家下大功夫的，不下大功夫，就没有大获取。我在这方面的经验就是，与他交朋友，用真心来换取他的信任，当他把我当作朋友了，我们之间才可做倾心的交谈。

我和徐世立写第一本书《万元户大世界》时，为了取得材料，我们来到汉正街，手持介绍信和记者证找到汉正街管委会。人家接待了，但只是说了一些汉正街小商品市场有多大、有何意义、如何发展等一般情况，对我们的写作没有多少用处。必须深入汉正街的小商贩大商贩的心里，才能得到生动真实的材料。于是我们找到了一个朋友，这个朋友又介绍我们认识了汉正街商贩中有影响有威信的郑举选，即赫赫有名的“郑麻瞎”。我们找到了老郑，和他聊天，他是个豪爽人，见我们是朋友的朋友，备酒招待。酒一喝，话就十分投机，于是他就畅所欲言，将他的苦难经历与艰难的发展史给我们说了个痛快淋漓。我们边喝酒边交谈，一部汉正街个体工商户的艰难发家史就展现在我们面前。这里面有血泪，有灵与肉的搏斗，有非常奇特的故事情节。我们由此得到了经验，依此而行，与汉正街数十名个体工商户交上朋友，逐一采访他们，得到了许多第一手材料。我们在汉正街采访了六天六夜，满载而归，很快写出了长篇非虚构文学作品《万元户大世界》，这部作品于 1989 年问世，产生了较大的影响，还获得《今古传奇》杂志的大奖。

采访核心人物，还要有十二分的耐心与毅力，要能等待，而且与核心人物交谈还有个缘分问题。1998 年长江大抗洪，这年的 8 月 1 日簰洲湾倒口，有关抗洪和簰洲湾抢险营救的通讯报道、报告文学与各类作品可谓车载船装。1998年长江大抗洪取得了胜利，当时全国有两名一级抗洪英模，其中一名是湖北公安消防总队总队长李金文。公安部约我写李金文的报告文学，我去采访李金文时，李金文参加全国抗洪英模报告团到全国各地讲演去了。我不断地往湖北消防总队跑，他一直没回武汉。我就耐心地等待着，关注着他的行程。他终于回到武汉了，我去找他，他还是没时间，他是总队长，回来后许多事情等着他处理。我就再等着。终于，他抽出空来接待我了，但他不断被杂事干扰，还是无法与我长谈。那天中午，他请我吃饭，在饭桌上聊起来。我们十分投缘。我和他都是农民的儿子，都是“文化大革命”中的老三届初中生，我们的经历很相近，我们对事业、对世界的许多看法都惊人的一致。我们十分高兴，竟然一人喝了一斤白酒，双双大醉。从这天开始，李金文放下了其他杂事，与我一起，关在消防总队简陋的招待所里，畅谈了两天两夜。啊，我了解了英雄的湖北消防总队的突击队，在簰洲湾倒口时，在漆黑之夜，顶着7米高的水头往圩子里冲而上万老百姓等待着救援的时刻，冒着生命危险，第一个下水去营救群众的英勇事迹。李金文带着冲锋舟到达时，看着群众在水中呼救，他心如刀绞。他命令冲锋舟下水救人，当时岸上的许多人不让他下，说这是做无谓的牺牲。李金文发火了，他跳上冲锋舟，说："我们是共产党员，我们是人民的子弟兵，难道我们看到老百姓在水里呼救而不去救吗？要死我先死，下水救人。"李金文带着他的战友们踏平惊涛骇浪，绕过死神的围剿，终于救上了第一船人。在李金文的带动下，其他部门的冲锋舟橡皮艇纷纷下水，拉开了营救簰洲湾的帷幕。我从李金文那里了解了营救簰洲湾的许多真实材料，这些材料生动感人，是那时许多写簰洲湾大营救的通讯报道与报告文学作品中都未涉及的。比如说小江珊是怎么被救的，又是怎么被全国人民知道而产生轰动效应的。

当时，李金文的消防总队突击队救了几船人上岸之后，岸上聚了一批记者。记者要求随船下去救人，都被一一拒绝，理由是此时下水很危险，不能保证记者的安全，同时记者上船会占一个位置，而下水之后救人就少装一个人回来。湖北电视台的某记者，找到消防总队的一艘冲锋舟的领头人某处长。记者认识这位处长，说：

“我们是老乡，我自小在洪湖边长大，会游泳，你让我上你的船，我能拍下多少救人的镜头啊。我不能上船，这些镜头拍不下来，多可惜啊!”这位处长或许是出于老乡感情，或许是出于营救簰洲湾应该留下这些宝贵镜头的想法，就悄悄地让某记者上了冲锋舟。还真是做对了，这位记者拍下了许多珍贵镜头，其中最珍贵的就是小江珊抱在树上被营救的场面。记者回武汉后，用他拍的素材做了部专题片播放了，中央电视台《新闻联播》将其中营救小江珊的场面转播出来，一下子让全国人民看到了，产生的影响是不可估量的。当时，江泽民总书记带着解放军总政治部主任于永波乘飞机飞临长江抗洪前线。江泽民总书记在飞机上看到了这一镜头，就问于永波，这是哪个部队的？于永波就让人查问，解放军在抗洪前线的部队都查了，都没有救过小江珊，最后查出是湖北消防总队。因为镜头上救人的战士穿的都是迷彩服，而消防总队则属于地方部队。

我们在进行采访时，要与被采访的人，特别是核心人物，交朋友，要心灵相通，那才是最高境界。他明白了你的意图，他会情不自禁地配合你，说出你最想要的材料，他还会有感而发地说出一些你在采访时并没有想得到的材料，或者说是没有想到的材料。有时，这些被采访人漫不经心地讲出的材料，看上去与你所写的题材无关，但能起到重大作用，在你要写的文章中能变成亮点。要产生这种效果，采访者与被采访者的心理默契至关重要。而这些材料，有时仅仅是一个细节，很不起眼，或者是几句话，看上去也不重要。

我完成对李金文和湖北消防总队的采访后，写出了纪实文学《营救簰洲湾》，完成了公安部宣传局交给我的任务，该作品后由群众出版社出版。我的稿子写好后，交给李金文审阅，他对我说，他未改一字，他读了两遍，流了两次眼泪。我问他是读到哪里流泪，他说，是读到写他回家看母亲。李金文回家看母亲的情节，是我作为闲笔写进去的，这一段当然与李金文成长为英模有关系，但与簰洲湾抢险无直接关系。

当时，我和李金文关在消防总队招待所里交谈，中午就到他们队里的食堂吃工作餐。那天吃中饭时，我随口问李金文，他母亲现在怎么样？因为在采访中，我已经知道李金文是在父亲去世半年后出生的，母亲曾带着他讨过饭。李金文参军当消防兵后，母亲总是对他说："儿啊，你是吃百家饭长大的，是新社会让你成人的，你要做好事，你要报恩。"李金文记住母亲的话，埋头做事，报人民的恩，报党的恩。他从战士一直当到消防总队队长、正师职、大校，现在是少将了。母亲朴素的话语对他的成长是具有重要影响的。当时我问到他的母亲时，李金文停下筷子，眼睛红了，半天过后才说，他母亲去世了，是他回家看望她老人家后去世的。我忙问原委。李金文说，他家在新洲乡下，离武汉不远。他当兵之后回家的次数不多，特别是当了干部后，回家更少了。每逢节假日，他都要和战士们一起站岗值班，因为节假日的火灾多，哪里有火情，他们就要奔向哪里，他有时要亲自指挥。终于，在一个星期天，他开上车带着妻子和儿子，回新洲乡下看母亲了。李金文的母亲生病导致眼睛瞎了，听到儿子和媳妇带着孙子回家，高兴得不得了，一进屋，她就把李金文一家三口从头到脚摸了一遍。李金文一家和母亲一起吃完午饭，要回武汉了，母亲又把他们一家三口从头到脚摸了一遍，然后把他们送到村口。李金文的车开出了村子好远，他回头看时，看到母亲还在村头站着，朝他们离去的方向望着。李金文说，那是他看到母亲的最后一眼。他们回武汉后，母亲因为太高兴，患脑出血去世了。李金文说起农民母亲，眼睛总是湿润的。我把从饭桌上偶然得到的这段情节写进了《营救簰洲湾》中，所起的效果是我没预料到的，李金文流了眼泪，许多看过这部作品的读者读到这里也流了眼泪。这段情节无疑加强了作品的深度与感人的力量。这样的母亲的儿子，能在群众在水中挣扎时无动于衷吗？他能大呼一声“跟我来，要死我先死”，是因为母亲的嘱托与教导：要为人民做好事，要报恩。

在非虚构文学作品材料的获取上，还有一种偶然情况。我有一本书叫《白色毒魔》，写的是一群吸毒者，他们因为各种各样的原因染上了毒瘾，在痛苦中挣扎，在死亡线上挣扎。这些人中有演员，有老板，有教师，有干部，有少年，有老人，有少女，他们每人从染上毒品到最后走向毁灭，情节与故事性都比较强。写出他们的经历，有很强的警示与教育作用。珍爱生命，远离毒品，看过这本书的人都会这样说。而这本书的材料获取，纯属偶然。

1991 年我去云南参加三塔笔会。参加笔会的作家们住在大理三塔附近的一排平房里。笔会上，有一位来自昆明市公安局的青年警察叫陈子忠，我们刚好住一间房。这次笔会，我们到过畹町、瑞丽，到了中缅边境著名的毒品基地金三角附近。我和小陈聊天，就金三角毒品的话题，我们说到海洛因，说到吸毒者，说到公安人员的缉毒斗争。小陈给我讲了很多这样的故事。在此期间，我们去了戒毒所，看了那些戒毒者，听了管理人员的介绍。当时一个念头在我头脑中产生了：我想我何不将这些吸毒者的故事写出来，写成一本书。这个想法一经确定，我就有意识地让小陈给我讲吸毒者的故事，并做了记录。笔会结束，回到昆明，小陈带我去看了一批涉及吸毒者的录像带，并给了我一些有关吸毒者的文字材料。我的收获已经很大了，我十分感激陈子忠兄弟，他给予了我无私的帮助。

回到武汉后，我将从云南带回的材料进行了认真的研究，并且将从小陈嘴里听到的故事做了整理，就这样，一本书的构想就在脑子里形成了。我将这些吸毒者的故事一个个写来，共写了十三个吸毒者。每个吸毒者写了一万多字，先是在《长江》丛刊杂志连载，一些公安报刊也转发了其中的章节。全部十三个吸毒者写完后，珠海出版社将其出版，题目定为《白色毒魔》。后来，中国城市出版社又以《吸毒者》的书名出版了修订版。这是一本产生了较大影响的书，而这本书的材料的获取，真是很偶然的。但是偶然中也有必然，因为一个非虚构文学作家，生活对于他来说都是材料，他应该热爱生活，仔细地观察生活，做个有心人，他遇到的事件、人物和生活场景，说不定哪一天就会成为他写作的材料。

非虚构文学材料的获取，需要作家去积极主动地寻求，去艰苦努力地挖掘，但有时偶然得来的材料，不费很大的力气，也十分宝贵，也能写出好作品来。关键在于作家有一双敏锐的眼睛、有一双通灵的耳朵，还有不断思索的头脑。否则，即使一堆金子出现在你的眼前，你还会认为那是一堆牛屎，全不知其价值所在。

非虚构文学作品内涵的提炼

任何文学作品，当然包含非虚构文学作品，写事也好写人也好或者只写一种内心意识的流动，作家总要告诉读者一些东西，或者说总要表现一些什么。如果不告诉读者一些东西，不表现一些什么，作家的写作就是无聊的，或者说是在练习写字，那是不能叫作文学作品的。文学作品告诉读者的东西，要表现的主题思想，我们称作文学作品的内涵。文学作品的内涵也即文学作品的意义，否则就是无意义，无意义的东西有存在的必要吗？

作家写任何一部作品，在动笔前，他的头脑中一定会有这部作品要表现的一些东西存在，也即这部作品的思想内涵。虽然有很多时候作家在动笔后，随着情节和人物的展开，这思想内涵与初始时有改变，甚至来了个一百八十度的方向调转，但作家在任何时候都是不会丢掉这个思想内涵的，他可以重新调整或重新选择，否则他的写作就会进行不下去。如硬行写下去，那作品一定是思想混乱、难以成功的。

有思想有责任感有追求的作家，在他拥有了写作的素材后，他要写的人物和故事已经在脑子里成形了，这个时候他就要思考了：我即将写作的这部作品，内涵要广而深，写成后意义要大。就这么些人物和故事，可以写成思想很浅薄意义很小的作品，也可以写成思想很深刻有重大意义的作品。如何对文学作品的内涵进行开掘与提炼，是检验作家的思想水准及文学修养的试金石。作家没有不希望自己的作品是意义重大的，因此在动笔以前，总是苦苦思索，前后左右选择，反复提炼，寻找最佳的角度，来提升自己作品的思想内涵与社会意义。非虚构文学作品思想内涵的提炼与开掘，与其他类型文学作品完全相同。

1998 年，群众出版社出版了我的一部长篇非虚构文学《迷失的魂灵》，这是该社策划的“九十年代大案要案纪实丛书”中的一种，我选择的是发生在江汉平原的荆州沙市一带的一起特大抢劫团伙覆灭经过的题材。在这本书的写作过程中，关于这本书的内涵的开掘与提炼，我是很有体会的。荆州沙市城乡接合部的村子里，租住了一批十几二十岁的年轻人，大多是乡下来的打工者。荆沙是个南北交汇的交通枢纽之地，国道 207 和国道 318 均穿过这里，南来北往的车辆日夜奔行。这伙租住城边村子里的青年人纠合在一起，形成了一个 40 多人的抢劫团伙，专门在晚上抢劫过往车辆，打伤司机和押车人员，抢了就跑，近一年来，他们作案数百起，有时一天作案数起。有一天，他们居然在大白天在荆州城里抢劫了四川的一辆货车，终于案发。荆州区公安局北门派出所接手了这个案子。北门派出所的公安干警在湖北省公安厅、荆州市公安局的督办下，经过艰苦的侦察，终于把案子破了，将犯罪分子一一抓获归案。这伙人中有 6 个人被判死刑，2 个人被判死缓，2 个人被判无期徒刑，被判有期徒刑的也有一大帮人。这是 20 世纪 80 年代的事，当时党的政策是为了保证改革开放的顺利进行，保证人民生活的安定，对社会上的各种犯罪行为采取严厉打击，从严从快判决了一批犯罪分子。

我在阅读了几尺高的案卷之后，采访了公安人员、犯罪分子、受害人、罪犯的家庭，掌握了大量的第一手材料。公安人员侦破的过程、犯罪分子每个人的经历、犯罪团伙内部的许多故事，有很吸引人的地方，写出来后可读性会很强。在有了素材，有了大致的构思后，我对写好这本书是很有信心的。但是，我却久久没有动笔。

那时，我在寻找和思索这本书的意义，也就是说这本书的内涵是什么？这本书要表现什么？侦破及公安题材的作品，对读者本身是有吸引力的，一般来说，故事性也较强。但是这种题材的作品，要做到既能故事性强，又能有深刻内涵，有重大社会意义，却是较难的。我要写的这个荆沙抢劫团伙的案子，要能写得吸引读者，把故事叙述得栩栩如生，歌颂公安干警的机智勇敢、不怕苦累、为保卫人民生命财产而作出的牺牲——这个目标要能够达到。但是仅仅写了这些，仅仅达到这个目标，我还是觉得这个作品算不上优秀，没有什么深刻的内涵，太平常太一般化了，它会很快淹没在浩如烟海的同类题材的作品中，显不出自己的个性来。就我已经掌握的这些材料，我要再多思考多提炼，寻找一个最佳的角度，把作品的内涵挖掘得更深，使得它的社会意义更大！我相信这种可能是存在的，我不应该那么匆忙地动笔，我要再挖掘再提炼。

那段时间，我坐卧不安，我读书我工作，我上班我睡觉，脑子里全是荆沙抢劫案的那些情节，全是我在监狱里看到的那些即将被执行死刑的年轻人的身影，全是他们的农民父母的那一张张痛苦可怜的满是皱纹的脸。我的心灵在颤抖，我也是个农民的儿子。我们的农民父母勤劳苦作，节衣缩食养大他们的儿女，送他们上学，指望他们成为有用的人，将来赚钱成家立业，可从来没想到他们会去抢劫犯罪，成为死刑犯。看到儿子成了罪犯，他们的心在滴血啊！谁能为这些农民父母说点什么呢？我能写抢劫案，能写公安干警，能写抢劫者，可他们的父母的那一张张痛苦的脸却挥之不去，总在我面前晃动。

我要寻找，我要提炼，我也要为那些罪犯的农民父母痛苦无奈的脸说出点什么，我要让我的作品有更深沉的力量。

苦苦寻找的东西，有时候得来全不费工夫，灵感的火光一闪，一下子照亮了你要到达的田园。一个星期六的上午，我骑自行车到菜场买菜，路过武昌新闻宾馆时，我不经意地扫视了下宾馆的大门。大门旁边的墙壁上贴了4张布告，布告上打满了红钩。我停下自行车走过去，和站在墙壁跟前的一群人一起读那份布告。4张布告都是武汉市中级人民法院发出的，那天武汉市枪毙了40名罪犯，4张布告，每张布告公布10名罪犯的罪行。我把4张布告仔细地读完了，又把40名罪犯所犯的罪行归类比较了一遍，我站在那里，没有立即走开。我的思想很快就跳到我要写的荆沙抢劫案，跳到我正寻找的角度，跳到那本书内涵的开掘方向上，一道亮光从我眼前闪过，我看到了我要寻找的东西了。这天，我收获了一笔重要的思想财富。

那天，武汉市中级人民法院的布告公布的这40名罪犯，80%是抢劫杀人犯，80%是农民或进城打工的农民，80%是20岁上下的年轻人。而荆沙抢劫团伙40多人，全部是年轻的进城打工农民。我曾到那些罪犯生长的村庄和就读过的乡村学校去做过调查。我的结论是，这是一群迷失的魂灵。农村孩子读书，能考上大学离开农村的只是很少一部分，而大部分没能升学的初高中生们只能回到乡村，这些孩子用20世纪70年代的叫法是“回乡知识青年”。这些人回到乡村后，有的是因乡下土地少而没有土地让他们种，有的是有土地但他们不愿种。读了10来年书，在电视里在杂志里看到如今城市里有钱人纸醉金迷的生活，这些孩子是不甘心受穷种地的。乡村的党团组织也没把他们组织起来，对他们进行引导与教育，他们回乡后基本上是没有人管的。于是这伙人就都涌入大小城市，做的共同事情就是替人打工。给别人打工，活路苦出力多收入少而且还受人歧视，实在不是滋味。于是，其中有个别人带头变坏，其他一些意志不坚定者就跟着干。荆沙抢劫团伙就是这样形成的。他们的法制观念也不强，抢了钱分了后就去吃了喝了玩了消费了。待到被抓住后，他们还不知自己到底犯了多大罪，以为关几天就会被放出去了。当他们接到判决书时，才知自己犯了死罪。对这样一些糊里糊涂的年轻人，除了他们自身的原因外，我们的社会，我们的政府，我们的有关职能部门，是不是也有责任呢？这种社会现象是存在的，既然这种社会现象存在，我们应该将其写出来，引起社会的重视，引起有关职能部门的重视。鲁迅先生当年呼喊："救救孩子！"我们今天应该呼喊："救救这些年轻人！"

我有了这些思考与想法后，我觉得我已经找到了我要写的这本书的灵魂了。这本书的内涵就是要救救迷失了魂灵的年轻人。从那 4 张布告跟前离开后，我立即就动笔写我的书。很快，我以荆沙抢劫案为题材的《迷失的魂灵》一书写成了，出版了，22 万字，首印 3 万册，很快售罄，又再版1.5万册，在读者中反响不错。评论家认为《迷失的魂灵》除了它的可读性外，还有较深刻的思想内涵，即字里行间透出的那种呼吁：这些没能升学的农村知识青年，社会应该引导他们，让他们发挥积极的作用，而不让他们误入歧途。社会要减少犯罪，就要齐心协力来拯救这些迷失的魂灵。

让我的心灵得到的一些安慰是，我为那些迷失了魂灵的年轻罪犯的农民父母喊出了他们的心声：救救这些孩子，不让他们的悲剧重演！

如今，书出版了，事情也过去好多年了，但只要想起这本书的思想内涵的开掘与提炼过程，我就深信作家在创作一部文学作品之前，要多思考多寻找，可以不断地变换视角，从不同的方向来设计，寻找一个最佳的表现角度。有这种寻找与思考，和没这种寻找与思索，效果是不一样的，作品思想内涵的深浅、社会意义的大小是不一样的。写作《迷失的魂灵》，我有这个体会；写作其他作品时，我也遵循这一点去做，效果都还不错。

我们平日读到某些作家的作品，读完之后，觉得作家很有才华，所写题材也不错，语言及表现功力也好。

但就作品的内涵及社会意义来说，总感到美中不足，觉得这位作家是可以把这部作品写得更深刻些更好一些的，但现在没有达到。这往往就是因作家思考得不够，对作品的思想内涵挖掘与提炼得不够，白白浪费了一个好题材，浪费了作家的文笔与语言，这部作品的生命力是不会长久的，实在是可惜与遗憾！

我写下以上这些，并不是想说我的《迷失的魂灵》这本书好得不得了，我只是想说明，不断开掘、提炼文学作品的思想内涵，对作家的创作来说，是至关重要的，它决定了作家所写作品的优劣。

非虚构文学的写作，方法多多，我讲的材料的获取与内涵的提炼是其中重要的两点。

2004年5月8日

第二堂课　中国当代文学的现状与作家的使命感

老师们、同学们，大家好！

今天我给大家说一说中国文学的事情。我先谈中国当代文学的现状，再说作家的使命感问题。

我的职业是编辑，我也是个作家，我是以一个编辑与作家的眼光来看待中国当代文学的现状的，我也是以一个编辑与作家的角度来说作家的使命感的。我的观点只是我个人的观点。

第一、谈谈我对中国当代文学现状的看法

中国当代文学的现状如何？各方人士有各种说法。

要是从数量上来说，当下的文学可谓是空前繁荣。一是作家多。中国作家协会会员、各省作家协会会员、地市州县级会员，各文学社团的成员，形成了巨大的创作主体群。二是作品多。作家多，都要写作品，这些作品发表在大大小小的刊物上，发表在各种报纸的副刊上，在出版社出各种书，自费的、常规出版的，光长篇小说一年就有几千部，其他各种文艺书就更多了，还有网络上的作品，想写什么就打字上去，真是让人目不暇接。三是阵地或说是载体多。国家级的刊物如《人民文学》《诗刊》《中国作家》《当代》等，各省的文学刊物、地市州县的内部刊物、几千种报纸的副刊，还有几百家出版社。这些刊物都在按期发表作品，出版社都在出版图书，时有对某一作家或某本书进行炒作，强势宣传，热闹得很。还有那繁杂的或长或短的电视连续剧，也有许多是由文学作品改编的。这样的情势，要说文学萎缩，简直是痴人说梦。每次开全国作家代表大会，各省开省作家代表大会，大会的主题报告中会对全国全省的作家创作了多少长篇小说、多少短篇小说、多少诗歌、多少散文进行罗列，并给予张扬，因为这是当代文学的成就，这是中国文学的繁荣。有了这些成绩，我们文学工作者就感到自豪，与我们国家的改革开放一样，形势一片大好。

但是，且慢，对于当代文学的评价，不同的声音出现了。2006 年 5 月在武汉举行的一位作家的作品研讨会上，出席会议的几位思想界理论界人士，对当代文学创作的批评空前激烈，他们认为当代文学没有良知，当代作家没有良心。

2006 年 12 月 11 日，《重庆晨报》发表了一篇文章《德国汉学家称中国当代文学是垃圾》，德国汉学家顾彬说中国当代文学是垃圾，引起了国内许多人的愤怒，这就是所谓的“垃圾”事件。顾彬后来解释说，他没说中国当代文学都是垃圾，他只是说中国当代文学中有部分是垃圾。在 2006 年 12 月中国人民大学举办的一次关于汉学的讨论会上，顾彬说中国社会是五粮液，中国当代文学是二锅头，这实际也是否定了当下的文学创作。

2006 年 10 月左右，国内有一篇文章，叫《为当今文学洗个脸》，该文认为，当代中国文学已经是红尘滚滚，肉欲横流，不堪入目，要彻底地清洁一下，洗洗脸。还有一个年轻的评论家说去年出版了几千部长篇小说，大概只有三四部有些价值，其余的都没什么价值。这位评论家的说法出现后，就有人反驳说，一年几千部长篇，按一年365天计算，他一天要读多少部。事实上是不可能的，他根本读不完这几千部长篇小说。那么没读这些小说，怎么就信口雌黄地说这些小说中只有三四部有价值呢？我想这个反驳会让那位评论家无法回答了。

我对当下文学的看法是，中国的文学创作，从来没有像现在这么繁荣，也从来没像现在这么泥沙俱下鱼目混珠。我从小就喜爱读书，那时在乡下，找一本可看的书真不容易。“文化大革命”前，每年全国出版的长篇小说的数量只有两位数，那就是十几部或二十几部吧！全国的文学期刊也只几十种吧。而现在，我们根本就读不完每年出版的书，全国有公开出版号的文学刊物就有四百余种。我在杂志社工作，每月收到的交换杂志尚有上百种，别说去读每一篇作品，就是翻一遍也要许多时间。但是繁荣是一种表象，真正的精品是不多的。一年到头，年终时想想，这一年给我脑子中留下深刻印象的作品也就那么几篇几部。而大量的作品，都是平平的，是可有可无的，看过就看过了，很难传下去。在这点上，我倒是同意德国汉学家顾彬对“垃圾”事件的解释，就是说当下中国文学的部分作品是“垃圾”。精品数量少，而堪称经典的就更少了。在北京的一次会议上，著名评论家孟繁华认为：文学经典的时代可能已经终结了。他说的是可能，我认为能称为文学经典的时代还是会出现的，但那是要几十年甚至几百年为期的。

中国当代文学看起来很繁荣，精品少，垃圾也是不少的。我把“垃圾”这样分类：一种是肉欲横流，身体写作，淫秽不堪，只有感官刺激而无任何意义的作品。这类作品有的包装精美，某些出版社还大肆宣传，以求畅销，污染社会，这种例子我就不举了，如某几位女作家的作品，那几本书早成为垃圾了。还有诗歌，我手头有一本“垃圾诗选”，印刷也蛮精美的，自费印，发给有关人，他们公开宣布自己是“垃圾诗派”，细读其中的诗，也果真是垃圾。但这类东西传播不广，比较那几本印数大且炒作得热闹的长篇垃圾小说，毒害社会的程度要小得多。另一种我称之为垃圾的作品，说句实话，我真是不忍心。当今有这么多写作者，写了这么多作品，就要出集子。如今自费出版的中介部门不少，你出钱，他帮你出书。作为出书者，拿到印出来的书，有种成就感，就送人指正。收到这些书的人，大致翻一下就放在一边，积累多了，又没地方放，不就成了垃圾了吗？有的出书者有企业家朋友，钱多点，就帮你买个几百册拖回来。因为他直接给你钱，怕你觉得是施舍，就以买书的形式来支持你。他买去的几百本书，过一段日子就进了废品站。我出了三十几本书，也有两本是自费印的，我想其中也有一部分成了垃圾了。想想也真是难受，省吃俭用积攒的钱，圆自己的出书梦，最后成了垃圾。我还要"残忍"地举个例子：某乡镇有个乡土作家群，有近百人，人人写书，出版了几十部，都是自费印的，出了书堆在家里，有的人出书后家徒四壁，有的人卖了房子卖了牛来出书。那些书怎么能算是文学作品呢？我要向这些农民兄弟致敬，但我是不愿意鼓励他们自费出书的。他们编些小唱本或小剧本，活跃乡村文化，是很好的，要去当作家，写书出版，我觉得会得不偿失，很难成功的。

当代文学中的经典作品要过几百年后再看，或许能留存几部几篇下来，但精品是有不少的，我对那种彻底否定的态度是不赞同的。精品有，每年都有，却很少。

当代文学作品中，是有很多垃圾，我把这些垃圾分为两类，称作有害垃圾与无害垃圾。我前面举的例子，前者为有害垃圾，它污染社会；后者为无害垃圾，将其化为纸浆，还可再造纸嘛，但愿这再造的纸不再去印刷成垃圾作品。

当代文学作品中除少量精品和一些垃圾外，剩下的大量居于中游的作品，怎么命名这类作品呢？我们天天接触的就是这类文学作品，既称不上精品，又不能称为垃圾。鉴于医学上有“亚健康”的说法，我把这类作品称为亚文学，不知是否妥当？这种亚文学在当代文学中是大量存在的。我们有很多的写亚文学的作家，每天生产一批亚文学，我们的读者阅读的大量作品是亚文学。这类亚文学中较好的一类，还得过这奖那奖，还产生过一定范围的影响。而更多的作品是出版发表后，一部分人读了，还没流传开来，人们就忘了它们。我们阅读这些作品，有益无害，能让我们的生活有所丰富，让我们的学识修养有所提高。

当代文学就是这么个现状，是繁荣的，但精品少，垃圾成堆，更多的是亚文学作品。清华大学中文系教授、著名作家格非说，谁的作品能流传下来，是由历史来决定的，谁也无法掩饰苏轼李清照这些中国文学家在时光中永远闪烁的光芒。

第二、谈谈作家关注民生的问题

民生即人民的生存，关注民生就是关注人民的生存状态与环境。中国作家历来就有关注民生，为底层人民写作的传统，充分表现了优秀作家的良心与良知。屈原的“哀民生之多艰”，杜甫在“安史之乱”中写的“三吏”与“三别”，他的“朱门酒肉臭，路有冻死骨”，“安得广厦千万间，大庇天下寒士俱欢颜……吾庐独破受冻死亦足”，写尽民生疾苦，写得那么苍凉沉重，显示了一个关注民生的诗人的伟大爱心。当下社会，改革开放，物质极度丰富，人们过着富庶的日子，大家都去追求 GDP 的提高。生活中是不是没有疾苦了？民生的环境与状态是不是没有问题了？作家去写唯美的、“向内转”的、探索性的、一般人看不懂的或消闲无聊的作品，这样做的后果是文学脱离了群众，作家放弃了自己的责任，文学疏远了社会，社会也就疏远了文学。文学是人学，这是我们学习文学理论时最先记住的一个概念。可某个时期以来，作家们忘记了这句话，文学不是人学了，文学变成了展示浮华、世俗、奢华的工具，或是试验品、神经质的再现，以致有思想界人士指出作家没有良知，文学丧失了良心。

但事实是并不是所有的作家都是这样的。中国文坛，在任何年代都有一批有良知与良心的作家，他们关注着民生，他们和底层的劳动人民的心灵是相通的，他们看到了底层劳动者的生存状态和艰难的生活，他们一刻也没有停止反映底层民众生活的写作，他们是真正的关注民生的作家，他们坚持了现实主义的写作道路，他们继承了屈原、杜甫的传统。他们的文学是人学。

我们湖北的作家、诗人中，有着关注民生的传统，这是从屈原开始传承下来的楚文化一脉。熊召政早期诗作《请举起森林一般的手，制止》，对“四人帮”的极“左”路线对农民的戕害进行控诉与批判，叶文福的《将军，不能这样做》，我的诗作《我忆念的山村》《没有万元户的村》《乡村忧思》都是关注民生为人民鼓与呼的作品。刘醒龙的《凤凰琴》《村支书》，池莉的《烦恼人生》《托尔斯泰围巾》都是写的小人物，写底层人民的生活，写他们的苦与乐。

湖北作家中还有个陈应松，公安县人，当过水手，一步步地写出来。陈应松的全部创作，充分地证明了他是个关注民生，用自己的全部心力来写人民反映人民疾苦的有良心和良知的作家。陈应松早期就写了一大批关注民生的诗歌与小说，在艺术上也有追求，但在文坛总是影响不大，没有像池莉、刘醒龙、邓一光那样火起来。

陈应松的转机是他主动要求到神农架林区挂职，深入神农架中去。他在神农架一待就是几年，远离都市浮华喧嚣的生活，与山民在一起，大雪天冒生命危险到群众中去采访，山民的生活与生存状态深深地震动了陈应松。在神农架的高山平原大九湖边，陈应松有次去一户人家，这户人家的儿子还在乡政府做事，可家里光溜溜的什么都没有；房里喂一头牛，里面尽是牛粪。另一间房只有一张床，床上乱糟糟的。厨房里就一个灶，几只碗。县扶贫办的干部有一次到乡下扶贫，见到有位妇女，丈夫得病死了，一个十几岁的孩子被熊咬死了，孤零零一个人。扶贫办给了她一百元钱，她什么反应也没有，也没说声谢谢。村长就去批评这女子，后来一问才知，这女子不知道这是钱，她从来没看过一百元的钞票，见过最大的钱是十元。陈应松在神农架见到山民缺衣少食不是个别现象，孩子辍学的很多，没有学校，六七岁的孩子要上学得去几十里外的地方住读。没有医疗，没有通信设施，没有电灯，上一趟街赶一趟集要走两三天。神农架的民生，引起陈应松的沉思，这些场景人物在他心里发酵酝酿，一批写神农架的中短篇小说因陈应松的激情而诞生了，《豹子最后的舞蹈》《松鸦为什么鸣叫》《狂犬事件》《望粮山》《马嘶岭血案》《太平狗》，这些小说发在国内各大刊物上，被各选刊转载，他成了国内转载率最高的小说家，并获得了鲁迅文学奖、中国小说学会大奖、人民文学奖、全国环境文学奖等荣誉，连续五年进入中国小说学会的中篇小说排行榜十佳。陈应松深入到最底层的生活中，关注民生，心与人民贴近，生活给予他的馈赠是他创作上的巨大丰收，他作为一个小说家很快进入全国知名作家之列。

我省诗人田禾的诗集《喊故乡》获鲁迅文学奖，这也是一本关注农民生存、充满了民生意识的诗集。田禾写农民，写乡村，他是一个有良心的诗人。

一些专写纸醉金迷、灯红酒绿，甚至干脆就是女人上半身写作或女人下半身写作的所谓都市小说，闹腾半天，除了只落得些许稿酬一片骂声外，毫无所获，进入不了文学的殿堂。你不关注民生，人民也不关注你。

当下时代，改革开放，经济发展，人民生活得到极大提高。但是中国基尼系数已超过 0.47，贫富差距较大，全国约有 1 亿名低收入者。这些低收入者的生存环境特别需要作家的关注。我是个农民的儿子，我的写作一直是围绕着民生关注着民生的。我在下面一个部分要谈作家的良知与使命感问题时，先专门谈一谈我的创作。在这里我只谈我的两篇小随笔，都是我遇到的真事。

我曾发表过一篇《情人节消费与 3 毛钱买盐》的文章。那是西方情人节刚刚传到国内来的时候，情人节这一天，男人大把为女人花钱。香港一名男子花 4 万港元买下《南华早报》半个版面，向他的女友示爱，称女友为浪漫女神。南京这一天的玫瑰花最高一支卖到 78 元，有一幅照片登载着一男子抱一捧鲜花走出花店，旁边文字说这名男子花了1000多元买了这捧花去送给他的心上人。这让我想到刚读到的某报头版的一则报道，说在云南昭通，一位老太婆用5分钱到小商店买盐，下乡检查的地委宣传部部长看到了，掏出3毛5分钱补上，让老人买了1斤盐，老人感激得当场给宣传部部长下跪。同一则报道还说，另有一农妇带3毛钱去买盐，在路上不小心把钱弄丢了，回家后暴怒的丈夫用刀把农妇的三根手指剁掉了。我把这些报道一比较，写了这篇文章，在文章结尾处我写了一句话："把两种消费的报道比较一下后，我应无言。"

我写的另一篇文章是《歌星一张票，百姓一年粮》。20世纪90年代，某歌星到武汉演出，洪山体育馆卖票880元一张。有人送了我一张票，我乡下当农民的父亲正好来了，我对父亲说听歌星唱歌一张票卖880元呢。父亲沉默了，过一会才说，他一年做到头，种两三亩田才能有这个收入啊！我到街上买米，那时好大米也只5毛钱一斤，我算了算，880元可买大米1760斤，够一个四到五口人的人家吃一年。当时我愤怒了，我在激愤中写了这篇文章，发表了。而那晚，我也没去听唱歌，我觉得如果我去听了，我就不是我农民父亲的儿子，我不忍。

近几年来，文学界有一个“底层文学”的口号出现了，评论家们有说好有说不好的。“底层文学”的出现，使得当代作家大规模地面对现实问题，这是好事情。某评论家说，随着“底层文学”从一种“冷门叙述”变为“热门叙述”，从一种“异质性叙述”变成一种“主流叙述”，不少作家赶时髦，希望以题材取胜，致使“底层文学”鱼龙混杂，文学性较差。有作家说，作家应该朝形而上进攻，而“底层文学”还在临摹鼻子底下发生的事儿，再把它编成所谓的故事。这里面没有形而上，没有哲学，哲学的贫困是可悲的贫困，没有哲学的文学家是苍白的。还有的评论家说“底层文学”窄化了文学的疆域。这些人说的都有一定的道理。但我认为提倡作家关注民生写底层人民的生活是非常必要的，这是作家的良知与良心的体现。一个作家的创作题材是宽广的，他可以写底层，也可以写高层、中层人士的生活，不存在窄化问题。作家没有感受底层生活，只是赶时髦去写底层，那也是写不出来的，写出来的只能是假的。作家需要哲学，写底层生活的作品难道就不能形而上吗？其中就没有哲学的意味吗？

我觉得“底层文学”这种提法还是可以存在的。

第三、谈谈作家的良知与使命感问题

文学应该崇高和博大，文学应该有对人类心灵的关怀。如果作为创作主体的作家，没有良心缺乏良知，就不会有使命感，创作出来的作品怎么会崇高和博大？怎么会有对人类心灵的关怀？伟大的作品，来自作家的良知和主动承担的使命意识——要让世界充满爱，要让世界变得更加美好，要让人类生活得更幸福，要让人与人、人与社会、人与自然变得更和谐。作家担负的责任十分重大。读者阅读作品，是要得到启示，享受美丽享受爱享受愉悦，要受益。读者花钱买一本文学作品，买一本文学杂志，是要有用的，绝不愿买垃圾。

作家任何时候都要记住自己的使命感，保持永远的良知，否则就放下自己的笔，不要再写作。

前面说过，我要在这部分谈一谈我自己的创作。我从 20 世纪 70 年代开始发表作品，40 多年来，发表各类作品 500 余万字，出版了 30 几本书。我的作品虽说没有很大的影响，我也算不上一个大作家，但我的作品是很少有垃圾的，是对读者有益无害的，这个话我很敢说，即使到了我停笔不写离开人世，我也敢这么说，我自己在写作时怀着良心，拥有良知，想着我的作品要对人类对世界有用，虽然成不了伟大作品，但要有用有益。

我在20世纪80年代初在乡土诗写作方面，在国内有一定的地位，我出版过7部诗集，我的代表作就是三组乡村忧愤诗——乡村忧愤诗是我自己取的名字，在由中国当代文学学会、华中师大文学院、湖北省作协联合为我召开的研讨会上，我写的诗得到了诗歌界的认可。我的第一组诗《我忆念的山村》发表于1981年的《长江文艺》，《诗刊》予以转载，获1981—1982《诗刊》奖，入选《中国新文艺大系·诗歌卷》。那是我在房县当了一年的省委路线教育工作队员后，回到武汉时写的。在“四人帮”极“左”路线的统治下，山区人民生活在贫苦线之下，可我们还要批资本主义割“资本主义尾巴”。作为一个省委工作队队员，我实在不忍心看到我的农民父兄的一棵枣树几只鸡被当作资本主义割掉。那一年我27岁，我在房县的那大山中见识了山民的苦，感知了山民在苦难中的那种坚韧勤劳百折不挠的伟大。我在诗中写了“大妮子”“房东”和“派饭”两个人物和一件事情，倾注了我的一腔情感。组诗发表后，引起了轰动。《文艺报》发表评论文章，称这组诗是“刻画中国农民性格特征的力作”。著名诗人徐迟先生在给我的第一本诗集写序时写道：很有一些诗是用痛苦的心情写成的。《我忆念的山村》就是一组痛苦的诗。我的第二组乡村忧愤诗是《没有万元户的村庄》，发表于 1986 年的《诗刊》。那时到处都在宣传农村实行责任制后，乡村里有许多万元户，好像富得不得了。可我看到的是有许多地方仍然很穷，媒体的报道不真实。于是我就反其道写出了《没有万元户的村庄》，组诗发表后，有人写文章批判我，说我对党的农村政策实行后农村的大好形势进行抹黑。但广大的农民读者支持我。我的一个诗友，拿一本《诗刊》回乡下，将我的诗读给一个农妇听，农妇说这个姓刘的诗人有良心，他为我们种田的人说老实话。我的第三组乡村忧愤诗是《乡村忧思》，发表在 1990 年的《人民文学》上。我写了乡村水利设施遭损毁、乡村赌博、乡村迷信、乡村赤脚医生的出走、乡村教育的没落等，也是反映农村中存在的问题，用诗的形式，以忧患的意识向社会疾呼：要看到这些问题啊！这些问题不解决，社会主义新农村怎么建设？中国的四个现代化什么时候才能实现？

我除了写诗外，还写了一批散文随笔小说与纪实文学，我有一本长篇纪实文学作品《迷失的魂灵》，由群众出版社出版，第一版印了三万册，第二版加印一万五千册，在北京国际饭店开的一次研讨会上，著名评论家雷达先生给我这本书以较高的评价，认为它提供了当下乡村青年的一种生存状况，具有深刻的警示作用。

在湖北荆州与沙市的城乡接合部的村子里，聚集了几十个乡村青年，他们每天晚上都在公路上作案，抢劫来往车辆上的司机与押车人员的财物，作案上百次。这个抢劫团伙危害极大，终于被抓获。公安部当时组织一批作家写作“九十年代大案要案纪实丛书”，也约我写一本，我写了这个案子。当我进行采访以及在荆州几个县的罪犯的家乡做调查之后，我久久下不了笔，我的心里很难受。是的，写这个案子的侦破经过，写犯罪人如何作案，这书肯定也能好看畅销，但我心中要表达的一种东西却没出来。就我采访调查之后得来的材料，我的良心和责任感告诉我，决不能就案子写案子，而是要通过案子本身来反映社会问题，并引起人们对这种社会问题的重视。

我在思考，我在寻找一个最佳角度。农村孩子读书到初中高中毕业后，因种种原因上不了大学。他们回乡后，一是受不了面朝黄土背朝天的劳作之苦，二是即使他们愿意在乡下种田，但土地少，没有田地供他们种，三是他们回到乡下后，没有人来引导他们、组织他们为农村建设出力，于是他们就涌到城里打工。乡下人到城里打工，做最苦最累的事，挣很少的钱，有时这钱还被拖欠，拿不到手。他们毕竟有些文化，又会羡慕城里人的高消费。这时如果有一两个思想意识不纯者提出抢劫，做违法之事，他们会一拥而上，犯下了罪行。荆州抢劫团伙案就是这样的情形。我曾到监狱里去看了几个主犯，都是清一色的年轻小伙子，长得漂漂亮亮高高大大，但是他们当中有 6 个人被判了死刑，有 2 个人被判了无期，他们自己还不知道。我去过他们的家，那些父母都是老实巴交的农民，他们省吃俭用供自己的孩子读书，是指望他们将来走出乡村，成家立业，干些大事的。如今他们犯了死罪，我看他们的父母已经去了半条命。这些人的法制观念淡薄，他们以为只被关一年半载的就会放出去，他们不知自己犯的罪有多重。我心里一动，决定从这个角度来写荆州的抢劫案。我把书名定为《迷失的魂灵》，这是一群迷失魂灵者，我们的国家、我们的社会要关注这样的一群人。如果我们的乡村党团组织、基层政府在他们一回乡后就关心他们，就引导他们走正路，就想法把他们组织起来，发挥他们身上的优点，从事某种正当的事业，他们就不会聚起来抢劫，就不会走到绝路上来。现在有些乡村，村里有孩子上不了大学或初中高中辍学，是没有人管的，只能就去痛苦去难过去自己安慰自己吧！现在农民孩子拼命读书，考大学是唯一的出路。可是考上了大学，有的孩子出不了学费啊！乡村的年轻人，我们要关心他们，要爱护他们，要给他们指引一条路。我的《迷失的魂灵》一书，虽说还是写的案子，但书中弥漫着我的忧思，字里行间有我的呼唤：要关注这样一群人，要救救这样的一群人。我想读过我这本书的人，是会听见我的呼唤，是会有一种沉重感的。我想，《迷失的魂灵》表现出了我的良知与使命感。

我还写过一本好读的书，由珠海出版社出版，书名叫作《白色毒魔》。1991 年我到云南参加一个笔会，到了瑞丽、畹町等中缅边境的地方，沿途我听到了许多吸毒者最后自我毁灭的故事，也去几个戒毒所看过。笔会上有位昆明市公安局的缉毒警察，他让我看了他们抓吸毒者与贩毒者的一些原始胶片。我震惊了。回来后，我写了13个人，有学生、教师、演员、干部、个体经营者等，他们原本有幸福家庭，有很有前途的事业，由于受人欺骗，好奇心驱使或不小心沾染上了毒品，最后的结局都是家破人亡。我当时写的这些纪实文章，在国内许多杂志上发表出来，有的还被选作高校的辅助阅读教材。这本书是要让人们认识毒品，从这些真实的故事中认识毒品对人类的戕害，让人们远离毒品。作为一个作家，选准了一个题材，把这些活生生的例子呈现在人们面前，能起到一种警醒教育作用。我认为这也是尽到了一个作家的良心的。

作家们，每写一部作品，都要从良知出发，都要有一种使命感，我们的作品才能对人民、对社会有用。

谢谢大家！

2007年10月6日

第三堂课 《我忆念的山村》与乡土诗写作

老师们、同学们，大家好！

我是个编辑，也是个作家，我的作品中有小说、散文、诗歌，当然都没有很大的影响，但我乐而为之。我更多的时候被人称为诗人，而且被称为乡土诗人，这是有原因的。这原因是我出生于乡村，骨子里有天生的乡土情结。诗歌之外，不论是散文还是小说，乡土味道都浓。而我被称为乡土诗人，是因为我写了一组乡土诗《我忆念的山村》，这首诗在20世纪80年代在诗坛产生过一定的影响。后来，我还在《诗刊》《人民文学》发表了另外两组乡土组诗，所以，乡土诗人的这顶帽子就戴上了。今天，我就给大家说说我的乡土诗的写作。

一、省委路线教育工作队与《我忆念的山村》

我从1969年在乡下当知青就开始写诗，那时写的是快板诗，还有四句一段的押韵顺口的“豆腐块”诗，适合渔鼓道情演唱，也可以用湖北大鼓演唱。当我读完三年大学，分配到《湖北文艺》(后复刊为《长江文艺》)当诗歌编辑，也写诗，但写的是自由体诗，还有朗诵诗。

我当编辑是1973年，那时的诗有工人诗，湖北当时著名的诗人有黄声孝、高伐林、李道林、张良火、李声明等；有部队诗，湖北的诗人有雷子明、张雅歌、姚振起、虞文琴等；有乡土诗，或说是农村诗，湖北有管用和、刘不朽、习久兰、易向理等。那时熊召政也写乡土诗，但他主要写政治抒情诗。

在这些工农兵诗人中，我主要是学习写乡土诗。

1977年初，我被选为湖北省委路线教育工作队队员，派到鄂西北房县一个山村开展了一年的路线教育。工作队撤回以后，我的心久久地留在了那个山村。我不能忘记，那山中坎坷泥泞的小路，在路上负重跋涉的农民；

那一堆堆疏密无序又有些颓败的泥墙茅屋，那长年在艰难中生活的茅屋里的农民。“十年动乱”期间，林彪、“四人帮”的极“左”路线给广大农村绘就的是一幅凄清、冷落、贫穷的黯淡图画。我更不能忘记，当时，我一个二十几岁的年轻人，执行了那条错误路线，抓阶级斗争，批资本主义，曾经大声训斥过与我父辈同龄的老人，严厉批判过我的农民父兄，给他们的心灵带来过伤害。但是，我也正是从这段时间里认识到中国农民的伟大，他们辛苦勤劳、忍辱负重，而心灵又是那般美好、纯洁。事后，他们没有指责我，没有记恨我们。当我们离开那个山村时，我看到仍是贫困的村庄和拥在村口送行的社员，我是含着眼泪走的。

自此之后，一个强烈的愿望深深地埋在了我的心田，几年间，一股冲动使我不得安宁。我要写他们，我要表现他们的伟大与质朴。这个愿望不实现，我心里就不会踏实。但是，如何表现他们？我苦思冥想，却久久找不到一个合适的突破口。不久，我在《人民文学》上读到了短篇小说《月兰》，在《诗刊》上读到了小叙事诗《葫芦歌》，这两篇作品，在我的感情上引起强烈的共鸣。它们的内容都是通过描写路线教育工作队在农村搞阶级斗争、割资本主义尾巴，给人物带来悲剧性的结局，揭露林彪、“四人帮”的极“左”路线给农村带来的巨大灾难。无疑，这样揭露是深刻的，使读者对极“左”路线产生仇恨，对极“左”路线下的农民命运产生同情。

但是，我总感到不满足，光是对极“左”路线的揭露与批判，写出农民在极“左”路线下的“悲”，是不够的。我所接触到的农民，在极“左”路线的统治下，他们的命运有“悲”的一面，然而在这“悲”中，却显露了他们性格特征中美好与感人的一面——这一点恰恰是最重要的。如果能使读者既对极“左”路线无比痛恨，又对农民性格中的美德由衷地崇敬，这样的作品也许更有力量。想到这里，我的眼前似乎出现了一道光亮，心中的那股冲动突然有了喷射口，于是在一股激情的触发中，组诗《我忆念的山村》便写成了。

我是农民的儿子，父辈几代都是老实勤劳的农民。我二十岁前一直生活在农村。当我构思《我忆念的山村》这组诗时，我所熟悉的故乡农民的生活和参加过工作队的那个山村的农民生活，一起浮现在我的脑海里。如何从这些人物及场景中选取最有表现力、最能引起我的激情的部分，形成鲜明生动、丰富深刻的艺术形象，这是构思作品的重要环节。

我将脑海中的人物及场景进行了选择、合并、概括，选取了我认为有表现力的两个人物和一个场景。

我写的“房东”是一个老年农民的形象，他的身上既有我的房东老汉的影子，也有我父亲的影子。他勤苦奋斗了一生，承受了数不清的苦难与屈辱，一天二十四个小时，除了吃饭睡觉，就是没有止境地干活。平时默默无言，对物质生活没有追求。他是那么善良宽厚，又是那么倔强坚韧。他活着，就是为了干活，为了给人类生产衣食。“我”住在他家，他给予无微不至的照顾。他听党的话，对上级政策是一律执行的。中国的农村有千千万万这样的农民，他们是我们民族的地基。我在山里，看到许多黑褐色的山岩，山岩上有一道道刀刻一般的印痕。我的房东老汉，有着“山岩般的脸/山岩般的手脚”，是“山岩般的人”，是用山岩雕成的塑像，矗立在中国的土地上。

我写的另一个人物“大妮子”，则是集中了我所见到的许多山里姑娘的特点，我想在她身上表现出中国农村妇女特有的吃苦耐劳、温慧自尊的美德。她们有对新生活的追求，但由于环境所限，她们的追求所得几乎没有。“大妮子”的母亲去世，老爹身体又不好，还有一排弟弟，为了维持一家人的生活，供弟弟上学，她自己失去了上学的机会，是个文盲。家里有做不完的家务，队里有忙不完的活路，她顶着星星起床，晚上忙到深夜还不能睡觉。她“没有多的话语/埋着头干活/除了队里就是家里/没有歇工的时候/没有休息的日子/年年如此/天天如此”。她在默默地牺牲自己，最后，在一个风雪天，为了砍柴卖点油盐钱，从山上摔下来，只留下了一个小小的坟堆。我写“大妮子”时，写着写着，眼泪就滴在稿纸上。

“大妮子”和“房东”这样的人，这样的事，我闭着眼睛就能想起许多。我是带着深沉的感情来写的，同时，我也尊敬他们。他们的忘我精神，曾给我的人生增添过许多力量。我写他们，是为了让更多的人看看中国农民的美德。他们的精神，难道不能成为我们各行各业的同志们生活中的一种动力吗？我在城里，看到和“大妮子”同龄的姑娘，穿着漂亮的衣裙，提着时髦的小包，乘公共汽车上下班，假日里挽着男朋友的手臂在公园里散步。可是山里的“大妮子”们呢？她们在劳动了一天后，还要拖着疲惫的身子捡一把柴火或挖一篮猪草，回到家里还要备晚饭、喂猪，做没有尽头的家务事，她们太辛苦了。在那个山村里，二十几岁的大姑娘，衣服补丁摞补丁，如果谁有一双尼龙袜或一条红纱巾，谁就是大家羡慕的对象。

除了房东和大妮子两个人物，我还写了“派饭”这一场景。工作队队员轮流到社员家吃饭。“听说工作队队员来吃饭/三天前就安排打算/倒出留着过节的米/到邻村孩子舅家/借两斤白面……”轮到做饭的社员家，会倾其所有，四处赊借粮食来招待工作队队员。男人谦敬地陪着我吃饭，女人在灶下带着孩子，孩子睁着几双眼睛望着桌上的面饼，而另一只锅里煮着的红薯干拌苞谷面才是一家人的早餐。我不忍心吃饱，只得装得吃饱了，尽快告辞。我不走，他们不会端碗的。多年来，我只要一端起碗，“眼前就浮现/男人的笑/女人的脸/孩子们饥饿的小眼”。

农民的品德是美好的，但受极“左”路线的影响，命运必然是悲惨的。我把人物放在极“左”路线统治猖獗的背景下来刻画，在那个特定的历史时期，他们是逃脱不了悲剧命运的。“房东”为了割“资本主义尾巴”，忍痛砍掉了枣树，杀了羊子，断了一家人的衣食之源；为了给工作队队员供一顿饭，倒出留着过节的米，到邻村孩子舅家借两斤白面，而一家人却吃着红薯干拌点苞谷面；“大妮子”最后从崖上摔死。但作为那个时代的农民，他们与中国各个历史时代的农民一样，身上的美德、宏大的胸襟，仍然闪耀出灿烂的光彩。这是一个历史时代中农民阶级的缩影，这是黑暗里的闪光。

党的十一届三中全会召开之后，党的农村经济政策推行了。我想，那个山村已经改变了贫穷的面貌，“房东”老汉和“大妮子”的悲惨命运不会再复现了。

在这组诗的艺术手法上，我是想追求一种朴素的美。“纯朴是真理之美——艺术的作品因为它而有了力量。”(别林斯基语)我感到诗歌艺术除了它的内容真实外，加上表现手法上的朴素，它的力量是不可低估的。在写作《我忆念的山村》时，我把自己的浓烈感情凝注在冷静的表述中，运用短促的诗行，把我的心写在纸上。我把描写、叙述及少量的抒发结合起来，增强作品的客观性与其重要性，我的想法与感情是否在诗中表达出来了，只有让读者来鉴定。

这组诗用“易山”的笔名在1981年2月号的《长江文艺》发表后，《诗刊》马上予以转载，《文艺报》上发表了诗评家张同吾的文章，张同吾先生在文中称这组诗是“刻画中国农民性格特征的力作”。

《我忆念的山村》这组诗在当时产生了一定的影响，我收到一批诗歌界朋友与读者的来信，他们对这组诗说了不少的好话。有个写诗的年轻人，到乡下姑妈家走亲戚。这个年轻人带着转载的《我忆念的山村》的《诗刊》，把这组诗读给姑妈听，姑妈是个农妇，听了之后，说：“这个诗人有良心”。这个年轻人将他姑妈的话说给我听，我默然无言。是的，诗人要有良心。我要永远保持一颗诗人的良心。1983年初，《诗刊》开始评1981—1982年诗歌奖，《我忆念的山村》被评上了。后来《中国新文艺大系·诗歌卷》收录了这组诗。20多年之后，有人在互联网上贴了一篇《枪挑湖北诗坛》的文章，我是第一个被批评的，批评者说这组诗是顺口溜，面对这些否定传统否定历史而自命为是写真诗的诗人，我只有再次地沉默不语。

二、徐迟先生教我写诗

说起我学习写诗的事，我必须要说一说我的诗歌老师徐迟。徐迟先生离开我们已经20多年了，回忆起先生在我学诗的道路上给我的许多帮助，在我写作组诗《我忆念的山村》和出版诗集《我忆念的山村》时的具体指导，我无限感慨无限怀念。我还能遇到这么无私这么耐心的老师吗？先生离开了我们，我们还能感受到先生的关怀，还能记取先生对诗歌的许多真知灼见。

1976年12月，复刊后的《诗刊》在湖南岳阳、江西井冈山等地举办中南5省诗歌创作学习班。湖北省文艺创作室在报请湖北省文化局批准后，派诗人黄声孝和时任《湖北文艺》诗歌编辑的我参加这次学习班。当时广东派的是西彤与洪三泰，湖南派的是聂鑫森与节延华，广西派的是沙红与于力，江西派的是胡平与李兵。这次学习班应该是《诗刊》在新时期举办的第一次诗会。这次学习班也是我提高诗歌创作水平的一次重要机遇。

当时徐迟已从“五七干校”回到湖北省文艺创作室搞创作，正在指导黄声孝写作长诗《站起来了的长江主人》第二部，也在指导我写诗。他得知我与黄声孝参加这次活动，十分高兴，连连说这是好机会，我们出去扩大眼界，对我们的诗歌创作会有很大帮助。

《诗刊》通知我们12月18日去长沙报到。我们出发的头天晚上，徐迟找到我，递给我4页16开的印有“湖北文艺”字样的稿纸，说，这是他抄写的毛主席有关诗歌创作的指示，让我带着，要不断地学习。

4页稿纸，第1页写着：

毛主席关于革命的现实主义和革命的浪漫主义相结合的指示

未经正式发表，仅供参考

第2页写着：

一

给延安京剧院的题词

抗日的现实主义 革命的浪漫主义

二

一九五八年三月二十二日在成都会议上的讲话

中国诗的出路：第一条，民歌，第二条，古典，在这个基础上产生出新诗来，形式是民歌的，内容应当是现实主义和浪漫主义的对立统一。太现实就不能写诗了。

第3页写着：

三

一九五八年五月八日八大二次会议第一次讲话

让高山低头，要河水让路，这句话很好。高山嘛，我们要你低头，你敢不低头？河水嘛，我们要你让路，你敢不让路？

这样说，是不是狂妄呢？不是的，我们不是狂人，我们是实际主义者，是实事求是的马克思主义者。在文学上，就是要革命的浪漫主义和革命的现实主义的统一。我们的革命感情不是与实践相脱离的，而是与实践相结合的。

第4页写着：

四

一九五八年十一月二十三日武昌会议上的讲话

经济事业要越搞越细致，越深入，越实际，越科学。这个东西跟作诗是两回事。要懂得作诗和经济事业的区别。端起巢湖作水瓢，这是诗。我没有端过，大概你们安徽人端过，怎么端得起来？

40多年之后，当我看到这4页发黄稿纸上隽永灵秀的字迹，想到先生当年颀长而俊逸的身影，还有那睿智的微笑，我的心头还热乎乎的。那时，我揣着先生抄给我的文字，跟着时任《诗刊》主编葛洛带的诗人队伍，走洞庭，访板仓，过文家市，谒韶山，越赣水，拜井冈，行程数千里，历时49天。这是我有生以来第一次走最远的路，参加的时间最长的一次诗会。途中老诗人西彤、黄声孝、沙红给了我无微不至的关心和指导，与同辈诗人洪三泰、于力、胡平、节延华、聂鑫森，还有中途进入的北京出版社的刘胜旗、寇宗鄂，天津人民出版社的谢大光等人结下了深厚的友谊。我大开眼界，学到了我在乡下和大学里没学到的东西。在采访学习期间，我经常拿出徐迟给我的4页文字，将文字中有关诗的论述运用到构思和创作之中。湘赣之行，我一共写出了20多首短诗，其中有一部分发表在《诗刊》《湖北文艺》《湖北日报》等报刊上，有几首选入北京出版社、天津人民出版社、湖北人民出版社出版的三本诗选中。我的诗歌创作得到了一次小丰收，这是与徐迟先生的帮助和他对我的诗教分不开的，而那4页薄薄的稿纸，无疑是先生给我的精神力量。

从湘赣回来后，我将写成的20多首诗交给徐迟，就像学生给老师交作业一样。徐迟接过我抄正在稿纸上的一摞诗稿，用手掂了掂说，写得还不少呢！

之后，湖北省文艺创作室党委通知我，让我参加省委路线教育工作队，到房县农村开展路线教育，时间为一年。当时我年轻，又是共产党员，就向党委表态说，我会当好一个路线教育工作队队员的。我把这消息告诉了徐迟，徐迟高兴地对我说："这是好事哟，在农村生活一年，你要了解农民，向农民学习，你的诗会有更大进步的，机会难得，你要珍惜。”

我们是1977年2月从湘赣回来的，紧接着是春节，我回江夏老家看望了父母。从老家回机关后，我去给徐迟拜年，徐迟在他的书房里递还我给他看的诗稿和写满两页信纸的意见。他说：“诗是写得比过去有进步了，但还要努力，我的意见都写在纸上了，你看看。”

我看了徐迟写在两页横格信纸上的话，我觉得这些关于诗的意见和论述，不仅对我有醍醐灌顶的意义，而且对于中国新诗的建设与发展都具有十分重要的意义。

还是那隽永灵秀的钢笔字。徐迟写道：

一，所有四行八节的诗似乎都还有可能凝聚为四行六节，乃至四行四节。我觉得我们继承民歌和古典诗歌传统，在形式上，要凝聚为绝句体(四行一节)，律诗体(四行两节，中间相对)，以此为基本形式，发展为四行四节(律诗两首)，四行六节(律诗三首)，四行八节(律诗四首)，不再加多，当然也可以加多。形式问题上，李瑛比较严谨，而且长久以来，一直不变，所以渐入佳境了。

二，所看这些诗的内容，有一个特点，即抓住一个细节(一个箭头、一张歌单、一座钟、一架电话机、一个柜台，等等)，加以抒情，比较动人。写大了的就略为逊色。今后在生活中，还是可以从小而关键的生活凝聚点上取材，进行抒情。抒情诗要减少叙述的句子。叙事一二句尚不为多，便要转入到抒情中去。叙事诗自然又不同了。看来，还是多写点抒情诗好。叙事诗很少写好的。

三，这次到房县去，与湘赣之行不同了，工作队队员身份，事情会很多，很忙。有责任感，一定能够更加深入，感受就会完全不同。在有了饱满的孕育之后再写，写得少而精，精是最重要的。酒怕掺水，诗怕不精炼。宁可少些，但要好些。最好的情况是自己并不想写诗，而诗却自己流出来了。苦吟就不好，不提倡苦吟(这也许是我的偏见)。

随读随写，以赠远行。

给益善同志

徐迟

去江汉油田前一日

1977年3月中旬，我带着被盖行李、书籍和徐迟给我的诗的意见，随着湖北省委宣教系统的几百名工作队队员，从武昌出发，第一天到达当时的郧阳地区所在地十堰，住了一晚。第二天从十堰到房县，在县城又住了一晚。第三天才到达房县羊峪公社新农村大队。我和省委驻新农村大队工作组组长胡佐才住在一个农民家里。我们的房东与我父亲差不多的年纪，老伴去世了，和儿子媳妇女儿与三个小孙女一起过日子。我在这家里住了一年，他们待我如亲人，虽然工作队成天“学大寨”，批资本主义思想，割“资本主义尾巴”，给他们的生活带来的只是更加困窘。但是中国的农民，他们骨子里是善良忠厚、勤劳吃苦的人，他们对党的政策从不怀疑，对社会主义一贯热爱，对我们工作队除了拥护还是拥护。房东一家人，还有生产队的其他社员，对我这个年轻的工作队队员十分关心关爱。我们吃派饭，轮到哪家，都是尽力拿出好吃的招待我们。他们穷，家里没粮食，就到亲戚家借一碗白面为我们烙张饼，把坛子里攒的准备换油盐的鸡蛋拿出来招待我们。而他们自己，吃的是红薯藤煮苞谷糁。我发烧生病了，他们背着我上医院，走几十里路到县城医院看望我，手巾里包着几个鸡蛋。工作队晚上开会晚了，房东大叔候在会议室外，点着火把接我回家。我们割“资本主义尾巴”时，砍掉房前屋后的树，限制社员饲养家禽，他们含泪杀掉山羊，砍掉多余的枣树。当我们结束了一年的路线教育任务离开时，全村人送到村口，依依不舍。

房县属于鄂西北，毗邻神农架。我在房县乡村扎扎实实一年的生活，丰富了我的人生，使我对中国农民有了更深入的了解。在房县期间，我写了《堆金村，多么美好的名字》等十几首诗，这些诗写的都是治山治河和鄂西北山乡的农民生活，但脱不了那个时代的政治痕迹。我记着徐迟的教诲，要有饱满的热情后再写，写得少而精。我写得少(一年才写十来首诗)，但不精。

一年的路线教育工作队结束后，我回到原单位，继续当诗歌编辑，继续阅读，继续写诗，陆陆续续在《诗刊》《解放军文艺》《湖北日报》等报刊发了一些诗。从房县回到武汉，我就很难见到徐迟了。那时他很忙，到处采访深入生活，不久后写出了轰动文坛的报告文学《哥德巴赫猜想》。徐迟在“文革”期间，有 10 年没发表作品，他的积累他的生活他的激情在20世纪70年代末到整个80年代，化成一篇篇脍炙人口的文学作品井喷一般地爆发出来。

从鄂西北山里回到城市，有很长一段时间，我还停留在房县的生活中，脑子里不断地出现那里的山那里的人那里的事，熟识的房东大叔、大妮子和那些瞪着大眼睛看着我们吃派饭的孩子。我前面说过，我读了小说《月兰》和小叙事诗《葫芦歌》后，我心里在酝酿着什么，有一种冲动，要为我待过一年的山村和那些善良忠厚的乡亲们写一组好诗。这种酝酿与冲动，我小心翼翼地保存着呵护着，不敢轻易动笔去写它表现它，生怕火候不到把它写“夹生”了。我等待着，寻找着那个突破口的到来、那个一瞬间灵感的闪现。1980年10月3日，我父亲从乡下来，与我谈了乡下的一些情况。父亲走后，我突然想写诗，写乡村，写鄂西北的那个山村。3日到4日，我一口气写成了组诗《我忆念的山村》。

组诗《我忆念的山村》发表在《长江文艺》1981年2月号上，我在日记中记载着时任湖北省文联主席骆文在终审稿签上签的意见：“诗不错，同意用。”这组诗后来由

《诗刊》转载。

徐迟读过《我忆念的山村》后，给我打了电话，说我在生活中终于有了大收获，还要继续。

那时，全国性诗歌评奖已经停止。1983 年年初，《诗刊》杂志社举行 1981—1982 年优秀诗歌评奖，徐迟是评委之一，评委不集中，通过邮寄来书面投票。组诗《我忆念的山村》获得了优秀作品奖。那天，《湖北日报》发了个小消息，编辑部同志表示祝贺之时，徐迟把电话打到编辑部了。徐迟在电话里首先祝贺我获奖，然后告诉我，他的那张选票只投了《我忆念的山村》这组诗，其他的诗他没读过，他不能乱投票，这组诗他读了，他觉得应该获奖。不久，我收到《诗刊》寄给我的获奖证书，证书十分精美小巧别致，没有公章，却有严辰、邹荻帆、柯岩、邵燕祥四人的亲笔签名。

1982 年底，在徐迟的鼓励下，我编了我的第一本诗集，取名为《歪扭的脚印》。我把诗集稿交给徐迟审阅，徐迟很快读完诗稿，并写了 4 条意见。徐迟在一张方格稿纸上写道：

1，反对用《歪扭的脚印》作诗集的题目。还不如用譬如《我忆念的山村》或别的要好得多。题目很重要。新华书店一看你的《歪扭的脚印》就顶多要500本，看是《我忆念的山村》可能到2000本。如有更好的题目，就可以印到5000或者10000了。

2，可否将你已经发表过的诗，若干首诗，再修改一次，使它们更好些，更光亮些？这再次加工是可以提高质量的。

3，你可以自己选定一下，初选的多些，复选的就少些，最后选一个定本，1500—2000行左右。出一个不太厚的本子。选定后，编个目录，再给我看一次。

4，可以考虑再写几首，然后1983年编定，这出诗集的事还是要严肃对待，是一辈子的大事！

我仔细地研读了徐迟的意见后，按照徐迟的意见对诗稿进行了认真的挑选与修改，最后选定了53首共约1500行左右的诗，并将诗集定名为《我忆念的山村》。我将修改选定后的诗稿送给徐迟。不几天，我收到徐迟的信及为诗集写的序言。

益善：

集子看过，序文写起，你看看可用否？你有什么意见告诉我，可以再改。但是，序文只给集子用（如果可用的话），不再给刊物用，所以你不必给别人去看了。我现在不想在刊物上发东西。

排列次序，我意可以再研究一下，最好是按编年排列，即按历史的顺序编排，否则在《堆金村》等的后面，又出现《我忆念的山村》就似乎有点颠倒了。

这个意见，仅仅供你参考。

祝好！

迟 9.1

这是1983年的秋天，徐迟那时因为写了《哥德巴赫猜想》等报告文学之后，名震全国，很多地方邀请他去写作去采访，许多单位请他去做报告，他自己的创作计划也很多，总之他很忙。但他在百忙之中，为我这个年轻的诗歌作者一次次读稿，提意见，细心辅导并很快为我的诗集写了序言，这是我永世不忘的教诲之恩。

1984年10月，我的第一本诗集《我忆念的山村》由徐迟作序，长江文艺出版社出版，资深编辑家邱祥凯担任责任编辑，印数5100册，由新华书店全国发行。当我拿着还散发着油墨香味的样书去见徐迟时，徐迟微笑地看着我，我从他那双睿智明亮的眼睛里看到的是慈爱，是对年轻人的无私关怀。我心里一热，当时认定：徐迟是我终生的老师。

三、乡村的忧愤化而为诗

《我忆念的山村》之后，我写了一批乡村土地承包后出现了变化的诗，特别是参加《诗刊》组织的江淮之旅诗会，到安徽凤阳和苏北一些地方，看了那里的乡村变化，我写了《女乡长》《乡党委书记》《清凌凌的渠水绕着村庄》等诗，在《诗刊》《人民日报》《星星》等报刊发表。这些诗都是歌颂乡村责任制后出现的新变化，唱的是颂歌。

那时，农民分田到户，乡村办企业，农村生活大变样，乡间有万元户了，报纸电视广播在大肆宣传万元户。作为一个关心乡村的诗人，我特别高兴，我的乡村变富了，我的乡亲的日子过好了。

不久我回老家去了一趟，还到附近几个乡村做了一些调查，发现了当时的乡村并不是都富起来了，特别是平原地区种水稻的农民，他们的劳动和生活都遇到一些问题，得不到有关部门的重视，得不到解决。这些问题不解决，农民父兄就得不到彻底的解放。我想我要写出来，为农民父兄鼓与呼。于是，我的忧虑很快化而为诗。

1986 年第 2 期《诗刊》发表了我的组诗《没有万元户的村庄》，第一首是《这里不长万元户》："这里的土地平坦辽阔/这里的土地黝黑肥沃/这里的庄稼旱涝保收/这里却长不出万元户。""汗流光了今年的心血浇光了/他们累了他们疲倦了/倚着山样的谷堆/听中央台广播万元户/他们心中盘算后很失望/除去化肥农药水费电费/一年汗珠用箩装和麻袋装/堆满了仓库堆满了心室/但他们成不了万元户/他们离万元户还差很远/虽然血汗流了这么多这么多。"

这里的土地肥沃，这里的庄稼旱涝保收，这里的农民汗流光了心血浇光了，但他们当不了万元户。为什么？是谷子卖不了钱，是谷贱伤农。而且谷子多了，还不好卖。我写的另一首诗《售粮》："粮站前摆起了谷子的长龙/粮站前堆起了谷子的高山/这个季节能出动的全部出动/能装的地方全部装满/公路上扬起了遮天的尘土/板车手推车拖拉机/轮子转动转动转动/小河没有平静的时刻/大船小船衔尾而飞/压得河水上涨上涨上涨。"粮食运来了，怎么样呢？"收下吧收下吧收下吧/他的谷子风干扬净颗粒饱满/收下吧收下吧收下吧/他的谷子成色好颜色鲜/找领导递条子走后门/他们在粮站前等了三天/他们等着钱交水费电费/他们等着钱给儿女置衣服/他们等着钱安排下步生产/ 两担谷子就三张大团结/一个小贩一天就可以生产/收下吧收下吧收下吧/黝黑的脸诚恳的眼/朝着那个抽烟的傲慢粮管员/铁门哗啦关断今日的希望/叹一口气再等再等明天。"

粮食丰收了，要把粮食变成钱，却不容易。即使变成了钱，也是两担谷子就三张"大团结"。三十块钱，一个小贩子一天就可以赚到。农民实在是难。我写道："农民父兄啊/我要为你们呼喊/为什么你们歉收难丰收也难/

祖国，请关照一下这些售粮的儿子！”

这组诗在《诗刊》发表后，《诗刊》发表了评论文章，说我是个能为农民鼓与呼的诗人。

1990 年 3 月号的《人民文学》发表了我的组诗《乡村忧思》，一共 5 首，这 5 首诗的题目是《赤脚医生走了》《村长敲锣修水利》《村头有座土地庙》《人人都来打麻将》《村子里最破的房子》。这是我在乡村看到的一些值得忧虑的东西，也是想引起有关部门的注意，因而写成诗。乡村医疗垮了，赤脚医生出门打工，农民患一点小病也要跑远路去诊治；乡村的水利设施没人管了，村长叫人修水利也没有人听了；村头修起了土地庙，烧香的人多起来；男女老少打麻将；乡村学校是村里最破的房子。当时诗人韩作荣在《人民文学》编诗，他一字不改地将《乡村忧思》全部发表，我很感动！韩作荣后来主编《人民文学》多年，他是一个有担当的诗人。

组诗《乡村忧思》在《人民文学》发表后，也引起一定的反响。在一次我的诗歌研讨会上，有评论家把我的三组乡土诗《我忆念的山村》《没有万元户的村庄》《乡村忧思》概定为刘益善乡村忧愤诗。在我写作的数千首诗中，有一大半是乡土诗，而我的乡土诗中，被称为乡村忧愤诗的《我忆念的山村》《没有万元户的村庄》《乡村忧思》三组诗是我的乡土诗代表作。

毫无疑问，乡土诗人，是我这辈子的诗歌写作标志。

2010年8月11日

第四堂课　编辑的使命与爱心

老师们、同学们，大家好!

今天就给大家说说编辑这个话题。我是一个老编辑，这辈子干的就是这件事。我的人文系列讲座说了不少话题，我想编辑这个话题是应该说一说了。我先说编辑的使命。我说的这个编辑，是指在出版单位(包括出版社、期刊社、报社)的编辑，传播媒体(包括通讯社、广播电台、电视台、互联网网站等)的编辑就暂不涉及了。

一、编辑工作与社会主义文化的关系以及使命

报刊图书是人类文化的总汇。世界各国，各个民族，

在各个历史时期的经济生活、政治面貌、生活习俗、科学文化，都记载在报刊图书里面。你要了解人类历史的进程和某个国家民族在某一历史时期的经济水平与社会面貌，你就去查阅这个国家这个民族的报刊图书资料吧。

报刊图书是传播科学文化的工具，目前世界上有了新的工具来记录人们的语言、思想和形象，诸如录音、录像、微缩胶卷和网络，将来还可能会出现比电脑更先进的工具，但是，报刊图书在现阶段还是传播和交流科学文化的最重要的工具，是观察人们思想的窗口，是推动人类社会的经济、科学和文化向前发展不可忽视的重要工具。社会主义的报刊和图书，对社会主义的物质文明和精神文明的建设，具有无比重要的作用。

编辑工作是报刊图书出版的重要主体，是孵化器，是生产者。报刊书籍是人类劳作与智慧的丰碑，编辑工作既传播文化，又保存文化、发展文化。在世界文化中，中国文化连续不断，源远流长，得力于中国编辑工作起源早，历代都出现了佳作杰构。编辑工作在发挥传播科学文化功能时，开拓了学术园地，引导了研究趋向，提倡了优良学风，培养了后进新秀，从而促成了时代精神的高扬。法兰西斯·培根说：“书籍是思想的航船，在时代的波涛中破浪前进。它满载贵重的货物，运送给一代又一代。”我们编辑，是这艘航船的打造者之一，是使这艘航船前进的水手。

无产阶级的导师列宁有篇很有名的文章，过去我们译作《党的组织和党的文学》是译得不[illegible]一词，在文中不仅仅指文学[illegible]是指用文学表现的思想与作品，所以[illegible]译为《党的组织与党的出版物》，此文在《列宁全集》中文版第二版第 12 卷中。列宁说：“党的出版物的这个原则是什么呢？这不只是说，对于社会主义无产阶级，写作事业不能是个人或集团的赚钱工具，而且根本不能是与无产阶级总的事业无关的个人事业。无党性的写作者滚开！超人的写作者滚开！写作事业应当成为整个无产阶级事业一部分，成为由整个工人阶级的整个觉悟的先锋队所开动的一部巨大的社会民主机器的‘齿轮与螺丝钉。’写作事业应当成为社会民主党有组织的、有计划的、统一的党的工作的一个组成部分。”

我们是中国共产党领导下的社会主义编辑工作者，我们是社会主义出版物的打造者。列宁在这里所强调的原则也就是我们必须坚持的原则。

第一，我们从事的编辑工作是社会主义的出版事业，是在中国共产党领导之下的，是社会主义整个事业的一部分，而且和社会主义农业、工业以及社会主义科学、教育事业一样，是社会主义事业不可分割的一部分。我们的编辑出版工作，在现阶段就是为人民服务，为社会主义服务。

第二，我们的编辑工作与出版工作不以营利为目的。社会主义的出版物是重要的宣传手段，是对人民进行教育的重要工具，是人民的精神食粮，其根本宗旨，是通过报刊图书来提高人们的共产主义觉悟，提高人们的科学文化水平。要完成这些使命，就不能以赚钱为目的。但是也要讲究经济效益，将社会效益与经济效益相比，社会效益应居首位。

第三，我们的报刊图书出版部门的编辑工作者，必须受党的领导和国家政策的监督约束。

我们是社会主义的报刊图书编辑，除了必须坚持的党的出版物的原则外，我们还必须明确自己的使命。

中共中央和国务院发布的《关于加强出版工作的决

定》(1983年)中对出版工作有明确的规定。它指出，我国社会主义出版工作的根本任务是宣传马克思列宁主义、毛泽东思想，传播一切有益于社会主义经济和社会发展的科学技术和文化知识，丰富人民的精神生活。

要丰富人民的精神文化生活，出版物的品种要多样，内容要丰富，特别是文学艺术方面和关系到人们社会生活方面的出版物，要努力做到丰富多彩、生动活泼。当下中国的出版物是空前的丰富，我们走进大大小小的书店书摊报刊亭，各种报刊图书品种无数，琳琅满目，空前的繁荣。我国现今出版的各类杂志有数千种，这都是有正式刊号的。还有那些内部出版的，自费印刷的，更是无法统计。这些出版物的产生，编辑付出了劳动和心血。为发展中国特色社会主义文化做出奉献，这是编辑的使命。

这些出版物中，无疑也有一部分不能算是优秀文化的产品，这都是需要不断修正的。

二、编辑的职业精神、基本条件与道德修养

编辑是一种职业，这种职业的功能就是编与辑。这

里有专职编辑，也有兼职或称业余编辑。

编辑作为名词时，是职业。国家新闻出版系列的职称将编辑分为编审(正高)、副编审(副高)、编辑(中级)、助理编辑(初级)四个档次。刚进入编辑岗位的新人，有一年实习期，称为见习编辑。见习编辑不是职称。

编辑作为动词时，就是编辑职业的工作范围。这种工作与记者、作家的原创写作不同，是将组织、搜集、选择到的稿件的全部或部分，按一定的方式组构成一部书、一本期刊、一张报纸、一组节目或网络页面。这种组构是不断修订不断完善的过程，由初级到高级的过程，编辑的劳动贡献就体现在这种组构的过程中。

(一)编辑的职业精神包括如下三个方面。

其一，编辑是一种职业，要当好一个编辑，首先要热爱这个职业。要爱这个职业，就要了解这个职业。编辑是一种幕后工作，为他人作嫁衣，曾被称为是红烛，燃烧自己，照亮别人。

但编辑是一种伟大职业。我国古代最大的编辑家是孔子，《诗经》《尚书》《春秋》三本书是孔子编定的。古人讲“删”诗书，就是现在编辑整理的意思，包括收集、排比、删削、编次、考订、增改等工作在内，是一项创造性很强的工作。“孔子读易，韦编三绝”“述而不作，信而好古”，是描述孔子编辑工作的艰苦，读《易经》，把绳子读断了三次，还说他只是编辑而自己不创作。《论语》是后人替他编的。

历代皇家都有专事编辑的官职，这种官职在各朝各代都有不同的叫法，如编修、撰书等。西汉时刘向刘歆父子可说是中国最大的编辑，他们收集了近两万卷皇家藏书。清代时，编辑的《四库全书》，篇幅浩繁。整个清代，是我国对古代书籍大搜集、大整理、大编纂的时代，时间长达 300 余年。现在我们阅读研究的古籍，大多是清代编辑保存下来的。

而在中国近现代，如鲁迅、茅盾、巴金、叶圣陶、郑振铎、顾颉刚、夏衍等大家，他们除了自己著书外，都是名编辑，他们为中国的文化发展作出了巨大的贡献。假如自古至今没有编辑这个职业，中国文化就不会传承下来，各国之间的文化就不能交流。

编辑就是这样一种职业，我们从事这一职业的人，首先要热爱这一职业，愿意埋头苦干，愿意奉献毕生精力，愿意做出一些必要的牺牲。只有热爱这一职业，我们才能用力用心来研究学习，提高水准，干好工作。

其二，做编辑的人，要热爱稿件。报纸、刊物、图书编辑，没有稿件，你怎么来编报刊图书呀？巧妇难为无米之炊，稿件是米，有了米才能做成饭。作者愿意给你投稿，是信任你，因此，编辑要对所有来稿有一种珍爱意识。肯定地说，来稿中有大量的难以选用的废品，但编辑对这些稿件还是要认真地读，要想着这是作者呕心沥血写出来的，是别人的劳动，首先我们就要珍重这种劳动，再从沙里淘金，好的稿件有很多是从这些“沙”里面淘出来的。由于某些编辑不认真阅读，将一些能够获奖的稿件，甚至是获国家大奖的稿件放跑了，这样的例子是很多的。用文学稿举例，像茹志鹃的《百合花》、陈世旭的《小镇上的将军》、阿来的《尘埃落定》等长短中篇小说，都是被许多编辑退掉，而后到了好编辑手中才发出来，成为名作的。一个热爱稿件的编辑，应该说是不会出现这种情况的。

其三，要亲近作者。作者是给报社杂志社出版社投稿的人，是创作主体，是出版行业除编辑外的另一个重要主体。没有作者的写作，就没有稿件，就没有报刊图书，也就没有编辑。作者与编辑，是互相依存、缺一不可的。作者是编辑的重要伙伴，编辑要与作者交朋友，要以诚相待，要平等，要尊重，要关怀，要像弟兄。只有这样，作者才能把好稿子给你，你的友谊与关怀，也能促使作者给你写出好稿件来。所以，编辑对作者的亲近，实在是十分重要的。编辑与作者成为终生朋友，友谊胜过弟兄的例子也是有很多的。编辑编发了作者的处女作或重要作品，作者会牢记在心，把你当作终生的老师。

(二)做好编辑工作的若干基本条件。

当一个称职的编辑，不论是专职还是兼职，不论是在大刊大社还是小刊小社，都需要一些必要的条件。现在国家新闻出版总署对正式刊社的编辑人员，实行从业资格考核，要求持证上岗。优秀编辑可称编辑家，最高职称是编审，享受教授级知识分子待遇。做编辑的基本条件，从技术层面来说，就是知识、信息和语言文字。

第一是知识。编辑常被人称作杂家。杂家不应是贬义，其本义应该是什么知识都要了解一些，知识面要宽，懂得的东西要多。当然，就所从事的编辑专业来说，则要对专业了解得更多。就一般的人文社会科学的编辑，知识要杂一些。比如，做文学编辑的人就要对文学艺术了解得更多一些。只有知识渊博，对所编辑的选题，才有更大的帮助。知识杂，就能发现和改正原稿中种种常识性、知识性错误。现在的报刊书籍中，经常有些常识性的东西弄错。有道是无错不成书，其原因就是编辑的水平差。当我们遇到报刊书籍上出错时，我们不能怪作者，只能怪编辑，你把的什么关啊？编辑要工作到老，学习到老，永远没有穷尽的时候。我们既要做到是专家，又要做到是通才。编辑永远不存在知识够用的问题，这是我们做编辑的应该永远牢记的。当然，编辑都想在某个方面有些专门研究，这也是完全应该的。当今有许多作家型编辑，文史研究家编辑，也堪称专家。编辑可以做到一专多能、略专多能、不专而多能，这都是好的，但绝不容许编辑什么都不能。

第二是信息。信息是近些年来出现的名词，过去被称作情报。编辑必须是一个对政治学术信息非常了解或大体了解的人。所谓信息或说情报，是指古今中外的政治、经济、学术、出版和各种专家学者们的研究情况和成果。编辑必须对所从事的这门学科过去是什么水平，现在达到什么水平，有些什么新成果出现，有哪些作者在写，写的是什么东西等信息有所了解。比如说文学编辑，你要通过各种渠道，获知作家们写了些什么，当前流行哪些潮流，代表作是什么？代表作家是谁？作家们手头上正在写什么东西？从而决定你的选题策划、上门约稿、宣传推广，并获得成功。而这些信息的获得，靠我们去收集，去做调查研究。此外，对自然科学的发展史略和现代自然科学的发展大势等，都要知道一些。这样，你才做一个胜任工作且愉快的编辑。

第三是语言文字。语言文字包括语法、修辞、逻辑、外语、工具书。编辑首先要解决语言文字的使用，对中文语法必须弄通。读点语法书是需要的，但更多的是应该读一些语言高明的小说，像《红楼梦》《水浒传》《儒林外史》《西游记》等。现代的则应该多读鲁迅、茅盾、叶圣陶、朱自清、老舍、沈从文、赵树理等人的作品。这些人的语言都是过了关的。现当代作家中，我最喜欢的作家是沈从文、孙犁、汪曾祺、贾平凹等。

三、我当文学编辑的三爱

我于1973年10月从华中师范大学中文系毕业，分配到《长江文艺》杂志当编辑，这一干就干了几十年，直到退休。从当年二十多岁的毛头小伙到如今的半老头子，朋友说：你干的还蛮得劲的，一辈子做一件事，有味吗？

是的，我这辈子就只干了文学编辑这件事，其中的味道，我自己知道。本来在有些机会让我可以做其他事情，但我放弃了，我还是喜欢这个职业。有一种爱在我心里存在着，在一次有关职业精神与职业道德的研讨会上，我谈了文学编辑的职业爱心。这种爱心表现在三个方面。

第一，爱文学编辑这个职业。作家的出现，作者的成长，作品的产生，是离不开编辑这个职业的。文学编辑的劳动，就是为了作家的作品能够发表，产生更大影响。有助于或促进一个作家的成长、成熟，最后使他成名，使他的作品产生更好的社会效应，这就是文学编辑的职业意义。文学编辑这个职业应该是很重要的。我参加过第五次、第六次、第七次第八次全国作家代表大会，中国作协的领导人在做会务工作报告时，大谈作协工作的成绩，产生了多少作家，出版了多少作品。对于这些成绩，作协的领导当然出了力，但他们忘了文学编辑。没有文学编辑的辛勤劳动和无私奉献，这些成绩能够出现吗？在小组讨论会上，我是毫不客气地提出了这个意见，结果引起了全体代表的共鸣。遗憾的是第五次作代会、第六次作代会、第七次作代会、第八次作代会，我都提了这个意见，我只希望在下次作代会的主题报告中，对文学编辑的劳动给予充分肯定。我们文学编辑是作家协会组织中的重要组成部分，文学编辑应该为自己的劳动感到骄傲，我们热爱这个职业，我们一点都不自卑。

是的，具有一定文学水准和敬业精神的人都能当文学编辑，但是编辑的眼光有高下之分。有的目光敏锐，一下子就发现某篇作品的成功之处，能够发现某个作家的发展前景。但有些编辑却眼光不准，放走了一些好稿子。作为文学编辑，眼光是非常重要的。

文学编辑要有职业的责任感。文学编辑握有对作品的生杀之权，可使一位作家出现，也可使一位很有创作前途的作者夭折。当然，成熟的作家是扼杀不了的。但是对于初学写作者来说，因为编辑的采纳与否，可能被推迟出现、成名或从此被埋没。编辑确实要慎重，要如履薄冰。编辑这个职业，必须有高度的责任感，任何时候都不能掉以轻心。我在《长江文艺》工作的这些年，曾亲眼见到有三篇后来获得全国短篇小说奖的稿子从这里漏掉。我对我们的编辑说，要永远记住这漏掉的三篇小说，作为我们职业的警示。《长江文艺》漏掉的稿子，前两篇尚还可以扯点客观原因。第一篇是姜天民的《第九个售货亭》，由于他寄给一个老编辑，这老编辑当时回河南老家三个月，回来后，稿件已在别刊发了。第二篇是俞杉的《女大学生宿舍》，初稿寄给一位老编辑，老编辑提了修改意见，俞杉也按编辑的意见改了，但她却将修改后的稿拿到别刊发了，这小说后来还被改编成电影，产生了些影响。第三篇是楚良的《抢劫即将发生》，责任编辑选出来，主要领导不在家，留在家负责的编辑部秘书认为这篇稿子写农民抢劫化肥是犯忌的，就把它退了。后来此稿在《星火》杂志上发表，得了 1983 年全国优秀短篇小说奖。到了我在杂志社有权力决定稿件命运的时候，我对稿件终审是认真负责的。我制定了一个制度：一篇稿子，责编选了，经二审、三审退稿，我们这里没发表，别的刊物发了，不算责任事故，因为各家刊物选稿标准视点不同。但是如果从我们这里出去的稿子，别的刊物发了，在全国产生了影响，或者得了全国的重要奖项，就要追究责任，并且给予处罚。我在当了《长江文艺》的社长、主编后，尚没出现过这种责任事故。我想，对一种职业，只有爱，才能投入，才能有创造性的劳动，才能认真地对待工作。

文学刊物办到现在，是越来越窘迫了，特别是省一级纯文学刊物，还担负着发现人才、培养本地区作者的任务，发行量不高，国家给的钱又少，生存非常艰难。这种时候在文学杂志当编辑，特别是当主编、社长，需要更多的投入与奉献。为了杂志生存下去，为了经费，还要寻求社会各方的支持赞助，那苦处，所有文学期刊的同仁都是知道的。但人是要有一点精神的，地要人种，机器要人开，文学期刊的编辑也要人当，难就难点，就坚守到底吧！

第二，对文学稿件有一种热爱。编辑要编好一本杂志，靠的是稿件，自由来稿也好，约稿也好，有了好稿件，刊物才能作有米之炊。找作家约稿，从自由来稿中挑选好稿，是编辑的基本工作。对组稿与选稿越投入，编辑工作的成就就越大。选稿是沙里淘金，编辑要爱这个事。我想我这几十年来，看了多少稿件怕是说不清楚了。由于对这件事有兴趣，在阅读稿件中也得到了许多的提高与乐趣。比如在看了上百篇稿子之后，突然发现一篇使你眼睛一亮心头一震的稿件，就像采矿者采得一坨金子。那稿子发表了，产生了影响甚至获奖，那种成就感不比作者本人少多少。朋友说我读稿有瘾，这也是一种职业兴趣。读稿选稿，还给许多出集子的作者读原稿写序，做这些事乐此不疲。我想再大的作家，他的作品也是从第一个编辑看他的稿子时开始的。

当我拿到一篇稿件时，首先想到这是作者点灯熬夜、苦思冥想，一个字一个字地写出来的，倾注了大量的心血。他把稿子寄来，是满怀着希望的。编辑如果对稿子不认真，就是对作者的劳动不珍重，对自己的工作不负责任。我读业余作者的稿件，有了想法或意见，都要给作者写封信或通个电话。我省作家如刘醒龙、熊召政、方方、邓一光、陈应松、田禾、徐鲁、晓苏、曹军庆等，我对他们当年在《长江文艺》发稿，都有过书信联系。

我记得非常深刻的一件事。1976年《诗刊》复刊时，河北著名诗人刘章借调到《诗刊》工作，来湖北组稿。我当时是诗歌编辑，接待刘章。刘章说他早年在乡下当农民，写了许多民歌，投了许多报刊，就是发不出来。他后来写了一组民歌，寄给《诗刊》，并在心里决定，这一次如果发表不了，他就安心当农民，再不写诗了。后来《诗刊》用了整整两页发表了刘章的民歌，从此刘章就在写诗的路上走到今天。但是刘章的这组民歌的发现过程却有传奇性。本来初选编辑已经把他的稿子归于没选用的废稿堆中，而另一个编辑从废稿堆中抽出这叠稿子去上厕所准备做解手纸，在蹲厕所时把稿子读了，觉得很好，就重新选出来发表了。编辑对稿子的态度，能使一个诗人成长或者消失。

我当主编后，有一天收到陕西作者刘剑峰的信，信中说，七年前他有一部中篇小说《小矮人》寄给《长江文艺》，收到留用通知，但一直没发表出来，不知什么原因？我立即查找，没见这篇稿子，但一位退休的老编辑说有这事。我回信刘剑峰，说明由于人员变化交接失误，稿子没见到，麻烦他再把稿件寄来。刘剑峰把稿子寄来了，我看了后觉得基础不错，提了意见，作者修改后，以《狗坰的演员生涯》为名发表，后来这部小说被《中篇小说选刊》转载。刘剑峰给我写来长信，就这件事谈了他对一个好编辑的尊敬与感谢。我觉得这是一个职业编辑对稿件应有的态度。职业编辑是热爱并尊重稿件的。

还有一个故事。那是1980年年底的时候，武昌紫阳路215号那个小院的二楼《长江文艺》编辑部办公室里，只有我一个人在。或许是个星期天，我因家里房子小，跑到办公室里来看书吧。那天上午，我听到木楼梯在响，有人上楼来了。来人在二楼各办公室看了看，都关着，就转到我们诗歌组办公室。我看到一个三十多岁的农民模样的人，衣服很旧，脸瘦瘦的下巴尖尖的，如果不是眼睛里的光亮闪闪，那脸就是尖嘴猴腮了。这是个业余作者，我站起来接待他。他说他叫王敦贤，是四川达县人，这次到武汉，特地找到编辑部来看看，顺便投一下稿。他说他的运气不错，能见到我，是缘分呢！我是个农民的儿子，我对农村和基层的作者特别客气，他们热爱文学是要克服许多困难的。我和王敦贤聊了半天，走的时候，他把一叠稿子交给我，说是他写的散文诗，给《长江文艺》投稿。

王敦贤和我握手告别，他要赶船回四川。王敦贤走后，过了几天，我读了他留下的一组散文诗，觉得不错，就选出来发表在《长江文艺》1981 年第二期上，题目叫《星光集》。这事本来就没有什么了不得，作为编辑做这事是天经地义的，不值得写。我要写的是这组散文诗发表后所起的没有想到的作用，这都是事后在北京的全国作代会上王敦贤给我讲的，而且他还写进文章和一本书中去了。在王敦贤的《国之痛——贫困山区教育现状扫描》一书中，有这样一段话："尚未提出义务教育的 1981 年，笔者在当时的达县如今的达州工作。秋季入学报名了，三个孩子，两个读小学，一个读初中，我与妻子正为学费发愁的时候，邮递员送来了《长江文艺》的一笔稿费——24 元，这笔钱交了三个孩子的学杂费、课本费之后，还剩了一元多。"王敦贤说，那时他们两口子养三个孩子，在达县大山区，收入低，生活过得十分困难，以致孩子要报名上学了，手上一点钱都没有，怎么办？正在他们急得不得了的时候，《长江文艺》的 24 元稿费到了，这笔稿费所起的作用太大了，他的三个孩子都顺利上了学。王敦贤从此创作更加勤奋，写出了不少作品，后来调到四川省作家协会工作，担任作协秘书长、党组成员、副主席。

写王敦贤投稿的故事，不是来显露我自己有什么功劳，是表明编辑编稿，稿件发出了，对于作者，有时会起到不可估量的作用。编辑一定要善待我们见到的每一份来稿和每一位作者，这是一个编辑的起码的职业要求。

第三，编辑要爱作者。文学编辑工作的对象第一是作者，然后才是读者。这里所谓的爱作者，就是要把作者当成朋友当成同志，要与他们坦诚相处，赤诚相见，处理好与他们的关系。作者有个成长的过程，编辑与他们打交道，交朋友，通过稿件的来往，通过办笔会，形成与作者的默契与交流。我们与作者交往日久，友情愈深，终成知己，还怕作者的好稿不给你吗？作者在未成名时对编辑尊重有加，老师前老师后，他成名后可能会喊你老刘前老刘后，这很正常，编辑不要心理不平衡。同时也要理解成名后的作者，他要给许多刊物写稿，给你写的稿不多了，这也正常。但是真正的朋友，什么时候告诉他，你得马上给我一篇重头稿。他虽知名了，但你这么一说，他也照办，这就是编辑与作者的铁关系。我在湖北，这样的铁关系有不少，比如刘醒龙、邓一光、陈应松、熊召政、徐鲁、田禾、晓苏、曹军庆等，《长江文艺》要什么稿和他们打招呼，他们都写。拿远在北京的湖北籍作家野莽的话说："《长江文艺》是我们的母刊！"这些人都是从《长江文艺》起步的，《长江文艺》待他们不薄。

编辑可把作者分成三个层次：一是广大自由来稿者，二是有一定水准且已达到省内闻名的作者，三是在国内外产生影响的高层次作家。对第一层次的作者，要认真地阅读他们的来稿，从中发现好的稿件与好的作家苗子。对这部分作者，要细心选拔，热情呵护，给予培养，重在发现。从自由来稿中，每年能发现几个有苗头的作者，这就是收获。第二层次的作者，往往处在生长旺盛期，正在爬坡往上冲的时候，他们或者能冲上全国知名的行列，或者冲不上去就到此为止。对这一层次的作者，编辑的做法应该是尽力推举。对他们的稿子，要帮助出主意想点子，当达到一定的火候时，刊物要不惜版面，重点推出，让其产生的影响越大越好。有这么几次推举，说不定他们很快就上去了。湖北出的几位名作家，应该说《长江文艺》都在他们处于第二层次时，做过大力的推举。对第三层次的作者，因为他们的名气大了，而我们又是省一级的文学刊物，就不要指望他们给许多好稿了。但我们与他们是朋友，期期赠送刊物，经常找他们要些稿子，他们也热心支持，一年或两年，争取他们有一两篇稿子在刊物上发一发，也就行了。总之，对作者，不管是不知名者，还是准知名者、知名者，我们都与他们以诚相待。充满爱心，就是好编辑。

我作为一个文学期刊的编辑，干了几十年，付出了许多，但也得到了许多回报。2003年10月，是我当编辑三十周年，许多作家朋友要给我办个纪念活动，我没让办。结果，管用和、映泉、李道林画画，熊召政、梁必文写书法，方方、池莉、田禾、天津的赵枚送书，刘醒龙、邓一光、陈应松、马竹、徐鲁写文章。这些人中有好几个平时都喊我老哥，他们的文章在《湖北日报》《长江日报》《光明日报》《文学报》《文学自由谈》《芳草》《中国新闻出版报》上发表，那题目是《老哥刘益善》《文坛老哥刘益善》《老哥老师刘益善》等，文章中溢出的友情亲情令我读后不只是感动，而是泪水盈眶。我的作家朋友待我不薄，我的成百上千的作者对我很好。每年新年，当我收到一张张的贺年片，读着贺年片上的祝愿的话，我觉得我的编辑人生很充实。

只要你投入了爱，你就会得到爱的回报。当编辑也是如此！

我这辈子做编辑，是做了我热爱的事，我一点都不后悔，下辈子如果让我挑选职业的话，我还要做编辑。我热爱编辑事业。

2013 年 10 月 9 日

第五堂课 读书与我们的人生

老师们、同学们，大家好！

我今天的人文系列讲座，说一说读书的事情。武汉东湖学院的理工科的学生估计比文科的学生多，这里没有文史哲专业。同学们进大学是来干什么的？是读书，理工科的读理工科的专业书，文科的读文科的专业书，最终完成学分，能顺利毕业。但读书不是仅仅为了毕业，而是为了学好知识，毕业后走上社会，能用自己的学识服务于社会，创造财富，做一个对社会与时代有用的人。

我今天所讲的读书，不是同学们目前正在做的事情吗？同学们天天都在读书，老师教大家读，同学们自己也在读，而且要读三年或四年。但我今天说的读书，与同学们认为的读书有所不同。我今天说的读书，不仅仅是指你们读的机械专业书、电子专业书、建材水利专业书，我所说的读书，主要是读社科文学类的书。当然也可以包括读你们专业类的书，读数学物理化学生物的书，我觉得你们在读这些书的时候，也可以悟出些人生的道理来的。但我今天讲的读书主要是社科文学类书，读社科文学类书对于我们的人生的作用更大更直接些。专业类的书教授我们谋生的手艺，社科类的书则是提升我们人生的品格的必需物。

这里我举两个极端的例子。去年(2013年)上海复旦大学发生一起投毒案，该校医学院2010级研究生(硕士)黄洋中毒身亡，投毒者是室友林森浩。林森浩为什么投毒呢？他说他看不惯黄洋，决定投毒是出于趁愚人节来“整”人的想法。林森浩被判死刑后，接受记者采访时说：“这段时间在读文学经典，过去由于理工科的书读得太多，思维太直，不懂得拐弯，做事不计后果，不会考虑别人的感受，所以犯下了死罪。要是过去多读些人文社科类书，我也许不会这样干。”

马加爵，云南大学化学生物技术专业2000级学生，因与同学发生矛盾，觉得被同学看不起，产生自卑心理，竟锤杀 4 名同学。对于杀人动机，马加爵的表述是：“我真的迷失方向了，觉得不知道该怎么生活下去了。”这种“有点想不开，恨他们就杀人”，是不是一种极端？

林森浩、马加爵杀人，当然有许多其他原因。可他们如果平时读一些社科文学类经典作品，思想开阔，善于思考，能辩证地看问题，有自己的人生目标与追求，有完整的人格修养，我想他们是不会制造这样的悲剧的。

2007 年，诺贝尔文学奖获得者英国作家多利丝·莱辛曾对中国作家赵丽宏说：现在英国高学历的野蛮人越来越多了，这些人有硕士、博士头衔，他们懂得现代最精密的技术，但是他们没有感情，他们冷漠，为什么？因为他们从来不读文学作品。多利丝·莱辛的话，应该可以解释林森浩、马加爵的现象。俄罗斯作家契诃夫说过：大学培养各种人才，包括各种蠢材在内。契诃夫说的“蠢才”就是指林森浩、马加爵这样的人。

1995 年 11 月，联合国教科文组织第二十八次大会通过一项决议，把西班牙文豪塞万提斯的忌日 4 月 23 日定为世界读书日。我看过一份统计资料，统计了 2012 年这一年世界各国人平读书本数的排名：以色列 62 本，俄罗斯 20 本，韩国 11 本，中国 4.39 本，中国人每年读书不到 4 本半。现在这个数据可能有了变化。

我说这些的目的，是希望同学们要多读除了自己专业之外的社科文学类的书，提高自己的人生追求、人生品格，寻求幸福与成功。

一、读书，人生有了目标

世界有几十亿人，真正具有人生目标与理想的人，占总人数的百分之多少？我没看到过这方面的记载。但我说，具有人生明确目标的人只占少数。芸芸众生，日出而作，日落而息，能有饭吃有衣穿有房子住，有基本的生存条件就觉得够了，也幸福。大多数人就有这样的目标与理想，这些人也不错，也算有目标，虽然不是精英，但我们也要尊重他们，他们是组成这个世界的主要部分。

人生须有明确而远大的目标，区别于生存食宿无忧的平常目标。拥有远大目标远大理想的人生，才可能成功，才可能成为社会精英。社会需要精英，精英多了，这个社会才会进步。

读书，能使人生有远大而明确的目标，能使人成为社会精英与优秀者。我读到过仙桃税务局的一个员工的读书体会，觉得他说得很好。他说：读书不能改变人生起点，但能改变人生终点；读书不能改变人生的长度，但能改变人生的宽度。

美国民间公益事业的创始人卡耐基，他是十九世纪下半叶的钢铁大王，是美国的富翁。他家里穷，十三岁时失学，当一个小邮差，给人送信。当地有个退伍的上校，按我国军衔推算，是个团长吧，退伍后办了个小小的图书馆，把自己收藏的 400 多册文学名著拿出来，向穷孩子们开放。小邮差(就如今日的快递员、邮递员)每个周末去借书，从此爱上了读书，读的书品位很高，一开始就读世界名著。卡耐基在自传里说：“我永远感激上校的充满智慧的慷慨，是他培养了我对文学的爱好和品位，这是我最宝贵的财富，即使用人类所有的钱财来交换，我也不愿意。”卡耐基通过读书树立了远大的目标，后来成为钢铁大王，就把钱捐出来做慈善事业。现在美国的富翁，包括比尔·盖茨这样的人，他们做慈善事业都是向卡耐基学习的。

我国现代文学的大师沈从文，写过《边城》《湘西笔记》等许多优秀作品。同学们可能对他的作品不是很熟悉，也可能看过《边城》的电影，但相信很多人知道湘西有个凤凰县，凤凰县有个沈从文。现在凤凰的旅游很火，是因为有个沈从文。当然凤凰还有个画家叫黄永玉，黄永玉叫沈从文为表叔。沈从文的作品，曾有人说是资产阶级人性论的东西。但在海外，有许多汉学家因研究沈从文而成了大学问家。沈从文出生在湘西凤凰，读了几年私塾(相当于小学毕业)，就在军阀队伍里混。看到军阀滥杀无辜，他不愿意一生就这么混过去，决心跳出湘西那个小圈子，独闯北京去求学。他报考北大，以他的小学学历，当然不会被录取。后来考燕京大学被录取了，却没钱交学费。他住在小公寓里，欠房钱，欠小饭铺的伙食钱，他不断到老乡那里去蹭饭吃。冬天，他穿着南方的夹袍子在没有火炉的公寓里读书，学习写作，向报刊投稿，希望得几块钱的稿费过生活。沈从文读了许多书，他的目标很明确——当作家。饿着，冻着，经常被房东赶走，但他矢志不移，最后得到现代文学的另一个大家郁达夫的帮助与支持，终于成为一代大师。中华人民共和国成立后，沈从文改行做文物研究，终于写成了巨著《中国服饰史》。

我曾经采访过武汉的两位院士，一位是刘经南，大地测量与卫星导航专家，中国 GPS 之父，中国工程院院士。“文革”期间毕业后，他被分配到湖南煤炭地质队到深山野林里找矿，从山上摔下来差点没命了。在艰苦的环境里，刘经南一直不放弃，坚持读书，读《红楼梦》，读英语，读专业书，后来考取研究生，成了大地测量与卫星导航专家，还曾担任武汉大学的校长。另一位是邓子新，中国科学院院士，微生物学家。邓子新出生在湖北房县的农村家庭，少时在山里放牛、挑窑，干各种农活。少年邓子新，在农村一边劳动一边读书，绝不放弃心中的理想和追求，1978 年考上华中农业大学，毕业留校任教，后出国进修，在微生物研究方面创造世界性成果，是 DNA 第六元素的发现者，现为武汉大学药学院教授、国家实验室主任。

读书使人立志，读书使人树立人生的理想，创造出优秀成果的例子可以举出许多。

二、读书，人生拥有力量

培根说知识就是力量。知识是从哪里来的，从读书中来，当然也从实践中来，但读书，使人拥有力量，这是必然的、肯定的。

在这里，我先讲一讲我自己的经历与故事。我从我自己说起，并不是说我是个多优秀多成功的人，只是想来个现身说法。我出生在农村，自小喜欢读书。乡村的书很少，小时候最痛苦最饥渴的事是没有书可读。我到处找书读，在路上捡到一张有字的纸，都要从头到尾读完。我从我们村子以及周围的村庄里找书读，我给他们无偿劳动，我和他们套近乎，我给他们“装孙子”，目的就是从他们手中借到书读。乡下有说鼓书的人，夜晚在队屋里说长篇大书，有《说唐演义》《薛仁贵征东》《刘子英打虎》《小五义》等，我夜夜都去听，我是无数个乡村夜晚的书场里最小的听众。我少年时在乡村读了古今中外的许多文学书，保尔·柯察金的《钢铁是怎样炼成的》、亚瑟的《牛虻》这两本书中的主要人物的奋斗精神影响了我一辈子。

我读小学、中学时的语文成绩好，作文写得好。上中学时中午从来不休息，到阅览室读各种杂志。小学三年级第一次到武汉，看到小书摊，不愿意走，大人给一毛钱，我坐在书摊边读一天娃娃书。“文革”开始后，回乡当知青，不愿沉沦，学习写诗写节目，后来当民办教师，还在县里的杂志上发作品。在乡村，我的人生目标很明确：当一个作家或编辑。

1970年年底，大学工农兵学员招生开始了，我被贫下中农推荐上大学，分配到华师生物系读生物。但是，我的理想是当作家或编辑，我希望上中文系。我向招生的老师提出了自己的希望，但得不到同意，他们要我服从分配。

那时我不敢再说什么了，准备到华师好好读生物，将来当个中学生物老师。就在我失望之际，一个机遇到来了。武昌县新屋公社有个妇女叫程光桃，招生的老师说，要在我们这些学员中挑一个人，去采访程光桃，写一篇文章。招生的老师向大家问了三遍，没有人应声，最后我就站起来说：我去写。

我采访了程光桃，她是一个有故事的农妇。程光桃的经历和鲁迅先生的小说《祝福》中的祥林嫂一样，非常悲惨。我的文章被招生的老师看了后，说这孩子不上中文系可惜了。于是，就在入校前的一夜，招生老师把我由华师生物系改到华师中文系。

我在华师中文系学习非常努力，在学校时就在《湖北日报》《长江日报》发表文章。中文系毕业后，我分配到《长江文艺》做编辑，一直做到社长、主编，而且做了一辈子。我编余写作，诗歌小说散文非虚构作品都写，我出版了书，我获了奖，我也是一个作家，我的理想和目标达到了。我常想，假如我不读书，我没有写作能力，我就没有办法写好农妇程光桃，我不写文章，或者文章写得不好，招生的老师就不会让我上中文系，我上不了中文系，就没有我做编辑与作家的人生，我的人生，是读书改变的。

我再说一说我们湖北的一位科学家——中国测绘遥感界和湖北省唯一的中国科学院、中国工程院两院院士李德仁。1963 年，李德仁本科毕业于武汉测绘学院，当年报考过研究生，但档案里有一份莫须有的材料，使他失去了资格，被取消了研究生，他考试的三门科目，两门满分，一门 99 分。之后他被下派到航测队、干校、水泥厂、研究所当工人、炊事员、技术员，做过搅拌泥工，送建筑材料，种水稻、扛包等活路干了 15 年。在这人生的低潮期，他从没放弃学业与读书。虽然每天工作十分劳累，条件非常艰苦，但他仍然利用晚上和休息时间读书，学了许多新知识，尤其是英语。因为当时特殊的政治环境，不能公开学习课本上的知识，李德仁就自学背诵英文版《毛泽东选集》。1978 年，39 岁的李德仁终于等来了国家恢复研究生的招生，他考入了武汉测绘学院，回到了母校，1981 年毕业留校任教，后又赴德进修。李德仁用自己的才智与努力，取得了瞩目的成绩。1982 年，他首创了一种新的测量方法，被国际测量学界称为“李德仁方法”。1983 年，他转入斯图加特大学，用两年半时间完成了博士学位的课程和论文，他的博士论文，被权威专家称为解决了测量学上一个百年未解的难题。

是什么力量促使李德仁院士能在测量与遥感学方面做出了这么大的成就，这种力量是从哪里来的？读书来的。

经济学家梁小民，原任北京大学经济学教授，曾赴美国康奈尔大学学习，出版译著、文集50余种，现任清华大学等多所大学的EMBA项目的特聘教授、国务院特邀观察员。梁小民说过这句话："多读书绝不会吃亏。"他1962年上的大学，毕业时"文革"开始，他去了黑龙江林区。那时"读书无用论"盛行，学校停课，但梁小民坚信文化知识在任何时代都不能少。他在劳动之余，坚持读原著，自学英语，批法批儒时，他就读那些作为批判用的法家儒家著作。后来他从林区到北京考研究生，考到最后一门时，教室里只剩他一个人。"别人都不读书，就你读，你绝不会吃亏。"他拥有了知识的力量，因此只他一个人考上研究生。他说，1978年那批考研究生的人，到今天成为卓越大家的，都是爱读书的一帮人。北大有个教授叫钱理群，"文革"时被关在牛棚里，不能读别的书，他就读鲁迅，今天他成了研究鲁迅的专家。

三、读书，人生阳光快乐

人的性格决定人的命运，有句话说"性格即命运"，是真理。人生要有阳光和快乐，心里的阳光，对我们的待人接物，对我们的事业成就，对我们的个人生活，都能起到巨大的作用。你心里有阳光，你给予别人的也是温暖。

今年，我曾参加过一个城管工作论坛，碰到一位接待我的女城管，她是湖北经济学院毕业的大学生，通过事业编制考试后当上城管员。她的笑容，她的文质彬彬，她在管理那些小商小贩时耐心细致讲道理宣传政策，她的管理效果比那些一呼二吼三掀摊子四动手打人的城管员，是绝不一样的。我在论坛发言中提出了一个阳光城管的理论，得到了会议主持者的认同。

我儿子是学工业与民用建筑专业的，他很喜欢读书，而且喜欢读社科类书，他把金庸、古龙的书读了个遍。他是个阳光的孩子，在北京的单位踢足球时把右腿踢断了，调回武汉后在单位打篮球，把左脚后跟腱弄断了。他住在武汉陆军总医院里，许多亲戚朋友去看他，有个搞电视摄像的叔叔去看他，出来后对我说，我的儿子很阳光。为什么，因为他躺在医院里，很乐观，配合医生的治疗，拄双拐下地锻炼，虽说伤筋动骨一百天，但他在两次养伤的日子里，从不悲观。有一次，他一个人在北京，后期回宿舍养伤，拄拐上厕所时摔倒了，周围没人，他硬是爬回了宿舍。拆取钢筋时，医生一拉，他大叫一声，那钢筋就抽出来了。他不怕痛不怕寂寞，有一种乐观的心态在支撑着他。如果一个人，总是悲叹命运的不公，挑剔别人对他不好、处境不好，这样的内心世界，就是没有阳光；这样的人，书肯定读少了。

读书，读好书。爱读书的人，内心就会充满了阳光，腹有诗书气自华，心里有阳光，世界就灿烂，就会热爱生活。经典作品，优秀的书籍，我们越读就越觉得生命辽阔。伟人们树立了很好的榜样，他们深邃的思想、博大的精神，感染了我们，我们受其熏染，得到启发，精神境界提高了，正确看问题、分析问题的能力提高了，我们自己也阳光起来，心态得到极大的改变，我们就会热爱生活、热爱生命、热爱世界。心有阳光，悲观、失望、自卑、畏惧等一切阴暗的情绪被阳光照过就会消散，就会有一片光明。

想想看，那些有成就的人，他们在人生低谷时是怎么生活的，他们之所以成为成功者，是因为他们心里有阳光。在徐迟百年诞辰时，我写文章纪念这位长者。这位中国新时期报告文学的开山者，毛泽东曾为他题过“诗言志”三字。他在干校时，成天放牛。在放牛时，他读《资本论》，他研究《红楼梦》。当他从“干校”解放出来后，先让他退休，后来又莫名其妙地让他到创作室工作，他就写出了《哥德巴赫猜想》《地质之光》《刑天舞干戚》等一批关于中国科学家的报告文学，耀眼于中国文坛。

梁小民在劳动时读英语版《毛泽东选集》，李德仁在下放的 15 年中不放弃专业，他们心中有阳光。

读书，要悦读，就是愉悦地读书。关于读书给我们带来的快乐，中外许多大师有很精彩的说法。

古罗马的西塞罗说：“读书可以哺育青年，慰藉老年。读书可以增进幸福，消灾解愁。在家时，给你带来快乐；外出时，让你心旷神怡。”

英国的吉本说：“对书籍的爱，是我一生的骄傲和荣耀。即使将所有的印度宝石跟我的藏书交换，我也不乐意。我的藏书室，是我著作的依据和最大的生活乐趣。”

我觉得我这么多年来，遇到的快乐事情不少，但我遇到快乐最多的还是读书。少年时，当我费尽力气终于借到一本我喜欢的书时，那种快乐现在想起来还有余味。当我通过帮知青劳动，帮他们烧火挑水，取得他们的信任，得到他们的一批书来读时，那种喜悦是无穷的。我曾有多次淘书之乐，我写过两篇文章。一次在湘西凤凰茶峒，也就是沈从文写《边城》的小镇，淘到一套中华书局出版的三大本《宋人轶事汇编》，只要 3 元多钱。还有一次是在鹤峰新华书店，碰到处理旧书，我淘到（清）闲斋氏《夜谭随录》（岳麓书社）；徐一士《一士类稿 一士谈荟》（文献书目出版社）；（明）洪楩《清平山堂话本》（上海古籍出版社）；（宋）方勺《泊宅编》（中华书局）；张潮《虞初新志》（河北人民出版社）；（英）迈拉·沙克利《世界野人之谜》（广西人民出版社）；（美）雷孟蒙·A·穆迪《濒死体验》（上海三联书店）；（苏）斯·阿列克谢耶维奇《战争中没有女性》（昆仑出版社）；（美）杰克·伦敦《热爱生命》（人民文学出版社）；南怀瑾《静坐修道与长生不老》（三环出版社）；秦牧《翡翠路》（上海文艺出版社）；周梅森《庄严的毁灭》（江苏人民出版社）。数了数，一共 12 本书，才要 16 元多钱。望着这堆书，我什么也没说，我知道这些书的价值。回忆鹤峰那次淘到十几本书，这是我一生中许多快乐经历中的一次。种种的淘书乐趣使得我生活里充满了阳光。现在我退休了，等在书房里，一杯清茶，读一本喜爱的书，心静，思远，写作，是一种精神享受，我是多么的快乐！

同学们，书是多么好的东西啊！，读书能改变我们的人生，丰富我们的人生，成功我们的人生，阳光我们的人生。

同学们，爱读书吧！

2014 年 9 月 4 日

第六堂课　人生不可不懂文学

老师们、同学们，大家好！

今天这一课与我们上次讲的“读书与人生”有相近之处，那次说的读书，所指书的范围很广，这次是说的是文学，读的书只限于文学书，界定很明确。我们说与文学结缘，人生得到改变的问题，就是文学与人生的问题，就是文学对人生所起的作用问题，得出的结论是：人生不可不懂文学。

我给大家开办的这个人文系列讲座，选题与选题之间没有什么联系和规矩，可能有些跳跃，但我讲的内容一定都是人文范围里的。

一、文学是什么？

先说说文学是什么？

文学是以语言文字为工具，形象化地反映客观现实、表现作家心灵世界的艺术，包括诗歌、散文、小说、剧本、寓言童话等，是文化的重要表现形式。

文学是人文学科的学科分类之一，与哲学、宗教、法律、政治并驾于社会建筑上层。它起源于人类的思维活动。最先出现的是口头文学，一般是与音乐联结为可以演唱的抒情诗歌。最早形成书面文学的有中国的《诗经》，印度的《罗摩衍那》和古希腊的《伊利昂纪》等。

文学是语言文字的艺术，是社会文化的一种重要表现形式，是对美的体现。文学作品是作家用独特的语言艺术表现其独特的心灵世界的作品，离开了这样两个极具个性特点的独特性，就没有真正的文学作品。

如果还没有说清楚，我就给大家讲一个故事，这个故事是在百度上看到的。

有一天，有个白人妈妈带着 3 岁女儿坐出租车，出租车司机是个黑人。小女孩很好奇地盯着黑人司机看，然后问妈妈：“妈妈，为什么这位叔叔的皮肤是黑的，我们的皮肤是白的？”白人妈妈很平静地回答说：“孩子，上帝为了让我们这个世界变得丰富多彩，让我们人类有不同的肤色。”白人女孩不再问了。到了目的地，白人妈妈带着孩子下车，给黑人司机付钱，没想到黑人司机坚决不要。黑人司机说：“非常感谢您，刚才听了您的话，我很感动。小时候，我问妈妈，为什么我们的皮肤是黑的，别人是白的？妈妈对我说，我们是黑人，是下等人，这是我们的命。如果，那时候，我妈妈能像您这样回答我，那我可能现在就不是出租车司机了。”黑人司机和白人妈妈的故事，很简单，但很打动人。这个故事告诉我们：第一，白人妈妈有爱心，教育孩子有智慧；第二，美国是有人种歧视的，白人和黑人是有区别的。更重要的是，我们从这个故事中看到，什么是文学和文学的作用。

黑人妈妈说的话，是美国生活，是真实的存在。而白人妈妈说的话，是文学。

文学就是把现实用修辞的方式讲出来，它没有掩盖真相，但给人以美好，给人以理想和希望，引人向善。

现实很残酷，文学很空灵。人虽然活在残酷的现实里，但心灵的深处是需要美好的文学来滋养的。

诺贝尔文学奖获得者略萨说过：“没有文学的世界，是没有教养的世界，野蛮的世界，缺乏情感，笨嘴笨舌的世界，无知愚昧的世界，是没有激情和爱情的世界，可以描写成噩梦般的世界。”也许有很多人会觉得这是危言耸听，或者是夸大其词，可能还会有人说在今天这样一个市场经济社会，谈论文学，甚至文学的意义还有必要吗？文学是不是离我们的生活已经越来越远了呢？其实文学从来不曾缺席和远离，文学是“人学”，是关于生命、心理和精神的艺术探索。因此，一部作品其实就是一段人生，对于作家而言，他创作的每一部作品都是对自己精神的自述，对自己人生的思考和超越。而对于读者而言，他阅读每一部作品都是与自己心灵的对话，对自己人生的反思和领悟。所以我想，无论我们是作家也好，读者也罢，无论身在哪里，从事什么工作，只要我们热爱生命，拥有理想，就可以阅读文学作品，拥抱文学，品味文学，用文学来滋润我们的生活，美化我们的世界。

中国当代小说家李洱说："文学让我们学会了说话，文学让我们心中柔软，文学让我们眼中还有泪，文学让这个世界不那么干燥。"

二、文学的激发作用

中国的早教读物《三字经》的第一句是："人之初，性本善"，这话肯定有道理。作为人，人性中有善也有恶——恶也不是指凶恶、阴险，是指有不好的品质；善是指好的一面，如勇敢、正义感、善良、责任感等。人性中的善与恶，得到某种引诱或激发的契机就散发出来，恶的东西出来危害社会，危害人类，善的东西出来服务社会，造福人类。

文学是有激发人性中善的一面的力量的。一个喜欢阅读文学的人，那么多美好的情感、那么多英雄气概、那么多优秀榜样，从文学作品散发开来，浸润了他，迷住了他，改造了他，影响了他，他的个人修养提高了，自身文化提高了，他肯定是个优秀或比较优秀的人，因为他身上的善的基因被激发生长了。同时，文学又有抑制恶的功能，优秀的文学作品读多了，人性中的恶的基因被清除了或消减了，所以人就会变优秀，就会变成对社会有用的人，至少不会是个对社会作恶之人。

现任中华诗词学会副会长、湖北诗词学会会长罗辉，与我同龄，也算是我的朋友。他说：“中国是个诗的国度，中华诗词是优秀传统文化上的一颗璀璨明珠。”诗人读诗写诗的过程，是一个优化人生的过程，可以养浩然正气，塑高尚人格，切实提高自身内在素质和精神境界。诗化人生，可使人淡泊明志，不断陶冶情操，自我悟道解惑。这样的人做官，会是清官。如明代廉吏杨继盛的《言志诗》：“读律看书四十年，乌纱头上有青天，男儿欲画凌烟阁，第一功名不爱钱。”清代郑板桥的咏竹诗之二《潍县署中画竹呈年伯包大中丞括》：“衙斋卧听萧萧竹，疑是民间疾苦声。些小吾曹州县吏，一枝一叶总关情。”

诗词是中国文学中的精华，在唐宋时期发展达到顶峰，我们现在日常生活中还会背很多诗词，这些诗词或多或少影响了我们人生的成长。2014 年 9 月 10 日，习近平总书记到北京师范大学考察时明确提出，“我很不赞成把古代经典的诗词和散文从课本中去掉……应该把这些经典嵌在学生的脑子里，成为中华民族文化的基因。”诗词教育在我们的青少年成长期，是非常重要的营养。

我有一个比喻：文学是击发人们内心的正义、勇敢、责任、使命等善的一面的撞针。我们人性中的善的一面是子弹，文学是撞针，开枪时，扣动扳机，枪的撞针击发了子弹，子弹飞出枪膛。人性中的正义、勇敢、责任、使命等被文学的撞针击发，飞出去，产生巨大的力量——我们敢于站出来，对抗邪恶、伸张正义、保卫祖国、抗击敌人。

《义勇军进行曲》是我们的国歌，田汉所写，产生于日本帝国主义侵略中国的年代，当时是国民革命军200师的军歌。“起来，不愿做奴隶的人们！把我们的血肉筑成我们新的长城！中华民族到了，最危险的时候，每个人被迫着发出最后的吼声。起来！起来！起来！我们万众一心，冒着敌人的炮火，前进！冒着敌人的炮火，前进！前进！前进！进！”这支歌一唱响，鼓舞了多少中华儿女，走上前线，和日本帝国主义侵略者进行了殊死的搏斗。中国人民经过十四年抗战，终于赶走了日本帝国主义。这支歌激发了人们心中的爱国主义激情、保家卫国的意志，从而勇敢起来，不怕牺牲，打败了日本帝国主义者。这支歌的作用，远远大于多少军队、多少武器，其力量和能量是无穷的。2015 年是抗日战争暨世界反法西斯战争胜利 70 周年，我们要再次唱起这支歌，不忘历史，让战争不再。

抗战时，有许多的诗歌和文学作品发挥了巨大作用，著名诗人田间写了一首诗：《假使我们不去打仗》：“假使我们不去打仗，敌人用刺刀，杀死了我们，还要用手指着我们的骨头说：‘看，这是奴隶。’”

我上初中时，在乡下，读了苏联作家奥斯特洛夫斯基的《钢铁是怎样炼成的》一书。我为保尔·柯察金的勇敢、坚定，在各种困难下坚持自己的人生理想，克服伤痛、死亡、饥饿、寒冷、自身的懦弱，保卫祖国，献身祖国而折服。保尔是我的偶像，是他让我在乡下困难的环境中，克服自卑，坚持奋斗，努力学习从而走出乡村。《钢铁是怎样炼成的》这本书，据说现在摆在书店的柜台上，许多年轻人以为是一本炼钢的教材，而不知其是一本长篇小说，更不知其是曾经影响了苏联和中国以及世界上许多年轻人的人生教科书。

2015年的诺贝尔文学奖获得者白俄罗斯女作家斯维特兰娜·阿列克谢耶维奇，是个新闻记者，她的获奖代表作最早翻译到中国的是一本纪实文学《战争中没有女性》。她采访了苏联卫国战争时期一批还活下来的女战士，写出了这本书。卫国战争时期，敌人已经逼近莫斯科城下了，当时有几十万女中学生，16岁以上的少女走上前线。这些共青团团员们、家里的娇娇宝贝，身上的那种爱国激情被激发了，她们不少人是读着保尔·柯察金的《钢铁是怎样炼成的》而走上前线的。这是一些甚至未满16岁，隐瞒年龄到军事委员会软硬兼施要求参军的女孩子。这些弱不禁风的女孩子，经过短期训练后就上前线了。我最近在网上看到一部电影《女狙击手》，其中有一幕，在赫鲁晓夫时代，一位美国的高官到莫斯科访问，接见一批战地英雄，当他与一位个子瘦小的女人握手时，问她是干什么的。她说是狙击手，问她杀死了多少敌人，她回答说杀了309人。回答得很平静，就像回答她打死了只蚊子一样。这些被阿列克谢耶维奇写出的女兵们，她们生命中的责任感使命感爱国心，是被文学这个撞针击发的。

那是诺贝尔奖第一次将文学奖颁给纪实文学作家，获奖者是位记者。学习新闻相关专业的同学，未来在纪实文学创作方面是大有可为的。

三、作家的文学人生

毫无疑问，文学作品，不论诗歌、小说、散文、戏剧等题材，写这类作品的人就是作家，或者称为诗人。作家们真正有成就、写出优秀作品的，都是把文学当作自己的终身事业，是他们立命安身的工作，他们对此矢志追求、不离不舍，简单地说吧，文学是他们的生命。曹雪芹在艰难困苦的日子里，靠朋友接济才能吃上粥，但他“批阅十载，增删五次”写出《红楼梦》。施耐庵写《水浒传》用了一辈子，朱元璋差点杀了他。古代和现当代的作家们，每个人的文学人生都是故事，都能写成一本本的书。我选择几个作家讲一讲。

首先说一说鲁迅。鲁迅出生在浙江绍兴一个破落官僚家庭，祖父因为科举作弊案坐牢，鲁迅小时就受尽人家的白眼。鲁迅于 1904 年至 1906 年到日本仙台医学专科学校求学。他看到中国人在日本受欺负，有人写匿名信侮辱中国人，心中愤愤不平。改变鲁迅人生方向的是一场电影。电影放映的是日俄之战中，中国人给俄国人当奸细，后来被抓。在杀当奸细的中国人的头时，围观的中国人却在一边叫好，发出笑声。鲁迅愤怒了，国家弱贫，国人的麻木不仁，医学只能治身体的病，却治不了人们精神的疾病。第一要紧的事，是改变精神。而善于改变精神的，当推文艺。于是鲁迅弃医从文，回国后，他写小说，写杂文，用 55 年的人生，以笔为投枪、匕首，用一篇篇杂文，向封建的落后的旧世界进攻，为人民指出一条光明之路。鲁迅是中国文化的旗手、先锋、战士，是中国现当代文学的一座高峰。而他是用生命，用热血来浇灌文学的。鲁迅的文章、小说，同学们上中学时，课本上都选的有，大家应该熟悉。如果我们今天的大学生，没有学过鲁迅，甚至不知道鲁迅，那岂不是悲哀吗？

我讲的第二个作家是号称“中国写海第一人”的邓刚。邓刚是辽宁省作家协会副主席，大连市作家协会主席。邓刚应该说早期文化程度不高，按年龄算，他可能是在初中一年级辍学的。他们家有 6 个孩子，邓刚是老大。13 岁那年，他父亲突然成了“反革命”，被公安局抓走了。邓刚个子大，他为帮助妈妈养活 5 个弟妹，就到工厂当学徒。师傅说他笨，经常打骂他，后来知道他才 13 岁，是为了赚钱养家，师傅流泪了，把他抱到工具间里锁起来。邓刚在工具间里看高尔基的《我的童年》，他开始写小说。“文化大革命”开始后，他继续读文学作品。后来写小说，别人说不错，他投稿到报纸杂志，但一进行外调，说他是“反革命”子弟，稿子不能发。他开始下海捞海参，当海狼了。没有潜水衣，没有氧气罐，脱光衣服到海下十几米深的地方，零下十几度，就像到冰箱冷藏柜里一样，让身体冻僵，捞海参。感到憋闷麻木了，就到海面透口气，再捞。然后上岸，用汽油点一堆火，把自己扔在火里烤，如烤羊肉串，要烤到知道痛才罢休。那时 1 斤海参换 1 斤米，现在 1 斤海参上万元。他有时一次捞 8 斤海参，要是在今天可发财了。邓刚一边捞海参，还一边写小说。“四人帮”粉碎后，邓刚的小说发表了一些。他疯狂地写，疯狂地投稿，他要奋斗。邓刚那时是焊工，有一天，他收到一封信，信上说：“邓刚同志，请你到沈阳艺术馆后院报到，参加创作会议。”下面盖有辽宁省文联和辽宁省人民政府的大印。他把信给工厂领导看了，领导都吓坏了，说这是省政府要你去开会。一个工人，走进了省政府大会堂。开会时，省长宣布获奖名单，第一名是《夜幕下的哈尔滨》，第二名是短篇小说《八级工匠》，作者邓刚。1985 年啊，那时一千元奖金相当于现在十万元。邓刚后来写出了获得全国中篇小说奖的《迷人的海》、获得短篇小说奖的《阵痛》，在当代中国文学中留下了重重的一笔。

我讲的第三个作家是我的朋友，我省唯一获茅盾文学奖、鲁迅文学奖这全国两项大奖的作家刘醒龙。他获鲁奖的是中篇小说《挑担茶叶上北京》，获茅奖的是长篇小说《天行者》，他最有影响的小说是《村支书》和《天行者》，后者被拍成电影，影响颇大。他最近影响比较大的长篇小说《蟠虺》，写考古的故事。

刘醒龙是黄冈团风县人，六岁时，他父亲用箩筐一头装着他、另一头装着他弟弟挑到英山县，因为他父亲调到英山一个山区里当区长。刘醒龙在英山长大，“文革”中读到高中毕业。他的最高学历是高中，而且在后来许多人读各种班来提高自己的学历时，他坚决不搞，什么作家班、插班生、鲁迅文学院、研究生班等，他都没有去。他如今是二级教授(文科最高)，在国内许多知名大学演讲，开讲座，很受学生欢迎。华中师范大学文学院是国内文科，特别是中文系最好的学院之一，专门成立了刘醒龙研究中心。

刘醒龙的创作中有一个油盐饭情结："前天，我放学回家，锅里有一碗油盐饭；昨天，我放学回家，锅里没有一碗油盐饭；今天，我放学回家，炒了一碗油盐饭，放在妈妈的坟前！"这首诗，刘醒龙在很多地方讲过。他是80年代在大别山腹地一个小镇上，听一位饱经风霜的老者朗诵的，当时难以克制的泪水在他脸上肆意横流。刘醒龙永远记住了这一碗油盐饭，矢志写出感动人的优秀文学作品。

刘醒龙的创作从大别山起步，紧紧地贴近现实主义的道路前进、发展。他的《凤凰琴》和后来获茅盾文学奖的长篇小说《天行者》，都是写深山中的民办教师。这是中国教育战线中一个特殊的群体，教书育人不遗余力，却不是正式老师，拿不到工资，只能拿工分。有人从青丝到白头，直到挺直的腰杆弯了下来，最后离开讲台，还是不入编的民办老师。国家每年有很少量的将民办教师转为公办教师的指标，那指标很少、很少，少到只有千分之几。多少人为了这千分之几的希望而奋斗而努力，最终还是花落到别人怀里。我认识不少这样的民办教师，我当年也当过民办教师，我知道这是一拨为我国的教育事业、为一代人成长做出过杰出贡献的可敬之人。《凤凰琴》《天行者》就是写的民办教师，写的民办教师转为公办教师的问题。特别是《凤凰琴》改为电影播出后，在全国影响很大，以致引起党和国家高层领导人的重视。教育要改革，中国民办教师已成为历史，大量的民办教师通过考试，合格者转为公办教师了。刘醒龙功莫大焉！

2015 年 9 月 18 日，在武汉举行的全国期刊博览会上，我和刘醒龙等几个作家在讲演台上给一帮听众讲文学谈刊物，回答读者的问题。在我们讲台下面的听众里，有两个白发苍苍的老者，他们从大别山里来，他们在乡间当过民办教师。他们拿过话筒，述说因为刘醒龙的《凤凰琴》《天行者》改变了中国 491 万民办教师的命运，也推动了中国教育的师资改革，是民办教师的功臣、救星。他们俩从大别山里赶来，他们原来都是民办教师，教了一辈子书。现在考了公办，退休有了退休金，他们来到这里，只为了说一句：“感谢！”

关于刘醒龙没有上大学的事，我是今年才弄清楚的。那天我坐他的车回武汉，他说了他们高中同学几十年后聚会的事。有一个同学现在当了人民大学校长了，是部级干部。1978 年参加高考时，刘醒龙的准考证和这个同学是一个考场。但头天晚上，刘醒龙所在的英山县阀门厂的厂长找到他，说：“我们厂里是个百把人的小厂，你是团支部书记，你们几十个人明天去参加高考，我们厂就没人上班了。”刘醒龙当时学习成绩优秀，参加高考上大学是一点问题也没有的。但他想到厂长说的是实情，这拨人是厂里的骨干，都考走了，这厂里的生产还真的搞不下去了。刘醒龙把牙一咬，第二天没去考场。而且从此之后，他再没去考大学了，连什么继续教育、业大、电大都不参加。他现在当人大校长的同学替他惋惜，刘醒龙在学校成绩比他好。但刘醒龙没有说后悔的话。

文学是人学，生活中如果没有文学，人生会苍白、乏味平庸。国学大师钱穆说：“不懂文学，不通文学，那总是人生一大缺憾，似乎比不懂历史，不懂哲学还要大。”

2015 年 10 月 6 日

第七堂课　曾侯乙编钟的出土与其文化历史意义

老师们、同学们，大家好！

今天我给大家讲一讲在湖北随州出土的曾侯乙编钟的一些事。我写过一本书，题目就是《曾侯乙编钟那些事》，这本书由长江文艺出版社出版，《中国作家》杂志发表，《特别关注》(英语版)用中英文对照连载。

关于世界第八奇迹

请问有谁知道世界七大奇迹是什么？没有人能回答得出来。

我查过“百度知道”，它们是埃及的金字塔、希腊的宙斯神像、摩索拉斯陵墓、巴比伦空中花园、土耳其狄安娜女神庙、罗德岛太阳神巨像、埃及亚历山大港灯塔。很遗憾，在古代的世界七大奇迹中，没有中国的，埃及有两个。更遗憾的是，现在除了埃及的金字塔之外，其他六大奇迹有的只剩下遗迹，有的荡然无存，有的只是个传说。

近些年来，出现了世界第八大奇迹的说法。先是说西安的秦始皇兵马俑是世界第八大奇迹，后来又说曾侯乙编钟是世界第八大奇迹。大家如果有兴趣通过百度搜索，号称世界第八大奇迹的可多了。我给大家列一下：马来西亚人说马来西亚的沙捞越州的姆鲁山洞是世界第八大奇迹；菲律宾人说菲律宾吕宋岛北部两千多年前土著伊格罗特人，在海拔一千五百米以上徒手修建的古代梯田是世界第八大奇迹；越南人说越南下龙湾具有典型的喀斯特地貌是世界第八大奇迹；坦桑尼亚人说坦桑尼亚的恩戈罗恩戈罗火山口野生动物园是世界第八大奇迹；埃塞俄比亚人说埃塞俄比亚巨石凿成的拉利贝拉教堂是世界第八大奇迹；德国人说德国慕尼黑占地广大的国王宫殿是世界第八大奇迹；英国人说英国为防止海水倒灌淹没伦敦而在河中修建的巨型屏障泰晤士河坝是世界第八大奇迹；澳大利亚人说澳洲东北部的大堡礁是世界第八大奇迹；新西兰人说新西兰天气变化无常的米尔福德峡湾是世界第八大奇迹；巴拿马人说巴拿马运河是世界第八大奇迹；加拿大人说加拿大多伦多造价高达三亿美元的天虹体育馆是世界第八大奇迹；美国人说美国的世界第八大奇迹多了，拍摄电影《真实的谎言》的西礁岛七英里桥、职业棒球人联盟休斯敦太空人队大本营巨蛋球场，等等。

世界七大奇迹是公元前 3 世纪，也就是两千四百多年前，古希腊旅行家、诗人昂蒂帕克，把他在旅行中所见到的最伟大的人造景观，称为世界七大奇迹。

昂蒂帕克肯定没到中国来过，所以他的七大奇迹中就没有中国的。

1978 年 9 月，时任巴黎市长的希拉克到西安，在临潼看了秦始皇陵兵马俑，他说世界上已有七大奇迹，那秦始皇陵兵马俑就是第八大奇迹了。

而称随州出土的曾侯乙编钟为世界第八大奇迹的，首先是美国音乐界知名人士、纽约大学教授麦克伦，他在听了曾侯乙编钟演奏后，就写文章说曾侯乙编钟是世界第八大奇迹。中共中央原政治局常委，全国人大常委会委员长乔石与夫人在听了曾侯乙编钟演奏后说："不愧是世界第八大奇迹。"

因此，我们说曾侯乙编钟是世界第八大奇迹，一点也不是吹牛，而是有根据的。

曾侯乙墓的发现与曾侯乙编钟的出土

湖北有个随州市，现在是个地级市，20 世纪 70 年代称为随县，属襄阳地区管辖。随县县城西边两公里处，有个山包，叫擂鼓墩。为什么叫擂鼓墩？据说春秋战国时期楚庄王带兵在此与叛军交战，亲自擂鼓助威，因此而得名。1977 年，驻扎在随县擂鼓墩的武汉空军雷达修理所，扩建厂房，在擂鼓墩山坡上破土平整土地，要削去山坡土石 10 多米。部队请了些农民工前来挖土放炮运土石，负责现场施工的是雷达修理所的副所长王家贵。农民工们在打了炮眼，放了炸药，放炮炸松了土石后，再将土石运走。他们往下挖时，一直是坚硬的红砂岩土质，突然有一天，他们挖出了松软的褐色土层，有个农民还在附近土层中挖出了一些青铜罐子。雷达修理所的所长副所长们，当时看过长沙马王堆西汉古尸的纪录片，就跑到随县文化馆里去报告。文化馆里的人没有理会，说，那地方哪里会有什么古墓？擂鼓墩上的农民工挖了不久又挖出了白膏泥，部队又派人向文化馆报告，文化馆就派了两个人到现场，其中一个是管理图书的，武汉大学图书馆系毕业，另一个是搞音乐的，现在的武汉音乐学院毕业。两个人到现场看了看，说没有古墓。雷达修理所副所长王家贵就继续指挥农民工打眼放炮，但让炮眼打得浅些，炸药放少些。过了两天，竟然挖出了石板，一块块有规律。王家贵叫大家停工，这底下一定有名堂。他亲自骑自行车到随县，这次他不找文化馆，直接找随县文化局。文化局的局长一听，就派了个曾经参加过省里文物培训班的人到工地查看。此人到工地一看，就说地下有古墓，他立刻报告襄阳地区博物馆和湖北省博物馆。

当时检查打了炮眼装了炸药的地方，炮眼底部离古墓盖板只有六十厘米，如果炸了，擂鼓墩的文物就毁了。

湖北省博物馆派了副馆长兼考古队长谭维四带人立即赶到随县。

这里我要重点介绍一下谭维四这个人物，这是我们湖北考古界不可缺少的一个人。

谭维四出生在湖南望城一个书香人家，“维四”典出“礼义廉耻，国之四维，四维不张，国乃灭亡”。他于1949年由湖南到湖北，先在文工团工作，1952年调入省人民政府搞文物考古工作，一辈子献给了湖北的考古事业，在湖北省博物馆馆长任上离休。此人一辈子参与主持发掘考古遗址无数，但最辉煌的莫过于三大考古发现。

第一大考古发现是1965年冬，荆州地区漳河水库渠道工程开工。大雪纷飞，条件艰苦，住工棚，睡地铺，谭维四是考古队队长，他们在江陵纪南城西北7公里的望山1号墓中发掘出了越王勾践剑，剑身刻有8字铭文：“越王勾践，自作用剑”。这把剑被郭沫若鉴定为是卧薪尝胆终灭吴国的勾践的自用剑，被誉为天下第一剑，现藏于湖北省博物馆，为镇馆之宝之一。勾践剑长55.6厘米，宽5厘米，剑身寒光闪闪，锋芒逼人，叠纸20层试之，剑过纸断。

第二大考古发现是于 1975 年 3 月，武汉空军雷达部队在江陵凤凰山营区发现了一批古墓。谭维四带着考古队到达，确定其 167、168、169 号墓为重点。谭维四确定发掘 168 号墓，在这座古墓里，出土了一具与长沙马王堆女尸同时代的一具男尸。当时省委管文教的书记韩宁夫在现场，问谭维四这里面有古尸吗？谭维四回答：百分之八十有。当古墓打开时，积水有 132 厘米深，是个水洞子。旁边的人说谭维四吹牛，这回可不好交代了，即使有尸体，也被水泡烂了。但谭维四坚守现场，从水中吊出棺材，拖到荆州地区博物馆，凌晨开棺，出土了凤凰男尸，震惊全国。

第三大考古发现就是 1978 年 3 月，他带着队伍到随县发掘的曾侯乙墓，出土的 1.5 万多件文物，而其中出土的曾侯乙编钟，更是震惊中外的中华瑰宝了。谭维四是 1978 年 3 月 19 日到的随县擂鼓墩，他们在部队军营中安扎下来，就开始了日夜不停的工作。

他们把曾侯乙墓称为擂鼓墩 1 号墓。此墓在挖去填土、揭开麻石板、打开椁盖板后，发现了一个直径约 1 米的盗洞。盗洞的出现，让考古队的心头压上了一块石头。墓内还有文物吗？盗墓贼是不是把文物都盗走了？我们劳神费力地发掘，最后只剩一座空墓，不是无效劳动吗？

《中国盗墓史》的作者王子今先生，对中国盗墓的历史进行了详细的介绍。他统计过，陕西凤翔 1 号大墓有 247 个盗洞，像密密麻麻的筛子。

发现擂鼓墩 1 号墓有盗洞后，谭维四仔细地查看了墓地的形状。墓地的面积很大。这个盗洞到底挖到墓里没有，是否盗走了文物，都不能确定。在驻军部队的配合下，在有些人情绪低沉甚至说出种种风凉话的情况下，他不怕挫折，最终把满坑的浊水抽尽。他们发现了墓宫分东室、西室、北室、中室，埋藏了无数瑰宝，中室中出土了 65 件套的曾侯乙编钟，可为顶级。

谭维四带领考古人员，每天小心谨慎地工作着，采取了一切可能的安全措施，一直到 6 月 12 日，才将 65 件钟体和横梁以及各种构件全部安全取出墓坑。

至此，规模宏大，气势磅礴，造型精美，数量众多的曾侯乙编钟，巍然屹立在地面之上。

曾侯乙编钟钟架呈曲尺形，分长短两架。长架长

7. 48 米，高 2. 65 米；短架长 3. 35 米，高 2. 73 米。每架分上、中、下三层。中、下两层呈垂直方向相交。小编钟全为钮钟，分三组，三组互不相连，即南架上有一组，西架上有两组。小编钟的钟架形似足球门，上为横梁，悬挂着小编钟，两端用圆木柱支撑，南架上一组为六件，西架上两组，一组为六件，一组为七件。在中、下层横梁的两端和长、短横梁相交处端部，各有一铜人武士顶托，因西架长，在其上下两层的中部又加了一根铜立柱支撑。铜人武士腰佩宝剑，威武雄壮，双手托举，表情肃穆。他们力举千斤，忠于职守，裙带飘逸，风采斐然。中层编钟共有 33 件，全部为甬钟，分无枚钟、短枚钟、长枚钟三种。下层全部为大钟，共 13 件，除西架当中一件为镈钟外，其余均为长柄甬钟。这些大钟，其中最大的超过 200 千克，最小的超过 60 千克。全套编钟，重达 4. 4 吨。

曾侯乙编钟的文化历史意义

这个部分，我们分三个方面讲。

一、曾国在哪里？曾侯乙是什么人

谭维四领着考古队到达随县擂鼓墩时，只知道这是座大型古墓，什么年代？墓主是谁？哪个国家(地方)的人？都得发掘后才能弄得清楚，因此当时就把这个墓编成代号为擂鼓墩1号。

当墓室打开、文物出土之后，云集在考古现场的专家根据出土文物进行了考证研究，得出结论是：这是春秋晚期曾国国君的墓，墓主叫曾侯乙，下葬年代是楚惠王五十六年(公元前433年)之后，离现在有两千四百多年。

曾国在哪里？春秋时代，全国被周天子分封的有170多个有记载的诸侯国，还有许多无法统计的小国家，有上千个。当时的大国有郑国、齐国、楚国、晋国、燕国、赵国、秦国、吴国等，最小的国家叫州国，在今湖北监利附近，面积很小，只相当于现在的一个乡镇。

从出土文物的丰富和曾侯乙编钟规模大、件数多、铸造精美来看，曾国应该是大国、富国。但历史上在随州枣阳一带，有记载的只有一个随国。周天子把姬姓兄弟叔侄分封到淮水上游和汉水中游地区，建立了随、唐、蔡、应、息等数十个国家，史称“汉阳诸侯”，据《左传》记载：“汉东之国，随为大。”有关随国的记载在史书上很多，但史书上却没有一个曾国。根据地域及人文资料考证，先是武汉大学历史系教授提出了“曾随为同一国家”的论点。中国社科院历史研究所研究员李学勤在《光明日报》的“文物与考古”副刊发表文章，也论证了“曾随一国”的观点。他说当时的诸侯国有两个国名的不少，如河南南阳附近的吕国又称为甫国，山东安邱的州国又称淳于国。

曾随一国，我们在曾随乙墓出土的曾侯乙编钟上来找佐证。

曾侯乙编钟出土有65件钟体，下层的大件中间，有一件镈钟，是楚惠王五十六年(公元前433年)的。楚王镈钟上有铭文：“隹王五十又六祀，返自西阳，楚王酓章，乍曾侯乙宗彝，奠之于西阳，其永持用享。”这铭文的意思是，楚惠王五十六年，从西阳返回，楚惠王熊章制作此镈钟送给曾侯乙宗室，存放于西阳，永远纪念。

楚国在南方是大国，为什么要给比它小比它弱的曾国送镈钟，这是很重的礼物啊！

我们从《东周列国志》等史书来寻找原因。

楚平王时期，费无忌得宠，谗言陷害忠良之臣伍奢与大儿子伍尚，小儿子伍子胥得以脱逃。经过千辛万苦到了吴国，伍子胥取得吴王信任，带兵攻打楚国，破了楚国都城郢都。伍子胥为报父兄之仇，掘开了楚平王的坟墓，鞭尸三百，以泄心头之愤。郢都破了之后，楚昭王四处逃亡，是随国的国君把他秘密隐藏起来。后来，楚国大夫申包胥到秦国搬来救兵，赶走了吴国军队，楚昭王才重建楚国。楚昭王记住随侯救命之恩，与随国友好。楚昭王死后，楚惠王即位，送镈钟给随侯以示友好。而这镈钟出现在曾侯乙墓的编钟组中，这说明曾国就是随国，曾随是一个国家的两种叫法。后来，随州、枣阳等古墓中又出土了不少曾国铭文的文物，也是证明。

二、一钟双音，是改写世界音乐史的、堪与中国四大发明比肩的第五大发明

曾侯乙编钟出土后，专家们进行了全方位的研究。关于中国编钟的起源、发展、铸造、种类等，那是要写几本书才能说明白的。这里我们只说一钟双音的事。

我先说一个人，他叫黄翔鹏，是一位抗战时期就参

加共产党的老音乐专家，担任过中国音乐研究所所长、中国艺术研究院博导。曾侯乙编钟出土后，黄翔鹏和李纯一、王湘就到了随县。他们是在随县文化馆那简陋的陈列厅中测出了曾侯乙编钟是一种双音的。这是个石破天惊的结论，令中外音乐界震惊。所谓一钟双音，就是一件编钟，能敲出两个不同的音来。两千四百多年前，中国的铸钟工匠们利用编钟不同的面，通过打磨钟体，掌握其厚薄而发出不同的声音。黄翔鹏教授其实于 1977 年在甘、陕、晋、豫四省调查时，接触了不少的先秦编钟，当时他就测出了编钟的一钟双音，提出了一钟双音的见解。但遭到音乐界人士的质疑，大家觉得这是不可能的事情，无法想象，就连黄翔鹏的前辈、音乐大家杨荫浏先生也持相反态度。黄翔鹏写的一钟双音的论文，投给了《音乐论丛》杂志，《音乐论丛》杂志以太长了为理由，只发表了上半部分，对一钟双音结论的下半部分压下没发。曾侯乙编钟出土后，一钟双音被测出，但对黄翔鹏是第一个发现一钟双音的事，无人提及，黄翔鹏自己也没在任何场合提及此事。直到他去世后，才有人写文章谈起这件事。

一钟双音的发明和应用，是中国古代乐工乐师们对世界音乐宝库的重要贡献。

武汉音乐学院副院长李幼平，在给外国听众主办的中国古典音乐讲座上，讲到在古代，世界各地都有钟，但它们都没有成为乐器，而曾侯乙编钟不仅成了乐器，而且是一钟双音，他是这样解开奥秘的。他说，外国人造的钟都是圆的，声音持续时间长，所以只能作为钟，而不能为乐器。唯独中国的编钟像两片瓦合在一起，声音的衰减较快，所以能编列成组，作为乐器使用。曾侯乙编钟在一个钟上能敲出两个准确的音乐，这个现象一度使人感到困惑。经声学检测发现，编钟能发双音，在于它的合瓦形状。当敲击钟的正面时，侧面的振幅为零，敲击侧面时，正面的振幅为零。这样双音共存一体，又不会互相干扰。李幼平教授也是音乐考古学家，他的讲解简明扼要。

但是多年以来，人们很自然地认为先秦编钟，一钟只发一个音高乐音——这个“多年”，多至两千余年时间。在这两千多年里，从古代铸钟、演奏实践，到现代科学考察、研究，无不以一钟一音的认识为基础。

如果把这一认识比作水面的话，那么用“水平似镜”来形容两千多年来这一状态之毫无变化，是一点也不过分的。

在第九届国际中国科学史会议上，来自中、英、法、德、澳大利亚、新加坡、韩国、日本、俄罗斯等国家的二百多位学者与会。

大会主席程贞一在开幕式上说：“我们所拥有的关于古代中国文明和古代中国在科学技术上的贡献方面的知识，由于近几十年来的令人震惊的考古发现而得到进一步的丰富。我们会议书籍封面照片展示了从曾侯乙墓中发掘出的公元前五世纪的双音青铜编钟。而封底则展示了编钟的专业术语，这些编钟不单纯是反映从古代世界发现的又一套青铜编钟，因为在此编钟中还包含了精确的声学、和声学、冶金学和精密铸造技术方面的科技知识。”

程贞一在列出了一些对世界科技发明有影响的人名后，指出：“曾侯乙生于毕达哥拉斯死后的近 20 年，毕达哥拉斯被看作发现音乐和声学、音律学的学者，因此被誉为‘声学之父’。曾侯乙编钟的发现修正了我们对声学史的看法，这一编钟排列超过几个八度，并雕刻有音(半音)阶，还有音名和音乐相同调号关系的铭文。”

程贞一的发言，可以理解成曾侯乙编钟证明了中国古人在声学上的成就，是可以怀疑毕达哥拉斯是否世界上的“声学之父”这一说法的。

三、两千四百多年前的乐器奏出当代新声，曾侯乙编钟声震寰宇，响彻世界

曾侯乙编钟出土后，黄翔鹏等专家经过测音试验，确定都能发出准确的乐音，其音阶音量等，与现代的钢琴相差不大。专家们和考古队员们十分兴奋，他们决定用出土的编钟举办一次演奏会。黄翔鹏等音乐专家们当导演，选择演奏的曲子，谭维四从省博物馆找了几个讲解员，又从随县驻军文艺宣传队调了几个年轻队员，一个临时组织起来的编钟演奏乐团成立了。1978 年 8 月 1 日，在随县某驻军的礼堂里，从地底下出土的两千四百年前的编钟按照在地宫里的原样架设在舞台上，巍峨雄浑。黄翔鹏指挥编钟乐队的演奏开始，第一曲是《东方红》，当即清脆洪亮的钟声响起，优美动听的旋律像春风一样拂遍了礼堂的上千名听众的耳膜，注入了大家的心

田。这一天，编钟乐队还演奏了《欢乐颂》、美国电影插曲《一路平安》、日本歌曲《樱花》，中国民歌《草原上升起了不落的太阳》《浏阳河》，还有古曲《楚商》。演出获得巨大成功，现场响起山洪暴发般的掌声。

两千四百多年前的曾侯乙编钟演奏古今中外的乐曲，电台、电视台录下了亘古的奇迹。曾侯乙编钟的乐声经过传播，震惊世界。编钟成了中国音乐的象征，中国音乐界的最高奖就是编钟奖。编钟热一下在中国掀起。

曾侯乙编钟运到武汉，在武汉东湖之滨的湖北省博物馆落户。省博物馆建了编钟馆，原件编钟陈列在馆中，成了国宝，成了镇馆之宝。

编钟原件不能再让人敲了，不能再演奏了。经国家文物局批准，湖北省博物馆、中国科学院自然科学史研究所、武汉机械工艺研究所、广东佛山球墨铸铁研究所、武汉工学院、哈尔滨科技大学联合成立了编钟复制研究组。

1984 年 8 月，经过 6 年的科技攻关，终于完成了全套曾侯乙编钟的复制研究工作。

党和国家领导人先后到湖北省博物馆参观编钟，听编钟演奏，并且亲自敲响编钟。世界著名歌唱家帕瓦罗蒂听完编钟演奏的《欢乐颂》后，朝着编钟喊：“音乐万岁！”世界音乐大师梅纽因说：“古希腊乐器都是木器，没能保存到今天，我们听不到古希腊的乐器能有什么样的声音。只有中国的编钟，还能把两千四百多年前的乐音再现在我们面前。”

曾侯乙编钟能够演奏出现代钢琴上所有黑白键的音响，它比钢琴早诞生两千多年。

1992年5月1日，曾侯乙编钟到日本演奏，天皇和皇后到演奏厅谛听。前美国国务卿基辛格，两次到湖北省博物馆观看编钟演奏。新加坡前总理李光耀与夫人带女儿夜访博物馆，也只是为了欣赏编钟乐曲。英国首相希思、德国总理科尔听过编钟演奏。音乐家谭盾，用曾侯乙编钟演奏庆祝香港回归的序曲《交响曲·1997》。湖北省博物馆每年接待观众160多万人次。40多年来，曾侯乙编钟作为文化使者，已经让世界人口十分之一的人领略了它的风采，150多个国家和地区的人们听过它的演奏。

曾侯乙编钟出土之后，随着它的声音的传播，它的传奇经历的流转，它已蜚声海内外、名震寰宇。它的文化历史意义是深远而多重的，我们还可以进行多方面的发掘。曾侯乙编钟是世界第八大奇迹，一点也不虚。它的一钟双音的创造，绝对是可以和古代中国四大发明媲美的第五大发明。

2016 年 5 月 8 日

第八堂课　诺奖得主阿列克谢耶维奇及其作品

老师们、同学们，大家好！

今天的人文系列讲座，我给大家讲一位外国的作家和她的作品，这位外国作家叫阿列克谢耶维奇，获得过诺贝尔文学奖。

说阿列克谢耶维奇前，我先介绍一下诺贝尔文学奖。

阿尔弗雷德·贝恩哈德·诺贝尔，瑞典著名化学家，硝化甘油炸药的发明人，他在 1895 年 11 月 27 日写下遗嘱，捐献全部财产 3122 万余瑞典克朗为基金，将每年的利息作为奖金，授予"一年来对人类作出最大贡献的人"。根据他的遗嘱，瑞典政府成立了诺贝尔基金会，设立了诺贝尔奖。诺贝尔奖共有五项，分别为物理学、化学、生理或医学、文学与和平，诺贝尔奖于1901年首发。诺贝尔文学奖授予在文学方面创作出具有理想倾向的最佳作品的人，该奖项由瑞典文学院颁发。诺贝尔文学奖共授给了一百多位世界各国的作家。

2012年，中国作家莫言获得诺贝尔文学奖。

2015年10月8日，白俄罗斯女作家斯维特兰娜·亚历山德罗夫娜·阿列克谢耶维奇获得了诺贝尔文学奖。

瑞典文学院宣读给她的授奖词是："她的复调式书写，是对我们时代苦难和勇气的纪念。"

一、阿列克谢耶维奇的基本情况介绍

阿列克谢耶维奇于1948年出生在乌克兰西部城市小镇伊万诺·弗兰科夫斯克，母亲是乌克兰人，父亲是白俄罗斯人，她是在白俄罗斯首都明斯克长大的。根据她在斯德哥尔摩瑞典学院的演讲内容看，她出生在乡下。她回忆自己的孩提时代，成长在一个满是女人的世界。"小时候我和小伙伴喜欢在户外玩耍，但是每当夜幕降临，疲惫的农妇们一起坐在农舍边的长凳上开始讲故事时，她们的声音就像磁石一样地吸引我们。这些妇女们没有一个人有丈夫、父亲或者兄弟。二战之后，我几乎看不到村子里有男人出没。战争期间，四分之一的白俄罗斯人丧生，有些死于前线抗击敌人，有些死于后方和游击队的战斗。”

阿列克谢耶维奇的父母都是乡村小学的教师，她出生的这个环境，对于她后来的写作，产生了关键性的影响。令阿列克谢耶维奇印象最深刻的是，那些女人们的话题并不提及死亡，却往往是爱。她们一遍遍讲述当她们男人上战场那天，她们是怎么和他们告别，讲述战后她们是如何等待他们的归来，并且一直等待。许多年过去了，她们依然在等待，甚至不在乎男人是否缺胳膊少腿。

阿列克谢耶维奇毕业于白俄罗斯国立大学新闻系，后到杂志和媒体当新闻记者。她认识了白俄罗斯的著名作家阿达莫维奇，以他为师，擅长用与当事人访谈的方式写纪实文学，记录了第二次世界大战、切尔诺贝利核电站大爆炸、阿富汗战争、苏联解体等人类历史上重大的事件。她的作品被翻译成了 35 种文字在 19 个国家出版，仅《战争中没有女性》一书，俄语版销量就有两百余万册。

阿列克谢耶维奇的表达方式，也即写作的体裁，就是纪实文学或说报告文学与非虚构，其最大的成就就是“纪实性”，以及“口述史”的文学贡献，可以说她把纪实文学提升到了一个极致的高度。这种写作，与阿列克谢耶维奇的记者生涯有关。

阿列克谢耶维奇说：“我有三个家：我的白俄罗斯祖国，它是我父亲的祖国，我一辈子生活的地方；乌克兰，我母亲的祖国，我出生在那里；俄罗斯的伟大文化，没有它，我无法想象现在的自己。”

阿列克谢耶维奇说的这三个家，在她大半生日子里，实际上是一个家。而她受到俄罗斯(苏联)文化的熏陶是显而易见的，如她自己所说，如果没有俄罗斯文化，就没有后来的她，也就没有她的获诺贝尔文学奖的丰碑作品。

1992 年之前，阿列克谢耶维奇是生活、工作在苏联体制下，1985 年，她的成名作《战争中没有女性》在苏联出版，俄语版发行两百余万册，根据小说改编的电影获得了苏联的大奖。在苏联文化政策的背景下，阿列克谢耶维奇是被认可过的。不久，阿列克谢耶维奇又写了一部描述阿富汗战争的《锌皮娃娃兵》，描述了阿富汗战争中劫后余生者的惨淡生活，以及军人的母亲因儿子在阿富汗死去而反对战争，这是她发出的“异端”声音了。

阿列克谢耶维奇在报纸和文学杂志社任记者时，因为独立报道和批判风格，她的独立新闻活动曾受到政府的限制。《锌皮娃娃兵》出版后，曾经被列为禁书。1986年切尔诺贝利核泄漏事件后，她先是写了一些报道，后来写了一本《切尔诺贝利的回忆：核灾难口述史》，现在出版时改名为《我不知道该说什么，关于死亡还是爱情》。这本书出版之后，在西方影响很大，她受到了政府的压力，开始了流亡生活。

在文学与写作方面，苏联、俄罗斯作家都给了她较大的影响。索尔仁尼琴的《古拉格群岛》对阿列克谢耶维奇显然影响较大，《古拉格群岛》也是用的纪实性写作方法。陀思妥耶夫斯基的《死屋手记》也是纪实性的，托尔斯泰的《复活》、肖洛霍夫的《静静的顿河》等经典文学作品，里面都有大量的历史文献，阿列克谢耶维奇的作品中历史文献的使用也较多。写苦难内容方面，在俄罗斯与苏联的作家中，有阿赫玛托娃反映苏联大清洗的诗歌《安魂曲》，利季娅·丘科夫斯卡娅的《捍卫记忆》，这两位女作家对阿列克谢耶维奇都有影响。

阿列克谢耶维奇是深受俄罗斯文学滋养的女作家。

2015 年 10 月 8 日，当诺贝尔文学奖授给阿列克谢耶维奇时，阿列克谢耶维奇正在明斯克的公寓里做家务、熨衣服。她接受瑞典电视台的采访时，表达了获奖后的心情，她说她马上就想到了很多伟大人物，比如伊万·蒲宁、鲍里斯·帕斯捷尔纳克，这些人都是历史上得过诺贝尔文学奖的俄国作家。她说她的感觉棒极了，同时也感到有些被打扰。

当被问到会用八百万瑞典克朗的奖金做什么时，阿列克谢耶维奇说："我只会做一件事，给自己买个自由。每写一本书都要花我很长时间，五到十年吧！"

至今，阿列克谢耶维奇在中国出版的书有五本，最早于 20 世纪 80 年代出版是《战争中没有女性》(现译名为《我是女兵，也是女人》)、《切尔诺贝利的回忆：核灾难口述史》(现译名为《我不知道该说什么，关于死亡还是爱情》)，以及《锌皮娃娃兵》《我还是想你，妈妈》《二手时间》。这五本书，有两本是写二战时期苏联的母亲、儿童对战争的回忆；第三本是写阿富汗战争，那些回来的士兵的回忆和死在阿富汗战争中的年轻士兵的母亲的回忆；第四本是写切诺贝利核灾难给人民带来的死亡与噩梦；第五本《二手时间》是讲述苏联解体后，从1991年到2012年二十年间痛苦的社会转型期，俄罗斯普通人为了梦想破碎付出的代价。

当我们读完阿列克谢耶维奇这五本书后，我们会体会得到诺贝尔文学奖给她的授奖词"她的复调式书写，是对我们时代苦难和勇气的纪念"的深刻意义和内涵。

根据我看到的资料，阿列克谢耶维奇两次到中国。第一次是1989年初冬，她随苏联作家访问团来的。1989年11月6日，她与中国的苏俄文学研究人员进行了交谈，谈了她写作《战争中没有女性》的情况。第二次是她于2016年8月到上海参加上海书展和2016上海国际文学周。8月22日下午，她曾与几位上海作家进行了简短却深入的对话与交流。阿列克谢耶维奇获得的国际奖项有瑞典笔会奖、德国莱比锡图书奖、法国"世界见证人"奖、美国国家书评人奖、德国书业和平奖和诺贝尔文学奖。

二、战争是一场谋杀

阿列克谢耶维奇在斯德哥尔摩瑞典学院作获奖演说，谈到了她写战争的纪实作品时，说“战争就是谋杀”。

阿列克谢耶维奇出版了五本书，这五本书在中国都已翻译出版了。作为一个写作多年的作家，五本书不算多，但她的这五本书都是高质量的，她就凭这五本书获得了诺贝尔文学奖，而那些出版了几十本、几百本书的人，可能很快就会被人们忘记。

阿列克谢耶维奇的五本书中，有三本是写战争的，其中两本写第二次世界大战期间的苏联卫国战争，一本写阿富汗战争。

苏联卫国战争中伤亡人数达2680万，青壮男子在战场上大量死亡。阿列克谢耶维奇说：“我不记得战后我们村里有男人”。卫国战争期间，在苏军各兵种服役的妇女超过了80万，有50万少女参军，其中有20万女共青团员。战后，1948年出生的阿列克谢耶维奇，从新闻学院毕业后从事记者工作。她接触了许多在卫国战争中上过战场又活着回来的妇女，她经过了4年的采访，记下了这些幸存者的回忆。她在她的第一本书《战争中没有女性》的前言中说："整整四个春秋，我走在被别人的痛苦回忆并炙热的万里行程上，备受煎熬。我记下了几百名在前线战斗过的妇女的叙述。她们当中有医务人员、通信兵、飞行员、狙击手、步兵、高射炮手、政工人员、骑兵、坦克手、空降兵、水兵、调度员、司机、野战洗衣工、炊事员、面包师等。"

阿列克谢耶维奇将这些采访得来的材料，采取采访者与被采访者的叙述同时出现的手法，写出了长篇纪实文学《战争中没有女性》，最早刊发在1984年的2月号苏联《十月》杂志上，立即产生巨大影响。这年，阿列克谢耶维奇36岁，获苏联勋章。

《战争中没有女性》这本书中，由几十位十六岁到二十岁的女性的口述回忆，记下了她们的种种战争经历和心灵感受，读下来简直触目惊心，撼人心魄。这里我向大家介绍几个例子。①

---

① 资料来源：《战争中没有女性》，昆仑出版社，吕宁思译，1985年。

战争开始时，基罗卓娃还不到18岁，她入伍当了狙击手，起初是练习，上前线后，第一次看见枪口下的德国人，吓得不敢开枪，直哆嗦。刚开始基罗卓娃打死一个德国鬼子后哭了，觉得自己杀了人。当他们的队伍到达了一个小镇，小镇上的房子被烧毁了，留下些如焦炭的人骨头，还有烧光了珐琅质的五星帽徽，这是苏军伤员或俘虏被德国人烧死后留下的。此后，她杀多少敌人，都不动心，她想到那焦炭中的父兄。她从前线回来时，才21岁，却看着是个满头白发的小老太。

伊万诺夫娜：有一回，我们的侦察员抓到一个德国军官，这个军官说，他们的阵地上有好多士兵被打死，而且都是打在脑袋上，这绝不是普通士兵干的，他要求告诉他是谁每天打死他十来个士兵？我们的团长对他说，很遗憾，我不能指给你看了，那是个年轻的女狙击手，已经牺牲了，她叫萨沙·施利亚霍娃，她是在单独执行任务时牺牲的。使她遭殃的，是一条红围巾，她非常喜欢这条红围巾，由于在雪地里，暴露了伪装，她因为一条红围巾被打死。讲这个故事的伊万诺夫娜复员时，在火车上见到了一只老鼠，竟然吓得哇哇叫。她回村时，碰到一辆便车，她上去了，开车的人问她：姑娘，你打死过几个德国鬼子？她说：75个。开车的说：你吹牛太吹大了吧！而她确实打死了75个德国鬼子。

斯米尔诺娃(高射机枪手)：体检之后，入伍宣誓，司务长发服装。在连里，数我个子最矮，体重最轻，身高1米53，鞋子穿34码。军工厂是不制造这么小的鞋子的，发给我一双42码的大皮鞋，不用解鞋带就可以把脚插进鞋筒，皮鞋很重，我穿上它，只能拖拖拉拉走路。我列队走路时，步态稀奇古怪，那吃尽苦头的第一次行军，现在真是想想都可怕。连长看到我的怪模样，就把我叫住了：斯米尔诺娃，你是怎么走队列的？难道没学过？为什么不高抬腿？我宣布罚你做三次额外勤务。我回答说：是！转过身要走，可是皮鞋掉在地上，两只脚都被鞋筒磨破了。这时，真相才大白。连长抱着我的脚哭了，连队的鞋匠奉命为我改制了一双36码的高筒靴。

玛丽亚·马若科(战地护士)的回忆：我最受不了的是给人截肢，常常要做高位截肢，就是把整条腿都锯下来。当我把断肢抱出去，抱都抱不动，我记得那些腿都很沉。我抱着，就像抱个孩子，特别是几乎从大腿根上截下来的腿，我最受不了，我抱出去的男人的大腿，堆成一座小山。我常常梦见我抱着这样的腿。我想，我将来怕是找不到一个有腿的丈夫了。

卫生指导员，南丁格尔金质奖章获得者斯米尔诺娃：1942年12月25日，我们56集团军343师坚守着通往斯大林格勒的一片高地，德国人决心不惜任何代价也要把它夺过去。战斗十分残酷，在一片开阔地带，我们的一个炮兵中尉受伤了，几名卫生员冲上去想把他救回来，结果都牺牲了。两条救生犬爬过去(我在那儿生平第一次看到这种狗)，也被打死了。这时，我一下子扯下棉帽子，挺立身子站起来，先是小声，然后就高声唱起一支我们在战前最喜欢的歌曲《我陪伴你去建立功勋》，双方人员——我们这边和德国人那边，全都安静下来。我跑到伤员跟前，把他抱上小雪橇，拉回我方阵地，敌人一枪也没开。我从炮火下一共救出481名伤员，有个新闻记者算了算，我救的人是整整一个步兵营。

斯特列尔柯娃(助理军官)：我不知道这现象该如何解释，我们把男人背在身上，而他们的体重要比我们重两三倍，除了他本人的体重，还要背他的武器，他身上的军大衣、大皮靴。八十公斤的重量压在身上，一点点往回爬，放下这一个，马上去背下一个，又是七八十公斤……每次冲锋都得这样背五六次。而我自己却只有四十八公斤——芭蕾舞演员的体重。真不能相信，我们那时怎么能做到这一点的。

捷姆琴科(护士)：我见过多少截下来的胳膊和大腿啊……无法相信世上还会有四肢完整的男人了。似乎男人们不是受伤，就是阵亡了……

奥梅尔琴科(卫生指导员)：记得有一次，一发炮弹落在弹药库上，只见火光一闪。在边上，一个站岗的士兵被烧坏了，烧得简直不成人样，而像一块黑熏肉……他乱蹦乱跳，大家在战壕里都看傻了眼，没有一个人去救他。我抓起一条被单，向他跑过去，盖到他身上，一下子把他按住，他继续乱蹦乱跳，直到心脏迸裂，咽了气。我发狂了，浑身是血。一个老兵走过来，抱住我。我听到他对别人说，如果战斗结束时她还活着，那她再也不会是个正常人了。战斗又开始了，德国人每天要向我们攻击七八次。这一天我救下了 57 名伤员，连同他们的武器。我向最后一名伤员爬去，他的一条胳膊完全被打烂了，需要赶紧截去胳膊并包扎好，否则就无法抢救了。可我没有刀子又没有剪子，挎在腰上的急救包里面的器械早掉光了。怎么办？于是我用牙齿把伤员的烂胳膊啃下来，马上包扎。伤员还催着说，护士快点，他还要打仗呢。

阿列克谢耶维奇第二本写卫国战争的书是《我还是想你，妈妈》。作者采访了数百个在卫国战争时 4 到 12 岁而现在都已成年，且从事多种工作的俄罗斯男女，共有 101 名被访问者，通过他们的口述，从儿童的视角来反映战争的残酷与无情。孩子们在童年时，最离不开的是谁？是妈妈。妈妈是孩子们童年世界的全部，比爸爸还重要。这些叙述者虽说也说到了父亲，但更多的是妈妈。所以书名是《我还是想你，妈妈》，但他们很多人都失去了妈妈与爸爸，是战争使他们变成了孤儿。这本书中每次的回忆都很短，有的只有几百字，但都是从儿童视角来叙述的。我下面引用几篇。①

---

① 资料来源：《我还是想你，妈妈》，晴朗李寒译，九州出版社，2015 年。

热尼娅·别利克维奇，6 岁，现在是一名工人：战争开始了，爸爸上了前线，在我的记忆里，战争就是失去爸爸。后来黑暗的天空上黑色的飞机来了，我们的妈妈带着我与弟弟妹妹逃难，敌机轰炸之后，妈妈伸着手臂，躺在公路的附近。我们哀求她起来，可是她不起来，她起不来了。战士们把妈妈埋到了沙土里，埋在了她倒下的那个地方。我们喊叫着，哀求着："不要把我们的妈妈埋进坑里，她会醒来的，我们还要赶路。"有几只不知名的大甲虫在沙土上爬来爬去，我无法想象，妈妈怎么能和它们在泥土里一起生活呢。将来我们怎么找到她，我们怎么才能再见面？谁会给我们的爸爸写信。

瓦洛佳·科尔舒克，7 岁，现在是一名教授，历史科学院博士：德国人把妈妈和另两个女人押到一起，她们的丈夫也都参加了游击队，就这样被带走了。他们把她们带到哪里去了？往哪个方向走的？谁也不清楚。第二天，在离村不远的地方，她们被人发现了，她们躺在雪地上。人们把妈妈拉回来。怎么会这样？为什么他们要朝着脸开枪？妈妈的面颊上有几个黑色的枪眼儿。我问爷爷："为什么他们要朝脸开枪？我的妈妈长得这么漂亮……我不明白，他们为什么要杀死我妈妈，她什么坏事都没有做，她只是坐在那里做针线。”

雅可夫·科罗丁斯基，7岁，现在是一名教师：捆绑的人们站着，低着头。敌人按照名单清点了一遍，然后他们就被带到村后，他们中间有许多村里的男人和一名女教师。他们很快都被开枪打死了，敌人收拾了一下准备离开。一个德国人让摩托车转着弯，从这些死去的人身边绕过。他的手里拎着一件沉重的什么物件，不是根粗棒子，就是摩托车的手摇柄。他没从摩托车上下来，慢慢开着，砸向所有人的脑袋……另一个德国人想用手枪再补射一下，这个德国人摇摇手，意思是不用了。所有人都走了，可他直到把所有人的脑袋都砸碎后才离开。我以前从来没有听到过人的骨头破碎的声音。这次我记住了，它们噼啪作响，就像熟透的西瓜。

瓦丽娅·尤尔凯维奇，7岁，现已退休：在集中营，他们把奶奶和一批老人第一时间送进毒气室。德国人在宿舍里走来走去，登记儿童姓名，挑选漂亮的，一定要长得皮肤白皙的。妹妹的皮肤很白，有一双深蓝色的眼睛。妹妹早晨被带走了，傍晚才送回来，她一天一天地消瘦下去。我们后来才知道，被带走的孩子们被抽了血，抽了很多血。过了几个月，妹妹就死了。她是在早晨死了，他们又来带小孩时，她已经死了。

阿列克谢耶维奇在她第三本写战争的书《锌皮娃娃兵》的前言写道："我再也不愿写战争了"。但是《锌皮娃娃兵》还是写战争，写的是另一场战争——阿富汗战争。《锌皮娃娃兵》都是笔录的战争参与者及其家属的陈述，除了参战的士兵、军官、政治指导员、医生、护士等人的回忆外，还有等待丈夫归家、等待儿子归家的妻子和母亲的血泪诉说。

这些去阿富汗的人，说是去执行国际主义援助，帮助阿富汗修学校修路，帮助阿富汗富起来，士兵们以为是去实现自己的理想。但是到了阿富汗后，才发现不是杀人就是被杀。一位司机在路上把车停下来，检查引擎盖子，一个10岁的孩子用长刀杀死了他，孩子立即被打得像筛子一样。一名兵士到一个村庄的农家讨水喝，主妇给士兵喝了水，士兵走后，主妇和孩子被村里人吊死了。

一个女护士回忆说：整个三月份，从我们官兵身上切除的肢体——胳膊、大腿等，都堆放在帐篷外，尸体都半裸露着，眼睛被挖掉了，后背、肚皮上被划开一个五角星的形状。过去我只在描写国内战争的电影里见过这种惨状。……我们认识的一名军官被打死了，两个帐篷里的士兵都被杀了，另一处，水里被放了毒。有个人拾起一个漂亮的打火机，打火机在他手中爆炸了。死的都是我们的娃娃兵呀！您没有见过被火烧焦的人，没有脸，没有眼睛，躯体也没有，只剩下黄色硬皮包裹的皱巴巴的东西，表面有一层淋巴液……他发出来的声音不是叫喊，而是咆哮。……人们在那边靠仇恨生存，靠仇恨活下去。为了我们一个被杀害的士兵，我们会屠杀整个村子。我想起了一个小姑娘，她躺在尘土里，没有胳膊，没有腿，活像一个损坏了的洋娃娃。

书中的那些孩子，他们什么也不懂。国家把他们从家里带走，给他们发武器，对他们说，他们是去从事神圣的事业，还向他们保证：祖国不会忘记他们。可回到苏联，谁也不理他们，还极力想把这场战争忘掉。

阿列克谢耶维奇的《锌皮娃娃兵》，对战争细节的还原，残酷而真实，堪称20世纪的文学经典。

三、切尔诺贝利核事故与《我不知道说什么，关于死亡还是爱情》

阿列克谢耶维奇除描述战争中的人的三本书外，她的第四本书是写经历灾难后人们的恐怖生活——《我不知道说什么，关于死亡还是爱情》，此书的原译名是《切尔诺贝利的回忆：核灾难口述史》。这本书写的灾难，就是发生在苏联时期的切尔诺贝利核反应塔的事故。

1986 年 4 月 26 日凌晨 1 点 23 分，苏联乌克兰境内的切尔诺贝利核电站的第四号反应塔发生了爆炸。连续的爆炸引发了大火并散发出大量高能辐射物质到大气层中，这些辐射尘涵盖了大面积区域。这次爆炸所释发出的辐射线剂量是“二战”时期爆炸于广岛的原子弹的 400 倍以上。经济上，这场灾难带来了两千亿美元的损失，是历史上代价最昂贵的灾难事件。灾难之后，切尔诺贝利城因此被废弃。

在事故发生后，并没有引起苏联官方的重视，他们得到的消息只是“反应塔发生火灾，但没有爆炸”。事故发生三天后，莫斯科派出的调查小组才到达，可他们迟迟无法提交报告。苏联政府在一周后，得到从瑞典政府发来的信息——辐射云已飘到瑞典。当明白事情的严重性时，更多的人已经受到了辐射和伤害。这次灾难死亡人数 9.3 万人，致癌人数 27 万人。另有数据记载：500 余万人受伤害。乌克兰有 239 万人患病，其中有 45 万儿童。

阿列克谢耶维奇是白俄罗斯人，苏联解体后，白俄罗斯是个一千多万人口的小国。切尔诺贝利核事故后，白俄罗斯深受其害，每五个白俄罗斯人就有一个住在受辐射污染的地区，总数为 210 万人，其中 70 万是儿童。辐射是白俄罗斯人口减少的最主要原因，受害最深的地区，死亡率比出生率高出 20%。灾难共释放了五千万居里的放射核元素到大气层中，70%降落在白俄罗斯，该国有 23%的领土遭到铯—137 污染，辐射量超过每平方公里一居里，有两千四百公顷的土地无法耕作。

面对祖国所蒙受的灾难，阿列克谢耶维奇没有沉默，她冒着核辐射的危险，深入切尔诺贝利，采访生活在那里的人们。她曾在访谈中说：你来到某个村庄，村里的人已经全部搬走(有些村庄连同茅屋、水井、圣像一起被埋了起来)。3 年来，我四处旅行，在人群里访问，包括在核电厂工作的工人、科学家、苏共官员、医生、士兵、直升机驾驶员、矿工、难民、迁居的人们。他们都有着不同的命运，职业和个性，但切尔诺贝利却是他们生命里共同的重心。

阿列克谢耶维奇的书里写道，人们站在阳台上(没有阳台的人到有阳台的人家里)远观核反应塔的火焰在深夜里腾跃，消防队员没戴任何防辐射的装备前往灭火，后来这些人都因严重受辐射而一个个地死去。成千上万的人在事后被征用，前往切尔诺贝利，做掩埋土地、树木、牲畜、房屋、庄稼、家具的工作。辐射区裸露的动物和植物与一切物体，包括土地层面都被污染，要挖一个大坑把这些都深埋起来。村庄城镇的老百姓被转移搬迁，家里的东西都不许拿。而这些被转移的人到了其他地方，得到的赔偿很少，无法生活，别人见了他们如避瘟疫，被称为切尔诺贝利人，有辐射的人。孩子上学受到歧视，连到亲妹妹家的姐姐都被拒之门外，说是家里还有孩子，让她远走吧！210 万人啦，这简直是世界的末日。该书中的内容，我在此转述一些：

露德米拉（消防队员的妻子）与丈夫结婚，那晚事件发生后，丈夫去救火。早晨 7 点，有人告诉丈夫到医院了，她赶到医院。

丈夫醒来见了露德米拉，叫她出去，说她怀了他们的孩子。她出去给丈夫买新鲜牛奶，晚上进不了医院，已被士兵包围了。丈夫被送到莫斯科，她又跟到莫斯科，找到医院，撒谎自己没有怀孕，一直陪伴着丈夫。她看着丈夫怎么从嘴巴、舌头、脸颊上开始的小伤口，后来一点点变大，白色薄片一层层脱落，身体从蓝色变红色变灰褐色，把他抱着，皮肤粘在手上。他的肺和肝部碎片从口里跑出来，他被自己的内脏呛到。“我只好伸手到他嘴里拿出那些东西。”她整整陪了丈夫 14 天，直到丈夫死掉。不久，她生了个女儿，四肢完好，但生下后就是肝硬化，先天性心脏病，4 小时后死了。在核电站工作的人，有的人突然死掉，走路走到一半，倒在地上，再也醒不来，有的人给护士送花时，心脏突然停止跳动……一个个地死掉。

有一位在切尔诺贝利现场清理的军人，回家后把所有衣服都扔进垃圾堆里。只有帽子，小儿子很喜欢，他给了小儿子戴。两年后，小儿子被诊断出长了脑瘤。

一位科学家说：铀的分解，也就是铀—238的半衰期，换算成时间就是10亿年，而钍则需要140亿年。

瓦莲京娜(清理人的妻子)，一个对丈夫爱得很深很深的女人，描述了丈夫被派到切尔诺贝利当清理人后，回来时其他人都死了，他还在挣扎着，妻子如何看着丈夫挣扎着死去：他们身上长出了黑色的东西，他的下巴移位了，脖子不见了，舌头跑了出来，他的血管开始破裂流血。她把盆子拿过来，血流入盆子里，那种声音像接牛奶一样。救护人员来了，见了这种情形，吓得退步不前，护士拒绝进门来。

阿列克谢耶维奇对于切尔诺贝利核泄漏的灾难描写，用美国《纽约时报》书评人的话说，是“每一页都是奇异而残忍的故事，就像那些残留在幸存者身上的辐射”。

现在，在切尔诺贝利废弃的土地上，无数俄国难民从亚美尼亚、格鲁吉亚、阿布哈兹、塔吉克斯坦、车臣等地涌入，都是因为战争。这些难民无处可归，只能住在这片满是辐射的死亡土地上。俄国领土之外的难民有两千五百万，相当于一个国家的人口了。

阿列克谢耶维奇写成于2013年、2016年翻译到中国的第五本书《二手时间》，仍然用口述采访方式，讲述了苏联解体后20年间社会转型中俄罗斯普通人的生活。苏联解体后人们找不到方向，他们有着不同的阶级背景，作者写出了这些人面对梦想破碎时的恐惧。关于这本书，我就不多说了。

阿列克谢耶维奇是个勇敢而伟大的作家，她获得诺贝尔文学奖是实至名归。

2016年10月8日

第九堂课　中山舰的前世今生与文物故事

老师们、同学们，大家好！

我是武汉江夏金口人，在我的故乡，有一座中山舰博物馆，这里陈列了近代中国最大的可移动文物——中山舰。为了不忘历史，牢记使命，继承英雄主义传统，我今天讲一讲英雄的中山舰的前世今生、中山舰的舰长，还有中山舰上的两件文物。

一、中山舰的前世今生

陈列在中山舰博物馆大型钢结构展厅中修复后的中山舰，长62.1米，宽8.9米，型深4.5米。中山舰舰体造型优美流畅，舰身由灰褐和深红两种主色调组成。舰尾两侧上端，镶嵌两块铜牌，铜牌上书“中山舰”三字。舰体和甲板上留有两个大洞，是当年在长江上被日军的飞机轰炸击穿的。

中山舰原名永丰舰，1913 年服役，经历了北洋军阀政府、广州革命政府、南京国民政府三个时期。

1915 年，窃国大盗袁世凯企图称帝，改元“洪宪”。孙中山发布《讨袁檄文》，举起反袁大旗。永丰舰官兵在上海通电起义，加入孙中山的护国军阵营。

1917 年，段祺瑞成立北洋军阀政府，宣布废除临时约法和国会。为了捍卫民主共和和临时约法，孙中山举起了护法大旗，发动和领导了护法战争。海军总长程璧光率永丰等 10 艘军舰抵达广州，参加了孙中山领导的护法战争。

1922 年第二次护法战争期间，粤军总司令陈炯明与孙中山意见不合，其部下围攻总统府。孙中山、宋庆龄化装后逃出总统府，在舰长冯肇宪的护卫下，登上永丰舰。从 6 月 16 日到 8 月 9 日，孙中山在舰上饮食起居，发出指令，之后退居上海。1923 年，孙中山夫妇再度登上永丰舰表示感谢。

1925 年 3 月 12 日，孙中山去世，4 月 16 日，广州革命政府为了纪念孙中山先生的革命精神，将永丰舰更名为中山舰。

1937 年 7 月 7 日，日本帝国主义对中国实施全面入侵，北平及天津不到一个月就落入日军手中，整个华北平原暴露在日军面前，11 月 12 日日军攻占上海，南京有陷落的危险，国民政府于是宣布迁都重庆市。在上海、南京沦陷后，国民政府及民营部门、大批难民以及各种战略物资大举西迁至西南重庆，其中大部分因运输不及仍滞留于武汉。加上武汉原有的工业、经济、文化基础，到 1937 年年底，武汉已成为国民政府的实质首都。

“卢沟桥事变”后，中山舰舰长萨师俊奉命率领中山舰到南京、上海一带布防，并驻守南京。淞沪会战中，中山舰护送中华民国海军部部长陈绍宽到江阴前线视察战场。淞沪会战后，国民政府迁往重庆，中山舰参与掩护转移、运送物资及长江上的布雷、防卫任务。

中山舰在抗击日寇战斗中曾创下功劳，于岳阳保卫战中，曾击落数架敌机。

日本方面，由于1937年开始的诸次军事行动让日本感到兵源匮乏开始逐步增兵，增兵加上前线开销使得日本平时的经济体系无法负荷；军费的开销迫使近卫文麿于1938年改组内阁，并于同年5月5日发布国家总动员法，日本自此正式进入战时经济体制。

战时经济体制的推行使得日方急欲在短期内迅速逼垮国民政府，以便聚集更多的资源进行北进以及南进政策。正如日本天皇裕仁在武汉会战前的御前会议中所说，要给国民政府最后致命的一击，迫使中国投降，不愿再见到“帝国雄师百万受制于中国”。

因此，日本对于武汉会战是倾举国之力，孤注一掷。而国民政府也集结重兵，保卫大武汉。

中山舰参与武汉保卫战，担负从嘉鱼、洪湖新堤、武昌金口江面的警戒及运输任务。

1938年10月初，日军进攻武汉，为补充武汉外围陆地防空火力，当时的海军司令部命令中山舰撤下3门大炮拿到陆地上去防卫。

撤炮时，水兵们含着热泪，恳求舰长萨师俊不要撤。萨师俊也知道撤掉了这3门大炮，就等于削弱了中山舰的战斗力，但作为军人，他必须顾全大局，服从命令。于是，萨师俊含泪下达命令。他对大家说："撤掉大炮也是为了抗战。撤了 3 门炮，我们舰上还有其他武器。没门牙虽然差一点，只要弟兄们顽强奋战，照样可以吃掉敌人。"

但是，正是海军司令部这一撤炮决定，为中山舰的沉没留下了隐患。

1938 年 10 月 24 日下午 2 时左右，两架日机穿过云层，向金口赤矶山江面飞来。

萨师俊指挥中山舰将士，利用 5 尊火炮和 3 挺高射机枪，抵挡日机一阵阵低空盘旋扫射。日机甩下一串串炸弹后悻悻离去。岸上目睹此景的老百姓纷纷欢呼："鬼子逃跑了。"但这只是日军的侦察机，大部队还在后面。

下午 3 时，西边天空隐隐传来飞机轰鸣声，一会儿，6 架日机直冲金口方向而去。

当时，6 架敌机飞到对岸大军山上空，突然一个 U 形大迂回，掉头向中山舰扑来。重磅炸弹雨点般地投向中山舰，江面上顿时腾起冲天浓烟和巨大水柱。

在萨师俊的命令下，中山舰上的火炮、机枪一齐开火，其交叉火力在天空织成一张网，日机难以俯冲袭击。

凶恶的敌机见中山舰猛烈还击，赶紧向西北方向爬高。稍后，日机又开始新一轮冲击。

战斗进入白热化后，中山舰的一门高射炮突然卡壳，另一门火炮也进入了射击死角，顿时，中山舰原本就薄弱的火力网被撕开了一个大口子。敌机趁机俯冲下来，一颗颗炸弹在中山舰上爆炸，顿时浓烟滚滚，火光冲天。

日机投中的第一枚炸弹在舰尾左舷爆炸，船壳破裂进水。紧接着第二枚炸弹在右舷爆炸，第三枚炸弹则在左舷附近水面爆炸，锅炉舱水线下的船壳破裂进水。三分钟后江水就漫过锅炉，军舰失去动力，舰体开始左倾。第四枚炸弹命中舰首，驾驶台被穿透，萨师俊舰长右腿被炸断，但他仍坚持指挥，不肯离舰。

此时的中山舰已经失去控制，并开始侧倾下沉。萨师俊被属下强行扶上舢板，却遭到日机扫射，萨师俊与身边的两名水兵不幸遇难。在这次战役中，中山舰共阵亡官兵 25 人，舰体也于 24 日 15 时 50 分侧翻沉没。

就在中山舰沉没的第二天，武汉沦陷。

二、中山舰的打捞与文物故事

中山舰沉没在长江金口段江底，一年又一年，江水落了又涨，江岸的花开了又谢，春风秋雨，世事变迁。日本投降了，蒋介石跑到台湾了，中华人民共和国成立了。中山舰在长江底下沉睡着，等待着重见天日的一天。

随着国家经济建设的发展，人民对英雄的怀念日益深切，中山舰打捞的事情一次次被提上了议事日程，争着打捞中山舰的省份有好几个，最终湖北省获得了打捞权。

1997 年，在国家文物部门和湖北省政府的共同努力下，沉没六十年的中山舰在金口江面被成功打捞出水，按照整旧如旧的原则，中山舰进行了全面的修复，在武汉市江夏区金口镇兴建的中山舰博物馆里陈列展出，对后代进行革命传统主义教育。

中山舰打捞出水时，打捞出各种文物五千余件套，其中珍贵文物一千七百一十六件套，一级文物六十件套。经过精心筛选，并按文物分类，在 1999 年中山舰博物馆正式开放时，展示厅里陈列展示了三百二十件套珍贵文物。

在中山舰上的这些珍贵文物中，有一只长约14.5厘米的白瓷饭勺，瓷饭勺底部烧制有一个褐色的圆圈，圆圈内印有三字楷书“中山舰”和编号“25”。

在中山舰打捞出水的文物中，未发现与之配套的其他餐具，甚至连印有“中山舰”三字铭文的其他物品都没有发现。因此，这只饭勺是中山舰出水文物中唯一的饭勺，也是唯一一件印有“中山舰”字样的文物。

为了说从这只饭勺引起的故事，我这里给大家先叙述20世纪50年代的事情。

那是1958年“大炼钢铁”的年代，长江航道局和江苏某打捞队等几个单位，为了清理长江航道和炼钢所需，曾先后在当时武昌县(现为江夏区)金口镇中山舰沉没的长江水域，进行过打捞作业，并曾打捞出锅炉、银圆、车钟、望远镜等物品。

毫无疑问，这些物品有很多是从中山舰上流失出来的。1938年在日机炸沉中山舰的那一刻，中山舰沉没，舰上的物品随着舰身倾斜，落入长江，然后又被江水年复一年地冲激，散落在长江航道，因而被人打捞起来。

那时人们文物的意识差，也没有相关部门过问，那些破锅炉、车钟之类的废铁捞起之后，被拖去炼了钢铁，而银圆、望远镜之类的东西，可能落入个人之手，当作了玩物。

且说这些打捞队中有一只打捞船，打捞的一堆东西中，有两只泥沙裹满的瓷碗。那些金属铁器和有用的东西被人挑走了，唯有两只泥糊糊的碗没人要，谁要那从江里打捞起来的破碗呢？

打捞船上有一位水手，在打扫甲板时看到两只泥糊糊的碗，他没有将它们扔到长江去，而是蹲下身子把那碗上的泥沙掰干净，发现两只碗从长江捞上来，竟然完好无损。这位水手就把两只碗捡回自己的住舱，放在床底下。打捞任务完成后，打捞船各自回到自己的单位。这位水手收好自己的行李，顺便把两只从长江里打捞起来的碗用报纸包了，装在手提包里，带回南京家里休假。

水手的妻子看到丈夫带回两只碗，便用清水洗干净，这才发现碗底烧有字，一只是“8”，一只是“25”，两只碗都有“中山舰”三字。

妻子把这一发现告诉丈夫，并问起碗的来历。水手就把他们的打捞船从长江里打捞起各种东西的事说了，说这碗没人要，所以他才拿回家。

水手的妻子娘家在上海，她回娘家时，想到娘家有个哥哥喜欢收藏一些瓷碗瓷盘子的，便把丈夫从长江里打捞出来的两只瓷碗作为礼物，带回娘家送给了哥哥。

中山舰的两只瓷碗，先是由舰上落入长江，在长江里流落二十多年后，被偶然打捞出水，然后被人从武汉带到南京，再由人从南京带到上海，终于到了一个懂得其价值的人的手里。这两只碗有多次被毁灭的命运，比如说中山舰被六架日机轰炸而炸弹刚好落到它们身上时，比如说中山舰沉入长江它们从舰上滚落长江砸在其他物件上时，比如说打捞船的疏通打捞机械进入江水时正好砸到它们身上时，比如说它们被打捞起来后被认为是没用的东西又被扔进水中砸碎时。但比如就是比如，这一切都没有发生，它们的生命力十分顽强，经过了重重考验，被完整地保存起来了，它们还要履行历史使命。

中山舰的两只碗进入大上海之后，从此藏入深闺，久未露面。

上海有位民间收藏家叫杜继华，浙江上虞人，生于民国十六年(1927年)，曾任上海观赏协会顾问。杜继华喜爱收藏六十多年，1990年成立家庭“华珠藏馆”。后多方受邀，赴北京、珠海、惠州等地交流展览，其本人和作品获奖二十余项。他的事迹多次在电台、电视台与报刊上被报道，诸多藏品载入《奇石赏玩》《雨花石精选》《文房赏玩》《上海工艺美术》《民间珍藏》等书中。

关于杜继华的收藏，有许多故事，他年轻时在上海市电话局工作，经常出差。有一段时间，他到南京的农村工作，爱上了雨花石。村里人知道他是上海来的，经常托他带买东西。那时，“人造棉”算得上好布料，村里有人家嫁女儿，就要托他买。一次，杜继华买了四十多元钱的一大捆“人造棉”来到村里，村里人喜欢得不得了，大家知道他喜欢雨花石，纷纷带着好看的石头来和他交换。

和杜继华一起工作的同事，都知道他的爱好，有的还“深受其害”。有一年，杜继华和同事到敦煌出差。办完公事，他捡了一堆石头，同事则买了一箱哈密瓜。石头太重，杜继华搬不动，就跟同事商量：“到上海，我给你买最好的哈密瓜，现在你把箱子里的瓜丢掉，帮我装石头，怎么样？”那一回，两个女儿看见爸爸拖着哈密瓜箱子回家，高兴极了，盼着马上咬一口甜蜜蜜的哈密瓜，谁知一打开，原来是一箱石头，大失所望。

对喜爱收藏的人来说，曲折离奇的收藏过程，可能更加“价值连城”。杜继华就是一个享受收藏过程胜过宝贝藏品的收藏家。他在电话局工作，是个工薪阶层，收入不高，没有许多钱拿出来购买他喜欢的收藏品。怎么办？他就和人家商量，采取以物易物的办法，和人家交换。杜继华的两个女儿至今记得，她们姊妹俩好不容易买到的四喇叭双卡录音机和一批港台歌星的磁带，都被她们的爸爸悄悄拿出去，换回了他喜欢的收藏品。在20世纪80年代，双卡录音机和港台歌星磁带，可是年轻人的宝贝啊。

杜继华收藏的宝贝，并不拿去卖钱，他经常将自己心爱的藏品无偿捐给有关博物馆，让其发挥更大的作用。

据新华网上海频道2008年7月25日消息：杜继华，八十一岁，喜爱收藏。他的藏品有皮影、服饰、竹刻、木雕、奇石等。今年7月，他把收藏多年的五百多件皮影、演奏曲谱和录音磁带捐赠给了筹建中的江南民俗博物馆。

杜继华近七十岁时，不知怎么，迷上了皮影戏。打听到当年演皮影戏的老艺人们，喜欢去茶馆喝茶聊天，他就隔三岔五往周家桥、诸翟一带的茶馆跑。老艺人去得早，他也赶早。五六次跑下来，杜继华跟老艺人们混熟了，百岁的老艺人翻箱倒柜，拿出自己当年的吃饭家什，给杜继华欣赏。杜继华用三寸不烂之舌，说得老艺人动了心，终于答应把藏了多年的皮影卖给他。慢慢地，杜继华收藏的皮影越来越多，在圈内的名气越来越响。后来，长宁民俗文化中心筹建江南民俗博物馆，皮影戏是其中一个展项。工作人员四处寻访上海的老皮影戏艺人，收获甚微。有人报料说，杜继华收藏了很多件皮影，可以找他试试看。登门拜访后，杜继华听明原委，很快表态，愿意将多年收藏的皮影、曲谱资料和录音磁带倾囊捐出。

大约是2007年的时候，八十岁的杜继华在上海的古玩市场发现了两只瓷碗，这位瓷碗的携带者现在无从考察，他也许是当年南京的那位水手妻子的哥哥，也许是那位水手的哥哥将瓷碗卖给的下家，总之，在深藏闺中半个世纪后，当年在长江里打捞出来的两只瓷碗在上海出现了。

杜继华在上海的一个文物地摊上发现了两只瓷碗后，蹲下身子仔细地察看着两只瓷碗。两只瓷碗的底部中间有一黑圆圈，黑圆圈里各有“中山舰 8”和“中山舰 25”的铭文，“中山舰”三字为黑彩楷书。两只瓷碗为同一形制，白釉，薄胎，折腹，高 7 厘米，口径 15 厘米，底径 4 厘米。两只瓷碗胎体细腻、致密，釉面洁白、莹润，造型规整，工艺上乘，品相完好，为典型德化窑精品。

杜继华察看之后，知道这两只碗是真品，是从中山舰上流传出来的，其文物价值不可估量。杜继华决定将两只碗买下来，不让有价值的文物在市场上流浪。杜继华和两只瓷碗的携带者谈价钱，那人开出了一个价，但靠退休金过生活的杜继华拿不出来。这时，一个古玩店的老板也盯上了这两只碗。杜继华最后忍痛割爱，将自己收藏了十多年的十三件古玉器拿出来，和那个瓷碗的携带者进行了交换。两只中山舰的瓷碗，就这样到了杜继华老人的手中。

也许是年事已高，也许是地方上的事情在全国引起的注意不够。2010 年 6 月，杜继华才关注到中山舰博物馆的消息。虽说中山舰博物馆在 1999 年就开馆了，杜老先生知道的消息晚了十多年。但难能可贵的是，杜老先生知道了中山舰博物馆后，十分激动，他辗转通过上海文物部门联系到了武汉中山舰博物馆，表达了自己欲向中山舰博物馆无偿捐赠珍贵文物的愿望。

2010 年 7 月 19 日，上海举行了一次特别有意义的文物捐赠活动，上海民间资深收藏家向武汉中山舰博物馆捐赠文物，当天上海的各新闻媒体报道了这一活动。

在捐赠仪式上，当八十三岁的杜继华先生讲到为收藏两只碗而受到的压力和经受的种种委屈时，不禁潸然泪下，在场的人无不为之动容。离别时，老人紧握着中山舰博物馆王馆长的手，老泪纵横地说："这两件宝贝终于回到了自己的家，我今晚终于可以睡个安稳觉了。"

据中山舰的幸存者回忆，当年，在协防保卫武汉期间，中山舰曾经在景德镇定烧瓷器，以作为官兵日常生活之用，或作为官兵探亲时馈赠亲友的礼物。但从中山舰幸存的出水文物看，仅只有一件被定为一级文物的铭文瓷汤勺和一件已经残缺了的瓷盘，而独独不见有铭文的瓷碗。

上海的杜继华老先生捐赠的两只完整而精美的铭文瓷碗，不仅填补了中山舰博物馆中无碗的空白，而且这两只瓷碗中，有一只编号为“中山舰 25”，与中山舰出水时打捞起来的唯一的瓷汤勺“中山舰 25”，竟然是一套。

我们想象一下，这一套碗勺是舰上某一位官兵专用的，他每天用它们来吃饭喝汤，吃完后把它们洗得干干净净，放在碗橱里。1938 年 10 月 24 日那天，日机轰炸，官兵们英勇抗击，最后都不幸殉国，中山舰沉没江底。在中山舰沉没的那一瞬间，编号“中山舰 25”的瓷碗和其他的瓷碗飞入江中，而编号“中山舰 25”的瓷汤勺还留在中山舰倾覆的舱里。从此勺碗分离两茫茫。

2010 年 7 月 19 日，中山舰的瓷碗回家了，勺碗重新相聚。它们一别七十二年，它们从此不再分离，它们从此永不分离！

2017 年 2 月 1 日

第十堂课　民间收藏的历史内蕴与文化意义①

老师们、同学们，大家好！

我们今天换个话题，说说民间收藏。我过去对这一行当也不懂，后来因为要写一本民间收藏的书，才了解民间收藏的一些故事，我觉得这一行很值得说一说，其中有很深的文化内涵。

一、什么是民间收藏

收藏当分国家收藏和民间收藏。国家收藏是指各地

---

① 资料来源：《民间收藏纪事》，武汉大学出版社，2017年。

的国家博物馆、图书馆、文化宫等机构收藏的国宝级与各种级别的文物，如中国故宫、法国卢浮宫里那无以数计的宝贝，都是国家收藏。一个国家收藏的丰富与贫乏代表了国家保存文化与历史的水平与高度。

我们今天说的是民间收藏的事儿，国家收藏的事儿就不去说了。

有人问，当下中国有多少人在搞收藏？这还真是说不清楚。

上海的收藏家、书法家朱卓鹏先生在一篇文章中写到，有人想调查清楚目前全国到底有多少民间收藏爱好者，都从事些什么收藏项目，但这是不可能的。有个估计数字是三千万，平均每四十个人里就有一个，这是个完全可以相信的估测。

我为了写一本民间收藏者的书，仅仅走了湖北的少数几个县市区，就发现每个地方都有成立收藏者协会。随便一问，都会有人告诉我谁谁谁在收藏什么，谁谁谁的收藏中有“尖板眼”。在我的感觉里，当下民间搞收藏的人与组织，肯定是中国历朝历代最多的时期。

俗话说，乱世黄金，盛世收藏。战争、饥馑、灾荒的年代，只有黄金这种硬通货才能流通、才能救命。和平年代，国富民安的盛世，收藏古董、文物、各种有文化或历史意义的物品就会风行。二十一世纪今天的中国，正逢盛世，收藏之风大盛当是必然。

我有次到武汉市江夏区，与一帮朋友吃饭。席间有位朋友听说我要写民间收藏的事情，就讲了一个与收藏有关的故事。

鄂南某县有一处古民居，有几百年的历史，还有古桥，是个旅游景点，全国各地的旅游观光者纷纷前来参观游览。在景点旁的一棵古树下，一位老婆婆面前摆着一只青花瓷猫食碗，老婆婆抱只猫，用手抚摸着猫毛，让猫在猫食碗里喝水，老婆婆口中喃喃自语，身边有一块纸牌，上面写着“卖猫”二字。

一游客至，被青花猫食碗吸引了，蹲下问老婆婆猫多少钱一只。老婆婆答 50 块钱一只，这猫是喝山泉水吃天然无污染猫食能捉老鼠的好猫。游客掏 50 元买了猫，另掏 100 元要买猫食碗，说这猫抱回去要用猫食碗喂哩！老婆婆笑了笑说：“这碗不卖，我还要用来喂猫哩。”不论游客怎么软磨硬泡，猫食碗不卖，卖出去的猫也不退货，游客只好抱着猫走了。老婆婆一会又抱一只猫来，另一游客来，看见青花瓷猫食碗，眼里放光，蹲下，买了老婆婆的猫又要买猫食碗，软磨硬泡，但无论允诺给多少钱，老婆婆都不卖。

如此重复，老婆婆到中午已卖了十多只猫了。老婆婆得回家休息了，并且去喂养那些回家的猫——冲着青花瓷猫食碗而买猫的游客买了猫没买到猫食碗，转头就把猫放了，那些猫很快就回了家。

老婆婆凭着一只清代的猫食碗卖猫，每年的收入不菲。她说："我如果卖了猫食碗，谁来买我的猫呀！这是我养老的宝贝哩！"

有人说真正的收藏者收藏有价值的物品，不是为了牟利。不为牟利的收藏家有很多，他虽然不以收藏牟利，但其收藏品本身在自然增值，否则他们的收藏活动就不能维持下去。

中国当代收藏家马未都，年轻时弄文学，做过《青年文学》的编辑，后来改行搞收藏，取得巨大成功，是当下中国的收藏大家。有一次，马未都来到晋西地区，午饭后，他习惯性地去当地古玩一条街闲逛，心想说不定还能“淘”些什么宝贝呢。他走遍了整条街，也没有找到中意的东西。不过，有一个关于古代屏风的消息让他兴奋不已。街上的古玩商家告诉他，屏风的主人离这儿不远，正在待价而沽，不过价格不菲，一般人出不了那个高价。

马未都心想：古代屏风价值连城，怎么会出卖了？于是，他立即连夜前往。原来，这个镶嵌在主人家墙上的屏风古朴而精致，据说是祖上留传的物品。主人以前是当地富商，如今家境破落不堪，无奈之下，才准备将屏风卖掉。

“30 万，少一分我不卖。”主人壮胆报了个价，虽然自己也知道这个价格颇高。

“好，我出 35 万。”马未都说。

主人听后，惊讶不已，没想到对方竟爽快地将价格提高到比报价还高 5 万元。难道买家不识货？这么贵的东西，买家一般都会砍价还价的。他想到目前自己正急需用钱，立马成交。

不久，当得知这位买家就是全国赫赫有名的收藏家马未都时，屏风的原主人大为感动，从那以后，便主动与他交起了朋友，一交往就是十多年。在此期间，马未都不时接济与帮助他，还介绍一些朋友与他认识，同时鼓励他重新创业，东山再起。于是，十年前家徒四壁、家里只剩下一张值钱屏风的主人，在十年后，因投资当地的煤矿和房地产渐渐富裕起来，身家数亿。

随着财富的积累，原主人觉得此时应该是买回十多年前失去的屏风的时候了，可现在屏风主人是多年帮助自己的朋友马未都，这让他心中颇感为难，但想想这是祖辈世世代代留传的东西，最后还是下定决心，不管对方出怎样的价格，他也要赎回。

这天，他找到马未都，直截了当地说明来意，并有言在先，价格由对方说了算，绝不还价。

“我只要原来你的报价，也就是 30 万。”马未都的话再次震惊了他。这么多年来且不说升值，利率都不是个小数目，更何况现在是有求于人呢。

“我知道，现在这屏风的价值可达数百万元，但我想既然是朋友，买东西的时候，就应该多给一点；卖东西的时候，就应该少要一些。这是我多年来收藏买卖和做人处世的原则，朋友之间何必计较那么多呢？”马未都的话让对方深受感动。此后，越来越多的人被马未都的交际魅力所吸引，他的人缘也越来越好。

马未都的所作所为，应该告诉了我们收藏者收藏的目的是什么！

中华民族有五千年灿烂的历史文化，把各个历史时期流传下来的有价值有意义的物品收藏起来，就是收藏了历史，收藏了文化。陶瓷、家具、钱币、石雕、服饰、书画、典籍、邮票、玉器等，甚至近代的烟标、火花等人们平时用过就扔的东西，都能够收藏，从中可以见出各个时代的文化与人们生活的风采与记录，收藏的社会功能是不容置疑的。

作为民间的个人收藏者，收藏自己喜爱的物品，是一种有意义的爱好与追求，是一种美好的享受。民间的个人收藏，还有一种情形，就是面对喧嚣的社会，面对空虚与焦虑，寻找一片自己的天地。静下心来，把玩一下自己的藏品，充实内涵，抵抗孤独。优雅的收藏，寻找一种格调、一种品质、一种情趣，哪怕是一点点随意的收藏，也会让生活多一缕阳光。

民间收藏是一种布衣之乐，虽说民间收藏中，还有许多人处在以兴趣为出发点的浅文化状态，与那种以雄厚的物质条件为基础、以研究某种文化为目的、以理性系统方法为手段的高层次收藏存在着距离。但民间收藏是藏宝于民，与国家收藏纳宝于库相辅相成，为民族、为世界保存历史保存文化，功不可没。

民间收藏可以说是一片汪洋大海，这片大海中有无数的珍珠宝贝。有的收藏者在自己的收藏品达到一定数量时——他们在一开始就有打算——最终要将自己一辈子的收藏捐给国家、捐给社会。这种例子举不胜举。

近日，85岁的潘迪东老人给湖北省图书馆捐赠一套清光绪三十四年的中医古籍，这套《陈修园七十种》共26册，扉页印有“光绪戊申年仲夏上海章福记石印”。据古籍专家考证，这套书是清朝乾隆、嘉庆年间名医陈念祖(字修园)所著医书汇编。陈念祖创造了用浅显韵语编写医方歌谣的方法，教医生按法施治，对医学通俗化、大众化做出了重要贡献。

据统计，2016年上半年以来，已有57人及9家机构向湖北省图书馆捐赠图书72种，由台湾同胞范延中及家人捐赠给湖北省图书馆的《朱文公校昌黎先生集》《周易经传》两部稀世明代善本，极为精美，全国罕见，弥足珍贵。

在湖北省图书捐赠史上，我国著名的文献学家、收藏大家徐行可，更是值得湖北文化史铭记的名字。他曾为湖北省图书馆与湖北省博物馆捐赠了近 10 万册古籍、7800 余件文物。湖北省图书馆现存古籍约 150 万册，包括善本约 5 万种，他所捐赠古籍的善本就占了半壁江山，其中《黄鹤楼集》三卷等更是海内孤本。

二、民间收藏的历史内蕴

文物，时代久远的收藏品，是一种历史的见证、产物，或说记载，其本身就是历史。历史有文献记载，有口传历史(如民间传说、野史等)。口传历史不是正史，属于野史，但你不能说它就没有一点历史意义。比如说，孟姜女哭长城、牛郎织女天河相会、羿射九日、精卫填海等，被老百姓传了几千年。这些都还是有意义的，它记载了历史的背景与生活的真实，对我们认识、研究一个时代的政治、经济、文化都有着重要的参考价值。

民间收藏的物品，有许多记载着历史的印痕，蕴藏着历史的真相与细节，是固体的历史，或可称为无声的历史序歌。

我给大家讲两位民间收藏家的收藏故事，并说一说其蕴含的历史与文化意义。

曾任湖北省作家协会党组副书记的程远斌，收藏有一张《复楚亭记》碑拓片，可谓孤本，十分珍贵。此碑号称湖北抗战第一碑，碑已不存。

武汉沦陷后，湖北省省会迁到恩施。这个抗战时期的湖北省会，可不是一般的省会，而是一个重要的军事中心，因为国民党军事委员会第六战区司令部也设在此。第六战区的辖区，西至四川涪陵，东至宜昌前线，北迄连接襄樊战场，南边包括长江以南的洞庭湖滨湖各县，以及川、鄂、湘、黔四省的边区，拥有 40 万人的常备作战部队。

1945 年 8 月，日本宣布无条件投降后，湖北省国民政府一面积极准备还治武昌，一面在龙洞山蒋介石住过的蒋公馆右侧，建造了一座复楚亭，由时任湖北省国民政府主席王东原题写亭额。

王东原是个儒将，早年就读北京师范大学，之后又毕业于保定军校，1944 年任湖北省政府主席兼六战区副司令长官。到恩施之前，此人先在国民党中央干训团任教育长，此干训团团长由蒋介石兼任，陈诚也任过此团教育长。

王东原除了题写亭额外，还撰写了《复楚亭记》，并亲笔书写，由匠人刻石竖碑于亭内，一是彰显陈诚的抗战功绩，二是作为恩施曾经一度是湖北战时省会的标志。故《复楚亭记》碑文有“夫亭以复楚名，盖即一省言也”。

1945 年 9 月 19 日，《复楚亭记》巨碑正式竖亭中，前来观瞻者络绎不绝。

中华人民共和国成立之初，复楚亭被毁，《复楚亭记》碑被砸烂。

从此复楚亭和其碑记不复存在。

世事变幻，斗转星移。程远斌主政恩施州的文化宣传工作。这位文学爱好者与民间收藏家集一身的领导，在调查抗日战争时期湖北省会史料时，意外从复楚亭遗址上捡到了几块碑石残块，拼凑起来，仔细研读后，被其碑文与书法迷住。他决心下功夫探访有关《复楚亭记》碑文的下落。

程远斌的精心探访功夫没有白费。有人告诉他，恩施市有个金老师，之前曾当过第五儿童育幼园的美术老师。金老师曾经对人说过，他年轻时练过《复楚亭记》碑帖，那字写得真好。金老师今日的书法能有些影响，全得力于他练习碑帖的基本功。

程远斌得此信息，如获至宝，他备礼物到金老师家中拜访，打探《复楚亭记》碑帖的事。金老师见其登门拜访，将所知情况倾心而谈。

金老师说，那是 1946 年的事，湖北省政府已搬去武昌了。他和朋友高老师当时都喜欢书法，拜当时恩施中学的向老师为师，向老师当时拿出一幅自己偷偷拓下的《复楚亭记》的拓片作样板，让他们临摹上面的书法。那王东原的文与字都写得好。

金老师的谈话提供了很重要的线索，程远斌很快探访到向老师还在某中学住着，是位退休的中学教师。

事不宜迟，程远斌带着礼物到了向老师家。向老师见程远斌礼贤下士，态度诚恳，直言相告说，《复楚亭记》拓片他一直珍藏着，几十年了，今天终于有人来问它的下落，这是好事。

向老师所藏拓片共四张四尺整宣，时隔五十余年，拓片已遭虫蚀，损坏较重。为了保存和抢救文化遗产，程远斌与向老师协商后，买下了拓片。程远斌携拓片到武汉请专业人员进行修复装裱，再复制拍照，将照片与复制件交给恩施博物馆陈列展出。

我说的第二个收藏者，是一个农妇。

从武汉新洲城区到达凤凰镇位于318国道旁的胡青湾路段北的卧狮地时，凤凰寨民俗文化博览园坐落在路边。雕梁画栋，白墙青瓦，翘起的飞檐如燕子翅膀，牌楼矗出乡村的风景。

园主余红梅是个乡下女子，二十岁多时结了婚，借了一万多元钱的外债还不起。为了还债，余红梅与丈夫在四乡八井收购废品旧物，乡下人叫拾荒货。

一个拾荒女能白手起家，创办了这么大的一座民俗文化博览园，是靠什么起家？靠什么积累她的第一桶金呢？

在余红梅的民俗文化博览园中，有一只双系瓷罐，高三十一点五厘米，鼓肚，罐口直径十二点五厘米，卷边黑釉，罐身釉彩蓝白相杂，蓝多白少，星星点点。这是一只清末的钧瓷罐，收藏价值不菲。

余红梅谈到这只瓷罐的获得经历时，颇为原主人的辣椒情结和纯朴感情而感慨。

那天，余红梅收废旧物到了新洲阳逻街。阳逻是新洲区的一个镇，后建成武汉阳逻开发区，十分繁华。但阳逻又是长江边的一个很古老的镇，殷商时期即有人居住，古镇“依山结庐”，“逐水而居”，至今有三千多年的历史，周朝时已是著名的水埠。

余红梅在阳逻，不去大街和机关学校，专走僻静小巷。

阳逻街的一条僻静的小巷里，有一排即将拆迁的旧平房，平房墙上写着大大的“拆”字，这里一般都能收到废旧物品，余红梅有这方面的经验。

余红梅逐家问询，在街尾的一家，余红梅进屋，见屋里只有一位老婆婆在择菜。余红梅上前和老婆婆拉起家常，并蹲下帮老婆婆择菜，眼睛却朝屋子里四处逡巡，把屋子里的摆设早看了个一清二楚。

屋子不大，外间的壁前摆着张方桌，方桌下有一只双系瓷罐子，瓷罐口盖着一块装修房子贴墙面剩下的旧瓷砖(也许是老婆婆从哪个垃圾堆里捡回来的)。余红梅被那只罐子吸引住了，感觉告诉她，这只罐子有点名堂。同时，嗅觉告诉她，这只罐子里正腌着酸菜类的东西。

余红梅故意抽了抽鼻子说：“老人家，您家屋里腌了么事菜，好香。”

老婆婆说是腌的辣椒，余红梅觉得机会来了，连说自己最喜欢吃腌辣椒，乡里人命贱，鱼肉都不如腌辣椒下饭，只要有腌辣椒，她一顿能吃三碗饭。她怀小孩时，顿顿饭离不开腌辣椒。今天运气好，她一定要老婆婆把腌好的辣椒卖给她。

老婆婆听说余红梅大夸腌辣椒的好，并且要买自己腌的辣椒，这下高兴了，立马从方桌下把罐子挪出来，揭下当盖子用的旧瓷砖，腌辣椒的酸味辣味香味扑鼻而来。

余红梅口里说着“真好真好”，眼睛却把那只瓷罐子看得清楚：那罐子虽说表面有些尘垢，但釉色光泽明亮细腻，整个罐子保存完好，无破损无裂纹，而且年代也不近。

老婆婆被余红梅夸得笑吟吟，心里高兴，今天遇到了知音。她又见余红梅爽快，就说："这罐腌辣椒有上十斤，你给八十块钱吧！"

余红梅说："可以。可是我没有装的东西呀？您家干脆把这个罐子一起卖给我吧！您家出个价。"

老婆婆让余红梅再加五十块钱，一共一百三十块钱。

余红梅当即掏了一百三十块钱递给老婆婆，口里直说今天买到好腌辣椒了，饭都要多吃两碗，谢谢老人家了。说完，她抱起辣椒罐子不慌不忙地走了。

如今，这只钧瓷双系罐子成了余红梅民俗文化博览园的重要藏品。

我在余红梅的博览园里还见到一支笔筒，用手拿起来看时，感觉分量很重。笔筒高约十二点五厘米，敞口，圆腹，平足，形制端庄典雅。

我们问余红梅这支笔筒的来历。

余红梅说："这支笔筒我收得比较早，具体是从哪一家收的，现在不记得了。但是笔筒是引导我走收藏之路的老师，它给我的教育使我掘得第一桶金，为创办民俗文化博览园打下了基础。"

接着，余红梅给我讲了她买到第一支笔筒并且送人的事。

新洲、黄冈及鄂东这一带，在明清民初时读书风气盛行，新洲的问津书院，相传为孔子问津之地，为明洪武年间湖广巡抚熊尚文命名。鄂东一带的读书人，都要到问津书院考试，以求功名。据统计，黄冈府明代有进士三百一十七人，举人一千四百六十五人，清代有进士四百零三人。这些人家留下的一些读书人用过的物品，其后代有时不知其价值，会当废旧物品卖掉。

余红梅收购的笔筒，就属此种情况。

余红梅刚开始收废旧物品时，是真正的在乡下收破烂。那些旧坛子罐子破柜子水桶猪槽等，收回去就卖给废品站。有时收的这类东西多了，她挑不动，就请人帮忙挑，她付脚力钱。

有一天，她请了一个中年男子帮她挑收购来的旧物，讲好了给十元钱的酬劳。那人帮她把废品送到她家后，她给那人付钱。那人却不要钱，说他喜欢写字画画，要她把那堆废旧物品中的一只旧笔筒送给他。

那只旧笔筒是余红梅用五块钱收的，余红梅说："我应该付你十块钱，这抵不了你的工钱啊！"那人说："没关系，我喜欢这只笔筒，你就不用再给我工钱了。”

余红梅将那只旧笔筒送给了那个给她当挑夫的中年人，心中还抱有歉意。

过了几天，有一位做文物生意的老板找到余红梅，说：“你那天送给某某的那种笔筒还能收到吗？如果收到了，就卖给我，有多少我要多少。”

余红梅听了文物老板的话，先是一怔，接着很快就明白这里面的窍门。她装做很了解内情的样子问：“那你收多少钱一只？”

文物老板说：“你上次送给某某的那只是紫檀木的，清末的东西，我给了他两万六千块。如果是红木或者黄花梨木的，年代更久远些，价钱会更高些。”

余红梅一听她五元钱收的笔筒卖了两万六千块钱，内心惊诧不已。我的天啦，这只旧笔筒还能这么值钱？文物老板收购价两万六，他拿去卖，这中间还有升值的空间。

内心里的活动虽然激烈，但余红梅却不露声色，脸上堆笑，回答说：“好的！好的！”

一只笔筒成了余红梅的老师，她后来从新洲、黄冈、鄂东一带民间收购了各种笔筒二三十只，这些黄花梨木、红木、紫檀木的笔筒，帮助了她，成就了她，她也使流落民间的这些几百年前读书人的用品，得到了收藏，有一个好的归宿。

民间收藏，有许多人在做，这些人收藏了许多藏品，每件藏品都有故事，这些故事仔细品品，还是有些意思的，以上所记，聊见一二。

三、民间收藏的文化意义

大量的民间收藏品，除了其历史内蕴外，还有其久远的、深层的、丰富的文化意义。收藏文物，可以说是收藏历史、收藏文化。在普通人眼里，收藏品有价，而在收藏家眼里，收藏品无价——因为它们不可再生，因为文化无价。收藏家，都是热爱、痴迷中国文化的一类人。心中怀有这样的爱，收藏家才会为其乐，为其喜，为其苦，为其悲，乃至为其死。

我再说几件收藏品的故事，从中可以看出其不同的文化内涵与意义。

我一个的朋友叫盛茂柏，他先是住在中北路，接着搬到徐东古玩城，现在又搬到武昌红巷，开了一家不大的书画店。

盛茂柏收藏些旧书画，结交些朋友，出售些书画，赚点差价来养家。闲时读些书，喝点茶，晚饭后店里没客人了，就散散步，四处走动，有时就会有奇迹出现，就会有大收获。

那是个夏天，吃过晚饭，天色尚早，他告诉妻女说他出去散散步。从武昌租住的地方到武泰闸旧家具市场不远，他想干脆溜达到那里，顺便淘个木箱子装书画。因为武泰闸旧家具市场里的家具十分便宜。

盛茂柏打赤脚穿双拖鞋，上身穿件廉价T恤衫，下身穿条过膝短裤，手摇自画竹扇，优哉游哉地到了旧家具市场。他进出了几家堤边小店，看了看那些待售的旧木箱，不是太大就是太破，他都未看中。他准备打道回府，择日再来，反正也不等着木箱子用。

盛茂柏正欲回家时，眼睛扫了扫其他几家小店，不料在西头最末尾一家店子里，他发现了一只四角包着镂花铜片，饕餮铺首上横着一把老式旧锁的大木箱。他连忙走近，细看之后确定，这木箱是红酸木做的，实属保存得比较好的晚清家具。而且这箱子的大小，正是他心目中想要的尺寸，用它来装一些一般的书画，合适是合适，但确实是有点奢侈，这箱子应该是装名贵书画珍品的东西。

见盛茂柏在打量木箱，店主就热情地踱了过来，笑着说："这箱子的用料全是红木。"

盛茂柏一听，心想这店主倒是很懂行的，看来不会便宜卖，这就不是荒货，是古董了，见机行事吧！他便问："你要多少钱呢？"

店主回答："少于一万不卖！"很干脆的话，似无还价余地。

盛茂柏没有搭话，再细看那木箱，按说也值，但按这个价买下后，如果再出手，没有什么利润空间。继而一想，这么好的一只箱子一旦漏掉，今后再找也就难了。何不下个决心，把它买下，用来装书画，也奢侈一回。

想到这里，盛茂柏下了决心要买这箱子。为了防止箱底有滥竽充数的杂木，他要店主把箱子打开看看。

店主打开了锁，揭开箱盖，只见里面满是横七竖八的卷轴，有的没有天杆，有的没有地杆，残破不堪，霉气扑鼻。盛茂柏用手在鼻子下直扇的，驱除霉气。

店主怕盛茂柏嫌脏，砸了生意，慌忙向他解释："这些破烂我本想清理扔掉，原主人怕弄脏了他新装修的豪宅，求我原封不动地带走，还付我劳力费。我还没来得及清理扔掉，你就来了。我马上把这些破烂清理扔掉，这好办。"

盛茂柏连忙阻止说："不必了，我要买了，再清理也简单。"他说着顺手捡了一卷展开，仅仅看了题款，他就认定了它是绝无疑意的任伯年真迹。可以想象，箱子里面的破烂中到底还有些什么，真不敢说。盛茂柏不敢再去打开那些卷轴了，顺手将任伯年的卷轴扔入箱中。他抑制自己的心跳，思索着购买的方法。刚才店主说，这箱子他分文未花，是白捡的，但他喊价却能把价喊得顶破天，这是个不好对付的人，得要留点心眼：既让他得些实惠，又不让他得到太多。今天不是自己来，他这些破烂迟早就要扔掉，那就是对文化的糟蹋了。

店主见盛茂柏的模样，就问："你是干哪行的？"

果然开始了侦察。如果回答说是开书画店的，可能又会生出变故。盛茂柏决定智取了。

盛茂柏漫不经心地回答道："唉，我就是个炸油条的，在得胜桥租了个小店，一家三口挤在里面，既经营又住家。老婆要我买只箱子，好将一家老小的衣服装起来，以便腾些地方，现在窄得转不开身呢！"

等盛茂柏把故事编完，店主就开始半信半疑地探价："那你给多少钱呢？"

盛茂柏说："你这只箱子是白捡的，人家还恨不得付你劳力费。既然分文未花，你要一万是不是太多了点？"

"你不要管我是白捡还是不白捡，我这做生意的，赚钱是第一，这是全红木的箱子，绝对值一万。"店主说。

做生意确实是这个理：你赚你的，我赚我的，卖家来得便宜，是人家的运气，跟买家毫不相干。想到这里，盛茂柏本想立即付款，买下运走。但又一想，要是太爽快了，店主可能又要涨价，这种事太多了，还得跟他周旋一番。于是，他便说道："天下哪有一口价的道理，我总得还一点价，你也总得让一点价吧！"

"一分一厘都不能让，你要就是一万，不要就散伙。"店主是个犟人，回答生硬，也许他想炸油条的人买不起吧！装衣服，在别的小店买只几十元钱的旧木箱就行，别在这儿浪费时间了。

就在盛茂柏准备接受店主的要价时，冷不丁传来个女人甜脆的声音。这时，在一旁做饭的老板娘说话了：“算了算了，就给八千八吧！这个数字吉利，交个朋友。图个下次吧！”

老板娘的话无异于给盛茂柏送来了一架梯子，盛茂柏赶紧顺着梯子往下爬，同时心里嘀咕，不图下次，只求这次成功。他便冲着老板娘说：“我虽不是你们的常客、熟客，但好歹也是个顾客，进店这么半天，茶不茶烟不烟的，老板娘金口难开，就凭老板娘这好听的嗓子，我也得给个面子。”

老板娘“扑哧”一笑：“你还真会开玩笑吔！”

随着老板娘的笑声，木箱的买卖也就成交了。

盛茂柏把木箱运回家中，汗都来不及擦，就迫不及待地把箱子打开，把那些卷轴仔细地抱出来，一件件地展开。除任伯年的真迹外，还有高邕六尺对开书法四屏、吴华源六尺对开山水四屏、高奇峰四尺整纸松鹰一幅、吴昌硕四尺对开石鼓文一屏、蒲作英六尺对开墨竹横批一幅，总共有二十多幅。而且，幅幅同一上款，幅幅都是绝对真迹。

盛茂柏看着得到的这些书画，若说感谢，先要感谢它们的原主人精心保存而后代又当废品放弃，还要感谢那收旧货的店主，总算没有将它们扔掉、烧掉！他觉得自己得到了这批书画，只能说是一种缘分，如果他今天晚饭后没有散步去武泰闸旧家具市场，如果他在临走时没有那一瞥而看见了这只木箱，这一切就要失之交臂，而箱子里的书画，说不定就被店主当垃圾扔掉烧掉了。

这是书画文化。

好几位朋友向我推荐武汉市黄陂区的黄花涝，说有个台湾的教授在黄花涝建了个民间博物馆，那博物馆是个楼高三层的四合院子，三层楼的陈列馆里陈列的藏品没个准确的数字，是三万件还是十万件说不清楚。

台湾的那位教授收藏家，将毕生的收藏放在黄花涝，且建馆陈列，实在是功莫大焉。

我在黄花涝民间博物馆看到的第一件藏品是羊肚南瓜普洱茶。

把羊肚、南瓜、普洱茶三个无联系的东西放在一起来说，似乎有点风马牛不相及，但它们在我见到的黄花涝民间博物馆的收藏品中，确实是联系在一起的。黄陂区政协副主席老乔是诗人兼散文作家，是我多年的朋友，他头天已帮我预约好了，第二天陪我来到黄花涝村时，才上午九点钟。

我们进了博物馆的院子，院子里干净清洁，今天他们没有预约其他游客，所以博物馆很安静。初夏季节，不冷不热，阳光很明媚，古馆长在院子里接待我们。我们先坐在院子里的圆桌边聊天，圆桌上已摆好了盛满茶水的杯子。圆桌中间放着一只黑乎乎的看上去是用动物皮做的南瓜形物件，有六七寸的直径，像只小面盆大小。“南瓜”瓜蒂那儿开了一个口子，我心想那大约是只动物皮制成的茶叶盒，倒是很别致的。

我们喝着杯里的茶，茶是普洱，红中带黑，茶汁浓如乳汁，那茶的味道浓郁醇厚，有一股陈香。老乔抽着烟，他把那只南瓜形的东西当作烟灰缸，顺手就要把烟灰弹到那只“南瓜”的口子里。

恰好这时，博物馆的另一位姓林的女同志提着开水瓶从屋里出来，见老乔往南瓜形的物件里弹烟灰，忙大声叫着：“弹不得，弹不得！”

陪着我们说话的古馆长见状，笑了，说：“这是宝贝，可不是烟灰缸呢。”

古馆长带我们参观的藏品中，在二楼的一个地方，我们看到了大约有几百只黑乎乎的皮制南瓜，堆成两个圆锥体，每只南瓜上贴着一张看上去年代久远的商标式的纸条，还盖有方形的红印章。

我仔细地辨认那商标纸条上的字，上方横排的好像是“亿兆丰号”，两边竖排的好像是“满汉茶食，嘉湖丝点”。

古馆长给我们讲的皮制南瓜的来历。他说，云南思茅是普洱茶的产地，是茶马古道的重要驿站，历代的普洱名茶都产自这里，这里上百年几百年的普洱茶都常见。那年，有一家茶农盖房子挖地基，挖着挖着，突然就挖出了一堆黑乎乎的羊肚子扎的南瓜来，南瓜里装满了沉甸甸的实物，打开一只看看，里面全是上好的普洱茶。盖房子的茶农知道自己挖出了祖上埋下的普洱陈茶，这可是祖上留下的宝贝啊！

那时候，普洱陈茶还不像如今炒成天价，一般茶农还比较朴实实在，没乱开价。古馆长的老板，即台湾的教授兼收藏家，正好在那儿收购普洱茶，他捷足先登，与那家的主人谈好了一个不低的价，一下子把那家从地下挖出来的羊肚普洱茶全部卖下来了。老板把这批羊肚南瓜普洱茶全部运到了黄花涝。否则，我们见不到这东西，更喝不上里面装的普洱茶。

古馆长说："这批羊肚南瓜普洱茶要是现在买，那可是天价啊！这批茶叶运来后，老板允许我们打开了一只南瓜，尊贵的客人来，我们才用这茶招待。"

我们今天被当作尊贵的客人接待了，古馆长让我们喝到了百年羊肚南瓜普洱茶，真是三生有幸啊。

古馆长又给我们讲了羊肚南瓜普洱茶的制作的过程。当地人把羊杀了后，将羊肚取出洗净，放在南瓜模型里，让其慢慢阴干，再将制成的普洱茶装进羊肚里，然后把羊肚口扎紧存放或埋在地下，千年不坏。这种茶越放，味道越好。

黄花涝的羊肚普洱茶是一种茶文化。

我访问过湖北荆州的一个律师，他叫孙国军，是个砚台收藏者。中国有四大名砚，分别是端砚、歙砚、洮河砚、澄泥砚。端砚始于唐代，盛于宋代。端石产于广东省高要县和肇庆市一带，其颜色以紫色为主调，另有灰色、青黑色、青色和绿色等，其主要特点是石纹丰富，有青花纹（砚面上带有青黑色花纹）、朱砂钉（如坚硬的红色钉头般的斑点）、五彩钉等，另有形似动物眼睛的“石眼”。端石的“石眼”为辉绿岩凝结构，也有石连虫化石。其中的“鸲鹆眼”形似八哥眼，圆晕中还有“瞳仁”，是“眼”中上品。

歙砚出产于江西省婺源县与安徽省歙县交界的龙尾山（罗纹山）一带，始于唐代开元年间（713 年至 741 年），兴盛于南唐。南唐后主李煜曾派专门的砚务官制作官砚，并称“歙砚甲天下”。宋代苏东坡评其“涩不留笔，滑不拒墨，瓜肤而縠理，金声而玉德”。米芾说：“金星宋砚，其质坚丽，呵气生云，贮水不涸。”歙砚的品种很多，主要分为罗纹类、眉子、眉纹类及金星和金晕类。金星罗纹，是指砚面融有谷粒的结物，在光线照耀下犹如天空星斗，“金星”久研磨而不褪，且越磨越亮，是歙砚中的佳品。

洮河砚产于甘肃省临潭县境内洮河，它已有一千多年的历史。洮河砚取材于深水之中，非常难得。洮河石质地细密晶莹，石纹如丝，似浪滚云涌，清丽动人。洮石有绿洮、红洮两种，其中尤以绿洮为贵。洮砚适用于雕刻大面积的图意，雕刻手法有浮雕、透雕、高浮雕等，其雕工质朴，清晰感强。

澄泥砚在唐代时候，其产地在虢州(今河南灵宝市南)，在现代，其产地有河南南阳、河北巨鹿、山东青州、山西绛县、湖北鄂州、四川通州和江苏宝山。澄泥砚在四大名砚中属一种非石砚材，是陶瓷类。其制作方法是，用过滤的细泥为材料，掺进黄丹团后用力搓，再放入模具成型，用竹刀雕琢，等其干燥后放进窑内，最后裹上黑蜡炼制而成。其特点是质地坚硬耐磨，易发墨，且不耗墨，可与石砚媲美。澄泥砚的颜色以鳝鱼黄、蟹壳青和玫瑰紫为主。

谈起四大名砚，孙国军如数家珍，谈到名砚的出土石坑，他知识丰富，像老坑、麻子坑、坑仔岩、梅花坑、宋坑等名坑，以及所产砚石的特点，他能分得清清楚楚。麻子坑，是因为开挖此坑的采石者脸上有麻子，麻子采的砚石优良而得名。开采砚石者十分辛劳，挖个坑下去，打通仅容一人爬行的通道，全身寸纱不穿，爬进爬出，寻找一块石料费去许多功夫。

孙国军收藏砚台十余年来，现藏有 70 多方。他眼光高，一股的砚台砚石他不藏。这 70 多方砚石砚台都是他出差时到一些省、市、县的古玩店淘到的，这些砚台砚石来自十多个省、自治区、直辖市。

孙国军收藏的 70 多方砚台砚石中，端、歙、洮、澄四大名砚都有，但最多的是端砚和歙砚。

砚台、毛笔、古墨、宣纸，这是文房四宝文化。

民间收藏品的文化意义还可以延伸出多种来，有人收藏烟标，有人收藏邮票，有人收藏火花(火柴盒上的招贴画)，有人收藏各种海报，有人收藏报刊，有人收藏“文革”时的像章和传单，等等，这些收藏品都有文化价值。

民间收藏，其历史文化意义是收藏家们除了经济意义外，更加追求的另一种价值。

2017 年 6 月 7 日

第十一堂课　索尔仁尼琴与《古拉格群岛》

老师们、同学们，大家好！

世界各国的文化产品，经过时间流水的冲洗，大量的浮皮枯草、泥沙垃圾被冲走，留下的只是少量的金沙，成为经典。各国的经典交流、汇总，就成了世界文化经典。作为大学生，不论学文科还是学理工科，如果对这些文化经典不知道或知道得不多，那就是一种遗憾，或说是一种缺憾。

我们的人文系列讲座已经讲过白俄罗斯作家阿列克谢耶维奇和她的作品，这一次我们再讲一位俄罗斯作家及其作品，他的全名叫亚历山大·伊萨耶维奇·索尔仁尼琴。

一、索尔仁尼琴这个人①

索尔仁尼琴于1918年12月11日出生在苏联北高加索的基斯洛沃茨克，1924年随寡母迁居到顿河畔罗斯托夫市。在罗斯托夫市，他读完了中学，考入罗斯托夫大学的物理数学系，1941年以优异成绩毕业。与此同时，因酷爱文学，他还在莫斯科文史哲学院函授班进修文学专业，这为他在往后日子里进行文学写作打下了良好的基础。

1941年，苏联卫国战争爆发，索尔仁尼琴应征入伍，先为列兵，后入炮校深造。1942年获中尉军衔，1944年任炮兵连长。因作战有功，两次获得勋章，后升至大尉。红军攻入东普鲁士时，索尔仁尼琴所在的部队陷入敌人重围，他凭借勇气和智慧，率部成功脱险，并带出了全部技术装备，又一次立下战功。1945年2月，也许索尔仁尼琴将要获得第三枚勋章时，他却突然被捕了。

---

① 资料来源：百度百科词条“亚历山大·索尔仁尼琴”。

在战争快要结束的1945年2月，索尔仁尼琴被苏联内务人民委员部以“进行反苏宣传和阴谋建立反苏组织”的罪名判处8年劳改。1953年，索尔仁尼琴刑满释放后，按照苏联当时的法律被强迫迁居于哈萨克斯坦江布尔州的绿杨村，实际上还是一种流放。

在劳动改造8年中，索尔仁尼琴先后在位于哈萨克斯坦的数个劳改营劳动。在一个专门关押政治犯的“特别”劳改营，他从事过矿工、砖匠、铸造工等多个工种。其间，索尔仁尼琴切除了一个肿瘤，但并未意识到自己身患癌症。在哈萨克斯坦南部的流放生活中，他的癌症出现扩散。1953年年底，他濒临死亡，1954年获准转移到位于乌兹别克斯坦塔什干的医院接受治疗。在位于埃基巴斯图兹的劳改营，他写了第一部小说《伊万·杰尼索维奇的一天》，但无处发表。

索尔仁尼琴于1956年才被解除流放，摆脱全部罪名，恢复自由，与此同时，他的癌症也痊愈了。1957年他恢复名誉，到梁赞市定居，当了中学数学教员。

1962年，由于难友的帮助，索尔仁尼琴发表了他的第一部小说《伊万·杰尼索维奇的一天》。引起强烈反响。

1963年，他又接连发表《马特辽娜的家》等三部暴露社会阴暗面的短篇小说，很快，他加入了苏联作家协会。之后，他又写了好些作品，但随着政治形势的变化，除了《马特辽娜的家》等四个短篇外，其余均未能在苏联境内发表。

1967年5月，第四次苏联作家代表大会前夕，索尔仁尼琴给苏联第四次作家代表大会的代表们散发对本国书刊检查制度的“公开信”，抗议苏联的报刊检查制度，要求“取消对文艺创作的一切公开和秘密的检查制度”，遭到当局指责，大会通过了谴责他是苏联作家的叛徒的决议。

1968年，索尔仁尼琴写成的叙述苏联集中营历史和现状的长篇小说《癌症楼》，仍未获准出版。同年，《癌症楼》和《第一圈》在西欧发表。

1969年，他被开除出苏联作家协会。此事引起了国际上一些著名作家如萨特的抗议。同年四月，他和川端康成一起被选为美国艺术文艺学会的名誉会员。

70年代后，他实际上已成为与物理学家萨哈罗夫齐名的苏联“持不同政见者”。1970年，“因为他在追求俄罗斯文学不可或缺的传统时所具有的道义力量”，索尔仁尼琴获得诺贝尔文学奖。但迫于形势，索尔仁尼琴没有前往斯德哥尔摩领奖。他原在国内未获出版的作品及新作长篇小说《1914 年 8 月》在西方国家先后问世。这时的他，已经为巨著《古拉格群岛》准备了 7 年，《古拉格群岛》的手稿在 1973 年辗转走出了国门，并且很理所当然地在西方国家出版。1974 年 2 月 12 日，苏联最高苏维埃主席团宣布剥夺索尔仁尼琴的苏联国籍，把他驱逐出境到联邦德国，他于同年 12 月起侨居瑞士苏黎世，后流亡美国。

1973 年 12 月，巴黎出版了索尔仁尼琴的《古拉格群岛》第一卷。该书由作者的个人经历，上百人的回忆、报告、书信，以及苏联官方和西方的资料组成，分七大部分叙述了 1918—1956 年，特别是斯大林执政期间，苏联各地关押迫害数百万人的(由于是不同时期，分批处决，具体数字难以统计)集中营的情况。作品继承了雨果和托尔斯泰 19 世纪的人文传统，堪称 20 世纪最伟大的著作之一。

1974 年 10 月，美国参议院授予他“美国荣誉公民”称号。索尔仁尼琴于1975年定居美国。索尔仁尼琴对资本主义和对极权的斯大林主义几乎一样保持着批判态度。在一次受邀出席哈佛大学的毕业典礼上，他在演讲中并不认为西方式的自由民主有着普世价值，他称美国陷入了庸俗的物质消费主义，还痛骂美国音乐实在难听。这样的言论让邀请者很尴尬。

苏联解体后，经俄罗斯总统叶利钦邀请，索尔仁尼琴于1994年回归俄罗斯，他原来遭禁的一些作品也陆续在国内出版。

归来的索尔仁尼琴，看到一片废墟，发表了一连串抨击时政的言论，依然让当局异常难堪。叶利钦甚至在回忆录中说："索尔仁尼琴的笔是受上帝指挥的"。索尔仁尼琴没有像前持不同政见者亚历山大·亚历山大罗维奇·季诺维耶夫和马克西莫夫那样公开承认自己犯过错误，仍坚持着他的一贯立场。

1997年，索尔仁尼琴当选为俄罗斯科学院院士。他将俄罗斯20世纪过往兴衰起伏之经验传诸子孙，并视之为个人的历史责任。

2007年俄罗斯国庆节那天，索尔仁尼琴获得2006年度俄罗斯人文领域最高成就奖俄罗斯国家奖。在获得诺贝尔文学奖37年之后，索尔仁尼琴终于在自己的祖国获得了肯定。普京在颁奖典礼上说："全世界成百上千万人把亚历山大·索尔仁尼琴的名字和创作与俄罗斯本身的命运联系在一起。他的科学研究和杰出的文学著作，事实上是他全部的生命，都献给了祖国。"颁奖典礼结束后，普京对他说："我想特别感谢您为俄罗斯所做的贡献，直到今天您还在继续自己的活动。您对自己的观点从不动摇，并且终身遵循。"

2003年之后，因为健康原因，索尔仁尼琴没有出门，一直住在莫斯科近郊的别墅。

2008年8月3日夜间，索尔仁尼琴心脏病发作，因抢救无效，与世长辞，享年89岁。

索尔仁尼琴病逝后，俄罗斯总统梅德韦杰夫和总理普京先后向索尔仁尼琴家人发去唁电，表示慰问。

二、索尔仁尼琴的第一部小说《伊万·杰尼索维奇的一天》

《伊万·杰尼索维奇的一天》，按我们的说法，应该是一部长篇小说，因为 2 万字以内称短篇，2 万字到 10 万字为中篇，10 万字以上为长篇。《伊万·杰尼索维奇的一天》有 10.5 万多字。这部作品是索尔仁尼琴的第一部作品，他在世界文学上的地位，他文学家的生涯，他的走出劳改营后命运的起伏变化，他的荣辱两重天，都从这部作品开始。

这是第一部描写苏联劳改集中营生活的作品，作者用毫不夸张、非常细腻的笔触，记述了伊万·杰尼索维奇(舒霍夫)在劳改营一天的劳改生活。这个劳改营有几千名判了 10 年到 25 年不等徒刑的劳改犯，他们分成许多小队住在劳改营里，每小队 24 人，有队长副队长，小的十几岁，老的五六十岁，他们每个人都有着不同的罪名。作品的主人公舒霍夫坐牢因他犯的叛国罪。他供认自己想背叛祖国，所以当了俘虏。至于为什么被释放归来，则是因为完成了德国鬼子的侦察任务。到底是什么任务，无论是舒霍夫本人还是法院检察官，都想象不出来，所以就只好写上“任务”二字了事。在反间谍机关里，舒霍夫受了很多刑。当时舒霍夫的打算很简单：不在口供上签字，就只有死路一条；签了字，也许还能多活几天。

于是他就签字了。实际情况是，1942 年 2 月在西北战场上，他们全军被敌人包围，不仅得不到空投物资的支援，就连空投飞机的影子也见不到。最后把死马的马蹄切成薄片，在水里泡软了吃下去。弹药也用尽了，德国人在森林追捕他们，一小股一小股地捕捉他们。舒霍夫和另外四人一起被捉住，在森林里当了两天俘虏后，他们逃跑了。其间有两个人被冲锋枪打死，第三个人因伤重而死。他们两人总算跑出来了，要是聪明一点，就该说是在森林里周旋，那也就没事了。可他们很坦白，说是被德国人俘虏后逃了出来。于是就被关进了监牢。像舒霍夫这样的犯人很多，在劳改营里，每个犯人都有自己的故事，都觉得自己被抓捕得莫名其妙。

《伊凡·杰尼索维奇的一天》仅仅描写了一天的生活，但作者想要说的关于斯大林时期那些痛苦而黑暗的一切，全都包括在这一天中了。

这部联结着作者命运的作品的出版，很有传奇性。作者在劳改营写完后，一直藏着。1962 年苏共二十二大后，一位劳改营的难友科佩列夫将索尔仁尼琴的小说《伊万·杰尼索维奇的一天》送给《新世界》杂志主编、著名诗人特瓦尔多夫斯基，意外地得到这位主编的激赏。

然而，在当时苏联还从未发表过以劳改营为题材的作品，为慎重起见，特瓦尔多夫斯基将此事请示中央宣传部，但中央宣传部未置可否。于是，特瓦尔多夫斯基直接将《伊凡·杰尼索维奇的一天》捅到了最高层——政治局和赫鲁晓夫本人。幸运的是，索尔仁尼琴这部作品竟引起了赫鲁晓夫的注意，他亲自提出在政治局会议上讨论，并允许公开发表。“他的作品为许多人增添了勇气，加速了个人和人民的自我意识的提高过程。”赫鲁晓夫不仅在乡间别墅里听意识形态部门的领导人列别杰夫朗读《伊凡·杰尼索维奇的一天》，在小说发表后的一次中央全会上，赫鲁晓夫还向与会者推荐此书，称这是“一本重要的和必需的书”。

索尔仁尼琴的小说《伊凡·杰尼索维奇的一天》在《新世界》杂志上刊出。这部苏联文学中第一部描写斯大林时代劳改营生活的作品，立即引起国内外的强烈反响，赫鲁晓夫夸奖这部小说是“从党的立场反映了那些年代真实情况的作品”。

1964年赫鲁晓夫下台后，苏联当局立刻下令《新世界》杂志停刊，索尔仁尼琴遭到了批判。1965 年，索尔仁尼琴再接再厉，准备将长篇小说《第一圈》付印，结果遭到抄家，有关稿件都被没收。索尔仁尼琴从此被迫将著作偷运到国外出版。

1965 年 3 月，《伊凡·杰尼索维奇的一天》受到公开批判。

三、记载 20 世纪最黑暗历史的书《古拉格群岛》

索尔仁尼琴的纪实文学《古拉格群岛》，中文翻译的总字数为 167 万 3000 字，群众出版社于 2015 年分上、中、下三卷出版。作者在本书扉页上写着："此书中既无臆造的人物，又无虚构的事件。人与地，都称其真姓实名。如果用的是姓名缩写，则系出于私人性质的考虑。如果什么名称也没有，即只是因为人的记忆力没有把姓名保留下来，而所写的事情都是千真万确的。"作者还告诉我们，这部书除了作者在群岛 11 年亲身感受的、记忆所及的和耳闻目见的以外，还有 227 人经口述、回忆和书写而提供的一些材料。这是一部数百万人用鲜血与生命写就的大书。

苏联实际上并没有古拉格群岛这个地理名称，索尔仁尼琴把劳动改造营管理总局所辖的劳改营称为一个个岛屿，古拉格即劳改营(音译)，苏联的国土面积大(2240万平方公里，世界第一)，像一个海洋，而分布在这个海洋上的千万个劳改营，就叫古拉格群岛。

《古拉格群岛》这部书，用白描的笔触，真实地再现了苏联各劳改集中营中的罪恶，展示了苏联铁腕统治对人性的蔑视和摧残。

20 世纪三四十年代，斯大林在国内实行大清洗，正是企图从肉体上消灭所有持不同观点的人。逮捕的事情每天都在发生，甚至只是出于预防的目的，大批的知识分子被当作潜在的思想敌人而被捕。昨日的战友，今天便成了阶下囚。“被杀死，被集体化折磨致死的人数，加上被斯大林镇压的人数大约在 700—1200 万，这个数字是当时全苏居民总数的一半。”(俄:《俄罗斯文化史》T·C 格奥尔吉耶娃)

在斯大林时代的“苏联大清洗”运动中，被镇压的人数超过了 1000 万。索尔仁尼琴是这 1000 多万被镇压清洗中的一个。他在劳改营中8年，被流放3年，在获得释放后，他开始写作，写劳改集中营。《古拉格群岛》是他写劳改营生活的一部血与泪的大书，是记载20世纪最黑暗的历史一页的巨著。他在书中用了千千万万具体的人与事来阐述了"大清洗"是如何进行的、劳改集中营的犯人是如何生活劳动以致死去的。这一千万多被镇压的亡灵以活生生的影像在书中出现，抓人之荒诞、定罪之荒唐、镇压之残酷、折磨之残忍，真是罄竹难书。读索尔仁尼琴的《古拉格群岛》，要有一种强健的心理承受能力，那既是一次沉重的阅读旅程，也是一次艰难的精神冒险。因为他将极权统治的专制与暴政尽现于读者眼底，让无论是否经历过专制社会的人们都能产生惶恐不安与胆战心惊的感受。这部带着强烈真实印记的作品，在作家理性与悲悯的文字中，让人非常清晰地看到帝国内部一排排苦难的灵魂。而最终呈现给世人的，是任何时间都篡改不了的真相，因为人们已经看到苦难有多深，血泪有多浓。

《古拉格群岛》分7个部分74章书写。由于体例庞大，人物与事件众多，下面选择有关章节中的有关人与事进行介绍。要想全面了解这部书，我们必须亲自阅读。①

1937年，有一名妇女到新切尔卡斯克内务部去打听，她的邻居被捕后，留下一个没有奶吃的孩子怎么办？内务部的人说要查一查。这位妇女等了两个小时，结果被抓进牢房。抓什么人，不抓什么人，机关（内务部等部门）没有确实的选择与依据，而是为了完成一定的数量，这名妇女那天正好碰上该机关要凑齐人数。

索尔仁尼琴在书中反复提到的刑法典第五十八条，共有十四个分条，构成了一个巨细靡遗、包罗众生的司法口袋，概括地说："普天之下没有一样过失、念头，作为或不作为是五十八条手掌所不能惩治的"。

女售货员收到分货员送来的商品，手边没有别的纸，就在一张报纸上记账。肥皂的块数正好写在报纸反面斯大林的脑袋上。五十八条。10年。

一头母牛不听话，放牧员在气头上骂它一句，语涉集体农庄。五十八条。判刑。

---

① 资料来源：《古拉格群岛》，群众出版社，2016年第2版。

有位信仰宗教的妇女，写了两句诗：你可以自由地祈祷，但是只能让上帝独自听到。五十八条。10年。

还有更可怕的事情。莫斯科省一个区党代会上，主持会议的是接替不久前入狱的前任的新区委书记，在会议结束时通过了致斯大林的效忠信。不用说，全体起立，在小礼堂里掌声雷动。三分钟、四分钟、五分钟，依然掌声雷动，并且还有经久不息的欢呼。但是，手掌已经发疼了，抬起的手臂已经麻木了，上了年纪的人已经喘不过气来了。连那些真心拥护崇拜斯大林的人也已经感到这种状况愚不可耐了。但是谁也不敢第一个停下来，那个刚在台上宣读完效忠信的新任区委书记也不敢。于是掌声持续七分钟、八分钟、九分钟、十分钟，他们已经停不下来了。本区造纸厂的厂长是一个独立不羁的坚强人物，在第十一分钟时，恢复了常态，在主席团自己的位置上坐了下来。奇迹发生了，那种会场的疯狂在同一击掌声上停下来了，人们也都坐下来。造纸厂厂长于当夜被捕，判了10年。审判员要他记住：永远不要第一个停止鼓掌。

伊格纳托夫斯基中将，他站在临河的窗前掏出白手帕擤了擤鼻涕，能有什么意图呢？纯属生理性鼻腔在捣蛋。但是有人告密说：他用白手帕向对岸的德军打信号。这是因为内务部的人为了配合列宁格勒的战局，急需破获几个重大阴谋集团来向斯大林邀功。将军以通敌罪被抓。

大清洗时逮捕人的手段各种各样，五花八门。

关于索尔仁尼琴的《古拉格群岛》，我简要向大家介绍这些。这本书的内容太多，只有亲自读一读，才能更深刻地体会它的分量与意义。

俄罗斯总统普京，将《古拉格群岛》列入俄罗斯中学教科书。

2017 年 11 月 8 日

第十二堂课　张纯如与《南京大屠杀》

老师们、同学们，大家好！

今天给大家讲一讲华裔女作家张纯如和她的一本书。张纯如的这本书是《南京大屠杀》，副标题是“第二次世界大战中被忘却的大浩劫”。书的封面上有这样的话：“这是一部令国人流泪的书，所有的中国人都要看的书。”关于南京大屠杀，我们读过不少历史资料、文献记录，还有小说、诗歌，也看过有关的电影和电视剧。但是一个在美国出生长大的华裔女子，用生命写出的一本记载南京大屠杀的纪实文学书，我们不应该不知道。所以，我在此向大家做一些介绍。

一、张纯如这个人

张纯如于1968年出生在美国普林斯顿大学校园，祖籍江苏淮安，父母为她取名“纯如”，出自《论语》“从之，纯如也”，意即和谐美好。

张纯如的家是个高级知识分子家庭，外祖父张铁军，抗日国军将领，曾任台湾中华日报总主笔；父亲张绍进，哈佛博士，其专著《量子场论》，在美国物理学界颇有影响；母亲张盈盈也是哈佛博士，从事生物科学研究。他们虽然身在美国，却不忘自己是中国人。母亲告诉张纯如，年幼时，中国饱受战乱，家人颠沛流离，随时可能丧命。张纯如的外公，在1937年日军逼近南京，正在国民政府任职的张铁军从水路撤往湖南，他与妻子相约在芜湖会合。可是等了4天不见妻子的身影，最后一天官船起锚了。张铁军绝望地喊着妻子的名字，这时奇迹出现了，从远处飘来一只小船，妻子探出身子喊道：“我在这里。”母亲说，如果那时外公和外婆没能遇上，世上就没有张盈盈，也不会有张纯如。

张纯如起初进入伊利诺伊大学读计算机，20 岁时放弃了即将到手的计算机学位，转学新闻。1989 年从大学新闻系毕业后，她在美联社和《芝加哥论坛报》担任记者，之后在约翰·霍普金斯大学获写作硕士学位，从此走上了专业写作的道路。她的第一本书《蚕丝——中国导弹之父钱学森》广受好评，得到美国麦克阿瑟基金会“和平与国际合作计划奖”。

性格文静的张纯如从小就喜欢写作，喜欢这种自由表达的方式。在她看来，写作是传播社会良知。真正的作家不是玩文字游戏，而要通过文字来传达社会所需要的思想和感情。童年的时候，纯如与父母谈话时，父母经常会提到遥远的 1937 年，在大洋彼岸一个叫南京的城市里发生了些什么，她的外祖父如何逃离那个人间地狱，滔滔长江水如何被鲜血染成了红色 ……

1994 年 12 月，当张纯如在加州第一次看到南京大屠杀的黑白照片时，更是感到了无比的愤怒。在南京，的确存在大屠杀，但是为什么有人否认它，而且在所有的英文非小说类书籍里，居然没有一本提及这段本不应该被遗忘的历史？张纯如为这一现象震惊了，几乎所有的西方人都知道希特勒的罪行，却无人知晓日本人在中国进行的大屠杀。她为此感到阵阵心悸。她决定要写一本关于南京大屠杀的书，写出这段被西方人忘却的历史。

对于在美国这样的物质社会来说，一个年轻女孩花几年时间去写一本历史著作，是不可思议的。因为年轻人都要争分夺秒地奋斗赚钱、成家立业。不过，这位当时只有二十多岁的女孩只有一个念头："这本书能不能赚钱我不管，对我来说，我就是要让世界上所的人了解1937年南京发生的事情。"

张纯如用近三年的时间，在世界各地访问了许多名幸存者，参阅了大量的历史文献，在各种触目惊心的资料的基础上，撰写、出版了英文版《南京大屠杀》。此书一经问世，就震惊了西方世界，在随后数年内再版十余次，发行数百万册。张纯如用自己无可挑剔的努力和勇气，直面了人类历史上那一段惨绝人寰的记忆，她告诉世人：人类同胞相残的历史是漫长而凄惨的，而没有哪几次劫难能与二战期间的南京大屠杀相比。哈佛大学历史系系主任、中国现代史教授威廉·柯比在该书的《序言》中写道："南京的暴行在西方已几乎被人们遗忘，所以，本书的问世尤显重要。张小姐把它称作‘被遗忘的大屠杀’，将二战期间在欧洲和亚洲发生的对数百万无辜者的屠杀联系在一起。”

张纯如所从事的事业在美国、在西方世界，都是一项孤独者的工作。她接触到的是血淋淋的史实，在《南京大屠杀》一书的写作过程中，张纯如经常气得发抖、失眠噩梦、体重减轻、头发掉落。她面对的是尽显人性恶劣、残忍血腥的历史。书成后，她又得面对日本右翼势力的报复和骚扰。她不断接到威胁信件和电话，这使得她不断变换电话号码，不敢随便透露丈夫和孩子的信息。她曾经对朋友说，这些年来她一直生活在恐惧之中。

后来，张纯如开始准备写美国二战被俘军人在菲律宾受日军虐待的历史，接触到的残酷史实又一次触发她的病灶，引发了她的忧郁病症。而且张纯如还患有偏头痛，这是忧郁症的表征，巨大的病痛揪割着她，她的忧郁症不断加重。张纯如的丈夫道格拉斯认为，张纯如长久以来对日本右翼极端分子的恐惧和忧虑，频繁的工作以及紧张的图书巡回签售等因素最终导致了 2004 年 8 月她在路易斯维尔的精神崩溃。保拉 · 卡门曾在书中写过，有一种精神疾病就是无法控制自己的恐惧。

2003年7月，张纯如在为她的第四本书进行采访旅行中，曾因精神崩溃而住进医院。道格拉斯于2004年11月9日清晨5时30分向警方报案，称张纯如已失踪。道格拉斯对警方说，他最后一次见到妻子是在当天凌晨2时。张纯如在给家人的遗言中说，希望他们记住她患病以前的样子：全心投入生活，献身她的事业、写作和家庭。

2004年11月9日，张纯如，这个曾为南京的30万冤魂奔走呼号的女子，将自己的白色轿车停在一段荒僻的公路旁，然后掏出手枪，结束了自己年仅36岁的生命。

二、南京的陷落

接下来，我所说的日军在南京沦陷后犯下的罪行，是根据张纯如的《南京大屠杀》一书摘要而来。在向大家复述这些时，我心里是刺痛的，有一种出气不畅的压抑之感。①

---

① 资料来源：《南京大屠杀》，中信出版集团，2015年第2版。

中国人民全面抗战是从1937年“七七事变”开始的。日军在占领华北之后，8月13日上海淞沪会战开始。驻扎上海的国民党守军进行了顽强抵抗。日本人打算3个月征服中国的幻梦破灭，仅在中国一个城市的战事就从夏天拖到秋天，从秋天拖到冬天。1937年11月上海最终沦陷，恼羞成怒的日军心态日趋邪恶，这群野兽向南京进发时，许多人心中都燃烧着邪火。

南京是六朝古都，是中国的文学、艺术、政治中心。遍布全城的帝王宫殿，奢华的陵墓，各种博物馆、纪念馆林立，青山绿水增添着南京的美丽，虎踞龙盘显示着南京的雄伟。

上海陷落之后，日军向南京进发。

南京是国民党首都，是坚决抗日，保卫南京，还是把首都迁到更安全的地方，蒋介石两难之后，最终还是撤离，留下唐生智守南京。11月27日，唐生智举行记者招待会，发誓与南京共存亡。

11月中旬，政府官员转移至武汉、长沙和重庆。5万军人进城后住进人去楼空政府大楼。12月，共有9万中国军人驻扎南京，这些军人在街上挖战壕、设障碍、堵城门，在城外焚烧民宅和学校、树木，空出1公里作战区。

南京城里任何有点儿能力、财力、判断力的人都选择了出逃。12月8日，蒋介石夫妇飞离南京。

留下的军人军心涣散，失去斗志。国军无空军，日军不断轰炸，唐生智得不到任何日军空中调动的情报，附近山上造价昂贵的炮台远未发挥作用。

转移到重庆的官员带走了先进的通信设备，各部队之间无法联系。

国军中许多军人是一夜之中成为军人的，被乡下抓丁来的，相当多的人来南京之前未握过枪，老兵们是从上海前线撤退回来的，他们饥肠辘辘，已精疲力竭。各部队军官之间缺少信任，日军得以从一个阵地推进到另一个阵地，各个击破。

12月9日，日军飞机空投招降传单，保护无辜百姓和城内文化遗迹最好的办法是投降。传单上允诺日军将“冷酷无情地对待反抗的人”，但会“仁慈宽厚地对待非战斗人员和对日本没有敌意的中国军人”。传单要求守卫南京的军队在24小时后必须投降，“否则，就使用一切可能的战争恐怖手段”。

唐生智拒绝投降。12 月 10 日，正午时分，日军见无投降的人出现，日军最高指挥官下令猛烈炮轰南京城，12 月 10—11 日，光华门被日军攻破三次，国军进行了艰难反击。11 日中午开始，雨花台地区急报频传，安德门、凤台门及许多阵地已陷敌手。

蒋介石下了命令，让唐生智的部队大规模撤退。这让唐生智震惊，这么抛弃阵地？蒋介石命令唐生智：“你今晚务必渡江”。唐生智屈服了，这个决定导致了中国军事史上一个极为惨重的灾难。唐生智原来希望军队由长江撤离，但日本海军已到八卦洲正向南京逼近，到达后将切断南京守军最后一条退路。

撤退命令使中国守军一片混乱。有些部队没接到撤退命令，有的部队看到其他部队撤退时，认为他们临阵脱逃，于举起机枪开火。在混乱中，中国坦克碾过数不清的中国士兵向前行驶，直到被人用手榴弹炸毁才停下来。

唐生智晚上到达码头，渡江离去。上万名士兵争夺两三只渡船。船员挥动斧头，砍向抓着渡船两侧的士兵的手指。那天晚上，不计其数的人死于非命。最后一条渡船消失后，不少士兵抱着木板、木桶等物企图渡江，但几乎全部溺水而亡。

1937年12月13日凌晨，南京城陷落。南京迎来了恐怖的六个星期。

三、屠杀战俘和平民

南京守军9万人，逃出去的很少，南京城平民留在城内的有50余万人，这些人都是日军屠杀的对象。

进入南京，日军一共只有5万人，要守卫刚占领的南京，要杀掉这些战俘，人力有限，十分困难。如果中国人知道日军只有5万人，进行反抗，后果也不会是30万中国人被屠杀。日军采取欺骗策略，先处置战俘，再处理平民。

日军先是向中国军人承诺，只要停止抵抗，就可获得公正待遇。

主将已撤退，滞留在南京的9万中国军人失去了抵抗之意，他们被日军欺骗，投降了。这些被俘的中国军人，就被分成100—200人一组，日军将他们诱骗到南京近郊，一组一组地杀害，埋掉。

据日军老兵东史郎的日记记载，接到命令，他们走了十来里路，直到夜幕降临时，他们听到蛙鸣般的吵嚷声，还有数不尽的烟头在黑暗中闪烁，场面太壮观了。7000多名战俘聚集在同一个地方，围绕挂在树枝上的白旗周围。这些人耐心地等待着日军将他们带走。日军只有两个连，虽说中国士兵解除了武装，只要反抗，日军也会被消灭的。但没有任何抵抗，反而再三要求日军不要杀掉他们。

东史郎回忆，这些人被带到一个邻近的村庄，被赶进一座大房子，最后他们被两三百人一组地分派到各连队，由各连队进行屠杀。

南京大屠杀中最大一次规模集体屠杀战俘，是在幕府山附近，有57000名平民和缴械士兵在此惨遭杀害。1937年12月16日《朝日新闻》记者横田报道，日本在乌龙山和幕府山附近俘虏了14777名中国士兵，仅仅是囚犯人数就让日军感到棘手，因为没有足够的人来处理这些俘虏。

当接到处决这批俘虏的命令后，日军谨慎地执行任务。日军向战俘宣布，要把他们转移到长江中心的八卦岛上。日军把俘虏的双手反绑到背后，这个工作用了一个上午和大半个下午。在下午4—6点时，日军将战俘分成4个纵队，带他们向西行进，在江边停下来。等了三四个小时，天黑下来，俘虏们不知道，日军已经对他们形成了新月形包围圈，许多机关枪对准了他们。处决开始后，中国人无处可逃。突然之间，各种枪支同时开火，枪声和绝望呼喊声交织在一起。一小时后，人群变得毫无声息。日军再用刺刀砍刺尸体，从夜晚一直持续到天亮。

处理尸体是个难活，很难找到掩埋的大坑。直接抛进长江，长江因此变成红色，许多尸体裹在一起，难以流动。将尸体火化是一个办法，但经常缺乏足够的燃料，幕府山屠杀后，日军在尸堆上浇上几大桶汽油，但未等尸体化为灰烬，汽油就燃尽了，结果剩下一大堆烧焦的尸体。

《朝日新闻》记者亲眼见到：日军让中国囚犯在中山门附近的城墙顶上站成一排，然后用步枪上的刺刀向他们猛刺过去，囚犯们一个接一个地摔落到城墙外，鲜血四溅。

一位日军随军记者今井正冈写道：在下关码头，尸体堆成黑乎乎的小山。50—100人在那里干苦力，他们将尸体抛入长江。尸体还滴着血，甚至有人还活着，四肢抽搐，发出呻吟。苦力们一声不吭地忙碌着，他们把尸体全抛入长江后，然后机关枪砰砰砰地响了，苦力们倒入长江，被江水冲走。这次大约有两万人被杀。

日军随军记者小俣行男目睹中国战俘被带到下关排着队沿江站立。第一排先被砍头，第二排的人将这些无头尸体投入江中，然后他们自己也人头落地。屠杀从早上一直持续到夜晚，日军只杀了两千人，还觉得慢了。第二天，日军干脆架起机关枪扫射，战俘们纷纷跳入长江逃命，但没有一个人能游到对岸。

日军在1937年12月13日开始的大屠杀，除了杀死大批战俘外，还在南京城内肆无忌惮地开枪杀人，许多人逃跑时从背后遭到射杀。日军使用机关枪、左轮手枪和步枪，向聚集在中山北路和中路以及附近巷弄里的伤兵、老妇和儿童开火，他们在城市的各个角落屠杀中国平民，这座沦陷之都的大街小巷血流成河。

1937 年 12 月 7 日《日本广知报》有“两少尉百人斩难分高下”文章——向井敏明和野田毅少尉比赛，看谁最先以单刀杀死 100 名中国人，后来提高到 150 人。向井的刀刃在比赛的过程中略有损伤，是把一个中国士兵连头盔带身体劈成两半时造成的。

日军对南京当地居民施加的严酷折磨几乎超出了人类所能理解的极限，这里仅举几例。

活埋：日本士兵强迫第一批中国俘虏挖好坟坑，第二批俘虏埋掉第一批，再由第三批埋掉第二批，以此类推。日本士兵故意将有些受害者只埋到胸部或颈部，为的是让他们遭受更多的痛苦，比如用刺刀将他们砍成碎块，或者让他们遭受马匹践踏和坦克碾压。

身体毁伤：日军不仅对受害者进行开膛剖腹、砍头或肢解，还对他们实施其他各种更残酷的凌虐。在全城各地，到处都有以下种种折磨：将囚犯钉在木板上，让坦克从上面碾过，还将他们钉在树干或电线杆上，活生生从他们身上割下一条条肉，或者把他们当作练习刺刀的活靶子。据报道，至少有 100 人在被烧死之前已经被挖掉了眼睛、割掉了鼻子或砍掉了耳朵。另有200多名中国士兵和平民被剥光衣服，绑在学校的圆柱或门上，然后日本士兵用锥子在他们的嘴巴、喉咙和眼睛等身体各处刺了数百个小洞。

烧死：日军大规模焚烧中国受害者。在下关，一个日本士兵将中国俘虏绑在一起，一次10人，然后将他们推到坑里，浇上汽油活活烧死。在太平路，日本士兵命令一大群商店职员救火，然后用绳子把他们绑在一起，推入烈火中。日本士兵甚至还发明了用火杀人取乐的游戏，一种是将一大群中国人驱赶到楼顶或屋顶，然后将楼梯拆掉，并在一楼点火，观看许多受害者从窗户或屋顶跳下来自杀身亡；另一种是在受害者身上泼洒燃料，然后朝他们开枪，欣赏火焰在他们身上升腾而起的景象。曾经有过这样一次臭名昭著的事件，日本士兵将数百名中国人(包括妇女和儿童)驱赶到一个广场上，在他们身上浇上汽油，然后用机关枪朝他们扫射。

冻死：南京大屠杀期间，有数千人被日军故意冻死。例如，日本士兵强迫数百名中国俘虏前往结冰的池塘边，脱掉衣服，砸开冰面，跳入水中“捕鱼”。当他们的身体被冻僵以后浮上水面，很快就成为日本士兵浮动的靶子，被打得弹痕累累。在另一起事件中，日本士兵把一群难民绑在一起，推入一个浅水池塘中，然后向他们投掷手榴弹，制造出"血肉横飞"的爆炸效果。

狗咬：另一种惨无人道的酷刑是，将受害者活埋至腰部，然后观赏他们被德国黑贝撕碎的场面。曾有目击者看到日本士兵扒光一位受害者的衣服，然后指挥德国黑贝去咬他的敏感部位。那些狗不仅撕开了受害者的肚子，甚至还将他的肠子在地上拖出很远。

以上提到的事件仅仅是日军向受害者施虐的一小部分方法。日军还将受害者浸在酸性溶液中腐蚀他们，用刺刀把婴儿挑起来，然后活生生地将他们扔到滚烫的开水锅里，或钩住受害者的舌头把他们吊起来。一位日本记者后来调查南京大屠杀时了解到，曾有日本士兵将一位中国遇难者的心脏和肝脏挖出来吃掉。他们甚至还吃男性的生殖器，一名中国士兵逃出日军的牢笼后，在街上看到几具尸体的生殖器被割掉了，他后来得知这些生殖器被卖给了某些日本人，因为他们相信吃了可以壮阳。

四、日军的罪行和清算

南京大屠杀持续了数月之久，但最恶劣的暴行主要集中在最初的第 6 至 8 周。

在南京城的 1937 年那个血腥而严酷的冬天，妇女遭受的苦难最为深重。日军占领南京期间，大约有八万名女性遭到强奸。妇女不论老幼，都逃不了被强奸的命运。日军士兵田所耕三说，他们从下关派出运煤车，到南京的大街小巷和附近村庄中抓回许多妇女。然后他们将每个妇女分配给 15—20 名日本士兵，任由他们奸淫。强奸在日本的军事文化中有根深蒂固的影响，许多人相信强奸女人能够让他们在战斗中表现神勇。

日军曾经正式宣布强暴敌国妇女为非法行为，但是在南京他们却疯狂地强奸并且杀害妇女，犯下了令人发指的罪行。

据老兵东史郎说，强奸后，还要杀死她们，因为死人不会告发。从 12 岁少女到 80 岁的老妇都是日本士兵轮奸的对象，当她们无法满足士兵的性要求时，就会被残忍地杀害。许多被轮奸的南京妇女怀孕了，至今没有一名妇女站出来承认自己的孩子是被日军强奸的结果，许多这样的孩子被偷偷地杀掉了。许多中国妇女面对抚养一个她们无法去爱的孩子和犯下杀婴罪行这样的选择时，内心承受无比的痛苦。1937—1938 年，数不清的中国妇女投江自杀。

日军强奸各个阶层的妇女：农妇、学生、教师、白领和蓝领工人、基督教青年会职员的妻子、大学教授甚至尼姑。有许多妇女被强奸致死。

日军轮奸中国妇女的案件，其中三分之一都发生在白天。据幸存者回忆，日军士兵在光天化日之下，大庭广众之中，当街强奸中国妇女，没有任何地方是不能实施强奸的神圣之地。他们甚至在尼姑庵、在教堂、在神学院、在圣经培训学校强奸妇女。

日本士兵连老年妇女也不放过，已婚妇女、祖母以及曾祖母都不断遭到性侵犯。如果说日本士兵对待老年妇女的强奸方式令人发指，那么他们对待女童的摧残更是令人难以想象。小女孩在遭到如此野蛮的强奸后几周都不能走路，许多小女孩在事后需要进行手术，有些人不治身亡。曾有中国目击者看到日本士兵在大街上强奸 10 岁以下的小女孩，然后用刺刀将她劈成两半。

即将生产的孕妇也不能免遭摧残，日军强奸了许多即将临盆、正在分娩或产后没几天的妇女。一位怀胎九月的妇女在遭到强奸后产下死胎，精神完全崩溃。还有孕妇被日军活活踢死。日军强奸完孕妇后，剖开她们的肚子，扯出胎儿以供娱乐。

日军的人性泯灭和性变态已经到了无以复加的地步，在日军的性虐待案中，最丧尽天良的案例莫过于对整个家庭的羞辱——乱伦。父亲被迫与亲生女儿性交，兄弟被迫与亲生姐妹性交，儿子被迫与母亲性交。因为拒绝而被砍死的人很多。南京陷落后，一位被困南京长达 3 个月之久的中国陆军营长郭歧，曾经耳闻目睹四五起日军强迫儿子奸淫母亲的惨剧，拒不从命者被当场杀死。他的报告后来被一位德国外交官的证言所证实，该外交官报告说，曾有一位拒绝强奸自己母亲的中国男子被日本士兵砍死，随后他的母亲也自杀身亡。有些妇女不屈从，遭受挖眼、削鼻、割耳或切去乳房等酷刑折磨。

日军占领南京后，纵火烧毁建筑物，用特殊的化学物质点火，他们烧毁了教堂、大使馆、百货公司、商店、大厦和茅屋，大屠杀的最初几周里，日军将全城三分之一的地区和四分之三的商店烧成灰烬。

日军对南京的抢掠大肆进行，他们用手榴弹炸开银行的保险柜，将一切财物抢劫一空，日军的仓库里堆满了各种珍稀玉器、瓷器、地毯、字画和金银财宝，仅在一间仓库里就堆满了 200 多架钢琴，他们把这些掠夺的财富运回日本。据统计，按照 1939 年的美元市值计算，遭日军损毁的公共财物总额约为 8. 36 亿美元，私人财物损失至少 1. 36 亿美元，这还不包括被日军掠走的珍稀文物的价值。

日军对南京城屠杀与破坏，让南京城内一片惨状。一位外国人写道：你很难想象这座城市被破坏的严重程度，到处都是随意倾倒的污物和形形色色的垃圾。民众任由垃圾与尸体在街上腐烂，因为没有日本人的批准，什么都不能做，甚至包括处理垃圾和尸体。事实上，日本军车连续多日从挹江门下数英尺厚的尸堆上驶过，通过碾压尸体向南京民众展示反抗的悲惨下场，以儆效尤。

日军在南京犯下的反人类罪行，30 多万南京军民死于侵略者的屠刀之下。在日本向中国投降后，遭到了清算，远东国际军事法庭对战争罪犯进行了审判。当年合众社一位报道远东国际军事法庭审判的记者布雷克曼指出："南京大屠杀不是与整个战争脱节的孤立事件，而是日本军队蓄意为之，是日本的一项政策。日本政府对此也心知肚明。正因如此，它成为世界媒体的头版新闻。这就是远东国际军事法庭的全部结论。"

虽然审判并不尽如人意，但一批罪犯还是遭到了惩罚。南京战争犯罪审判的焦点是谷寿夫。1937 年，谷寿夫担任日军第 6 师团中将师团长，该师团曾在南京，尤其是中华门附近犯下众多罪行。1947 年 3 月 10 法庭做出判决，谷寿夫的部队违反了《海牙公约》中关于"陆战法规俘虏待遇公约"的相关规定，并参与了夺走大约 30 万人生命的南京大屠杀。法庭判处谷寿夫死刑。谷寿夫被处决那天，南京城万人空巷。4 月 26 日，人们聚集在街道和人行道两旁，观看警卫将双手反绑的谷寿夫押往城南的雨花台刑场，谷寿夫在那里被执行枪决。许多大屠杀的幸存者认为，他的结局比大多数死在他手上的受害者要人道得多。

还有臭名昭著的两名日本少尉野田毅和向井敏明参加的百人斩竞赛，是当时的《日本广知报》报道的。1947年12月18日，当法庭宣读两人的判决书时，旁听席上的中国听众高声欢呼，喜极而泣。这两名少尉都被执行了死刑。

2014年2月27日，中国共产党十二届全国人民代表大会第七次会议通过决议：将每年12月13日设立为南京大屠杀死难者国家公祭日。

《南京大屠杀》是一本所有中国人都要看的书；张纯如，是一位所有中国人要记住的作家。

2018年6月14日

第十三堂课　周宝生的田野文化

老师们、同学们，大家好！

今天我讲的是湖北省嘉鱼县官桥镇官桥村第八村民小组组长周宝生。官桥八组又叫田野集团，集团所辖企业学校多家，我们学校是田野集团下属的一所高等学校。周宝生是田野集团的党委书记、董事长，也是我们学校的董事长。但周宝生的职业或身份，仍然是官桥八组的村民，是个农民。

我要从周宝生的田野文化说起。文化是一个非常广泛和最具人文意味的概念，对文化这个概念的解读，人们也众说不一。东西方的辞书或百科中有一个较为共识的解释：文化是人类所创造的物质财富与精神财富的总和。

文化分为信息文化、行为文化和成就文化。信息文化指一般受教育者所掌握的关于社会、地理、历史等知识；行为文化指人的生活方式、实际行为、态度、价值等；成就文化是指艺术和文学成就，它是传统的文化概念。

我今天讲的文化，采用上面这种定义中行为文化的说法，说一说周宝生和官桥八组的田野文化。

一、田野文化之一：人生理想的拥有

人生在世，办大事，必须有理想。人是怎么确立自己的理想，产生自己的理想，是与人的成长环境与学习、经历分不开的。什么样的成长环境，什么样的经历，读了什么样的书，不同的人会有不同的理想，最终导致的不同结果。这种例子，古今中外很多，我在这里就不去叙说了，我只说农民的儿子周宝生是在怎么样的环境中，受到怎样的培养，经过怎样的学习，最后形成自己的理想的。

周宝生的家乡嘉鱼县得名于《诗经·小雅》中“南有嘉鱼”的诗句。嘉鱼县地处鄂南丘陵，周宝生出生的村子叫老江边，即现在的官桥镇官桥村第八村民小组。

周宝生的父亲叫周瑞珍，1949年前，周家田无一分地无一垄，周宝生的爷爷因病无钱医治而死。周瑞珍七八岁开始给人家放牛，13岁给地主家当长工。1949年嘉鱼解放后，周瑞珍在共产党的领导下参加革命工作，在减租反霸、土地改革运动中表现得积极勇敢，1952年入党，并担任贫穷农协会的主任，后来担任互助组组长、生产大队党支部书记、公社党委委员、兽医站站长。周宝生的大哥周承武也是共产党员，担任过公社党委副书记、嘉鱼县土管局局长。奶奶的腿有残疾，是乡村里的裁缝，走百家给乡间人家做衣服。母亲是农民，为人特别和善慈祥，乐于助人。周宝生生长在这样的一个充满了善良、正能量的家庭中，父兄给周宝生树立了榜样，他要做一个像父亲和大哥那样的人。周宝生于1953年9月出生，7岁上小学，1966年“文化大革命”开始，他刚进入初中。“文革”期间，周宝生读了大量的书，因为父亲与哥哥都是干部，家里有上面发下来的一些学习书籍，哥哥也买了一些书，像《钢铁是怎样炼成的》，还有一些马列主义的书。周宝生埋头钻研，把这些书先囫囵吞枣地读，然后再反复读。读书使他明理，他思考着怎么做人做事，他要做一个像父兄那样的一心为乡亲们办事，立志改变家乡面貌的人。他读完《钢铁是怎样炼成的》后，对于保尔·柯察金的名言“人最宝贵的是生命，生命对于每个人来说只有一次。人的一生应该这样度过：回首往事，他不会因为虚度年华而悔恨，也不会因为碌碌无为而羞愧；临终之际，他能够说：我的整个生命和全部精力，都献给了世界上最壮丽的事业——为解放全人类而斗争”，他牢记终生。周宝生，这个出生在鄂南乡村的农民子弟，他有了人生理想，有了追求。

周宝生在乡村，曾经有三次被派到三线建设工地当民工的经历。周宝生参加的三次三线建设：第一次是焦枝铁路，第二次是襄渝铁路，第三次是到幕阜山中建设二三四八军用被服厂。人一生中能三次参加一定历史背景下的有特殊意义的劳动，是难得的。周宝生在三次三线建设中，与当年千军万马的艰苦施工中，体验到了人民群众的爱国精神，一不怕苦二不怕累日夜奋战的豪气，增强了他的正气与体魄。从三线建设回乡后，他又经历了当贫宣队队员和招工到嘉鱼县化肥厂工人的人生历程。而在化肥厂当工人时，遭遇一次强刺激，让他心中的理想找到正确的发展方向并得以最后的确立与夯实。车间主任是正式工，而他们一批从农村招进去的所谓亦工亦农的人，经常受到歧视。一次，他与一位同样从农村进厂的工人受到车间主任的斥骂："你们这些家伙，想干就好好干，不想干就给我滚回乡里去种田。"周宝生的乡村情结一直去不掉，本就觉得在城里当这么个受气工人，难以实现他的建设乡村、让乡亲们脱贫致富、过上让城里人都羡慕的生活的理想。车间主任这一骂，骂醒了他。周宝生一气之下，辞了即将转正的城里人的工作，回乡下去了。

拥有建设乡村致富乡亲的理想，这是农民周宝生的田野文化的基础。而形成这种文化，拥有这种理想的原因，是周宝生的生长环境的影响，是他大量阅读书报，受到革命理想主义的熏陶，还有三次三线建设与贫宣队队员、县化肥厂亦工亦农的工人经历对他的触动。正是这几个方面的原因，促使周宝生的人生理想的成熟。他回到乡村，去实现他的人生理想。

二、田野文化二：改革开放的坚定

周宝生由县城回到他的家乡官桥大队第八生产队。他立志扎根故乡，当一个农民，和乡亲们一起改变家乡的面貌。

1978年10月，周宝生被乡亲们选举当了生产队长，刚好给他搭建了实施自己的抱负和理想的平台。家乡的田野，是他施展身手的天地。

1978年，中国处处百废待兴，官桥八队当时的情况是：人们住的是土坯房，吃的是返销粮，一个工值9分钱，上山打柴换油盐。乡亲们一年要吃6个月的返销粮，生产队欠国家贷款7000多元。周宝生当上队长的那年冬天，他给困难户送救济粮食和衣物时，在风雪漫天的路上碰到队里的蔡大嫂在破油布伞下发出痛苦的呻吟。蔡大嫂从外村亲戚家借钱治病，结果一分钱都没借到，只好一步一挨地回村，边走边发出痛苦的呻吟。周宝生见状，掏出了自己身上的5元钱，送蔡大嫂到公社卫生院看病。回来的路上，他碰到村里几个乡亲，挑着沉重的柴担子冒着风雪往县城里赶。这些人身上外面淋湿，内里汗湿，来回三十多里路，一担柴卖块把两块钱，拿回来买油盐，给孩子交学费。乡亲们与周宝生打招呼，说现在卖柴，工作队不管了，不说是资本主义了。这风雪天好哩，今天的柴肯定能卖好价钱。周宝生听了乡亲们的话，心里沉重。这不是白居易《卖炭翁》里的景象吗？“可怜身上衣正单，心忧炭贱愿天寒。”周宝生站在路边，心里说：乡亲们，我一定要让你们的日子过得好起来，不去卖柴，看病不花钱，住楼房，吃穿不愁。

有理想，有决心，必须有行动。周宝生当队长的这年，接连两件事情的出现，改变中国的面貌，也给周宝生送来了春风，送来了腾飞的翅膀。一是这年的 11 月，安徽凤阳县小岗村实行“分田到户、自负盈亏”的家庭联产承包责任制。二是这年的 12 月，中共中央十一届三中全会的召开并通过决议，中国实行对内改革、对外开放的政策。

改革开放后，分田到户，再像原来那样集体劳动，吃大锅饭，出工不出力，乡村的面貌永远改变不了。周宝生决心已下，他把几个队委会的成员找来商量，并拍板说："干，把田分到各家各户种，实行联产承包。出了问题，我担担子。"

田分到各家各户，种好种坏自己负责，社员们的积极性大增，快过年了还往地里送肥备耕。

周宝生迎着改革开放的早春，1979 年实现了家庭承包制，这一年全队粮食产量由过去的 11 万千克增加到 17.5 万千克，增长率达 59%。接着两年，周宝生领着乡亲们完善责任制，官桥八队户户有余粮、家家有现钱，彻底解决了温饱问题。集体的建设也有增加，新挖了三口水塘和新增了三台电动泵站，开了 1200 多米的长渠，使 700 多亩望天收的水田变成了旱涝保收田。队里还买了一台 24 寸的黑白电视机，建了电视室，可容纳 120 人看电视。

暂时解决了温饱，但离周宝生的理想还很远。农村就这么多田地，而田地的潜力再怎么挖，也只有那么多收入。还要继续改革。

周宝生在官桥镇上一下子开三个店：冰棒厂、代销店、熟食店。保守的人等着看笑话，原来村里有几个青年人贩西瓜，赔得裤子都没穿的。公社书记找上门来，说是挤了国家供销社的生意。周宝生拿出了国家允许农民经商的红头文件顶了回去。办店一年下来，赚了一万多元。官桥镇的人少，开店的人多起来，周宝生马上把店子一卖，转头到村子里办起了钉子厂、铸造厂、沙发厂，还挖出了煤，办了小煤窑，又办起了砖瓦厂、家具厂，后来干脆成立了个官桥农工商公司，自任经理。周宝生的乡镇企业办得红红火火，社员们种田的种田，办企业的办企业，收入大增。周宝生还了欠国家的7000元贷款，官桥八组的乡亲们的日子过得越来越好。反对的人看不惯的人不断出现，说他周宝生不好好种田，办什么工厂，这不是胡闹吗？

周宝生实行改革开放的信念是坚定的、是永不放弃的，嘲笑不怕，压制不怕，打击不怕，对反对者他迎头还击，只要是他认为自己做的是正确的，他绝不动摇，绝不放弃。这是一种行动文化，即正确的事坚持做到底，不怕反对打击与失败。

周宝生在官桥八队，后来改成官桥八组的土地上，施展自己的理想抱负，办了这么多大大小小的工厂与企业，有时关闭一个，有时又新办一个，根据市场形势不断转型。有的厂子赚了钱，有的厂子保本，有的亏损。船小好调头，有的关闭，有的兴建，保证官桥农工商综合公司每年盈利。但是，总是这样小打小闹，没什么大出息。周宝生心里一直酝酿着官桥八组的企业转型的问题。现在干的都是资源型、劳动密集型企业，而他想着的是要引进科技型企业到官桥八组来，高科技企业才有发展前途。

武汉某冶金研究所的教授级工程师刘业胜，手上有一种新型磁合金发明，但是没人愿意投资生产。刘业胜在假日随朋友到官桥八组散心，遇到周宝生，被周宝生的改革精神所吸引，聊起他手上的磁合金项目。周宝生主动要求投资，请刘业胜到官桥八组来实现他的科技成果的转换。刘业胜来了，周宝生注册了湖北长江合金厂，刘业胜全心投入，培训村民成高科技设备的操作者。这种磁合金投产后，用到国防军工生产上。湖北长江合金厂建立后，10 年来，每年都有近千万元的利润。高科技产业的回报，是周宝生所创办的那些资源型、劳动密集型产业不可比拟的。周宝生成功转型，发展科技产业，又办了神农制药厂、长江缆索厂等科技含量高的企业。官桥农工商综合公司经有关部门批准，成立了湖北田野集团。周宝生担任田野集团董事长、党委书记。周宝生坚持改革开放，绝不退却，他不断取得成就，官桥八组的村民变富了，村庄面貌大变，村民家家住上了别墅。

三、田野文化之三：百折不挠的精神

行为文化中有一种不怕失败、抗打击的精神。一个人的行为如果只能顺风顺水，不能失败，遭到打击后立即就垮掉，这不算是文化；一个人的行为如果总是一帆风顺，什么事都能一蹴而就，那只能是神话。周宝生在改革创业、施展抱负、实现理想的过程中，遭到很多次失败。而且他在创业过程中，遇到过种种困难与难题。如果在失败面前，在困难与难题面前退却了、低头了，就不会有后来的成功与成就。周宝生是一个不怕难不信邪的人，开弓没有回头箭，只有勇往直前，去攻克难题，去解决困难。他的性格百折不挠，敢于吃硬，他有个外号，叫作犟爹，这种犟爹精神成就了周宝生。

周宝生在他担任队长、组长、董事长的40多年间，遇到过多少挫折失败，我们不去细说，这里只挑一件失败之后又重新崛起和一件困难重重几无成功可能但办成功了的事情说一说，以这两件事来证明他的坚韧不拔、百折不挠的精神，这是周宝生田野文化的重要组成部分。

那是湖北长江合金厂落户官桥八组、创造了高额利润之后，周宝生对引进高科技人才发展高科技产业倾尽全力。这时，有人给周宝生推荐了一个人，叫樊后鹏，教授级工程师，在郑州一家缆索厂当工程师，手上有一个专供江河斜拉索大桥使用的先进拉索发明专利，愿意到官桥八组来以技术投资，生产斜拉索。这正是周宝生需要的人才，樊后鹏与周宝生见面后，周宝生看了樊的教授级工程师证书和他的拉索专利发明证书。樊后鹏凭他的三寸不烂之舌，把周宝生说得热乎乎的。于是两人签了合同，创办了湖北长江缆索公司，樊以技术入股，任公司总经理，官桥八组投资厂房与资金。缆索公司拿到的第一笔业务是广西柳州长江大桥的斜拉索，柳州大桥工程指挥部把拉索预定款都交了。但樊后鹏是个骗子，后来干脆一跑了之。这下官桥八组亏得大了，产品不能按时交货，要判罚款，可以把官桥八组罚个底朝天。周宝生亲自接待柳州大桥的建设指挥长，说明了受骗的真相，并表示愿接受对方的罚款。指挥长知道了缘故后，觉得周宝生带领乡亲致富努力奋斗值得尊重，如果就不按时交货而造成拖延工期的事打官司，对周宝生的事业是个打击，于是他只要回了预付款，不再追究周宝生的任何责任。

周宝生面对樊后鹏跑路丢下长江缆索厂的一个烂摊子，痛心疾首，恨骗子，也恨自己的轻信。周宝生决心东山再起，他又请了一个在官桥八组其他企业负责的人来当缆索厂厂长，他自己到武汉请缆索专家到官桥八组来指导。为请一个缆索专家，他三次到武汉，第三次时那位专家回武汉了，但正主持召开技术会。周宝生在冰天雪地里等了三个小时，专家开完会，见周宝生如此诚心，很是感动，随周宝生到官桥八组的长江缆索厂，指导缆索生产，解决技术难题。湖北长江缆索公司(厂)生产的缆索成功了，武汉白沙洲长江大桥、荆州长江大桥等国内外二十余座大桥用的拉索都出自长江缆索厂。周宝生后来借法律的力量，把骗子樊后鹏送进了监狱，让他不能再害人。湖北长江缆索厂由陷入绝境到再次崛起，体现了周宝生的坚韧不拔的精神——倒下去，再爬起来，直到胜利。

另外一件在外人看来不可能办成的事，周宝生办成了，也体现了他的韧性与不达目标不罢休的性格。这件事与同学们有关，就是创办武汉东湖学院。

周宝生热爱读书，非常重视教育，他曾支持家乡的官桥小学、官桥中学办校，给学校送课桌椅、修教学楼、修路。教育能提升人的灵魂和素养，教育能培育出千千万万改变世界、富强国家的人才。周宝生想到要办高等教育，要办一所大学。

2002 年 11 月，党的十六大在京召开，鼓励社会力量办学。经过多次考察和咨询，武汉大学从 60 余家申请合办独立学院的单位中，选择了与湖北田野集团、武汉弘博集团共同创办武汉大学东湖分校。武汉大学东湖分校由田野集团控股，周宝生担任董事长。周宝生走马上任，全力以赴。2004 年，武汉大学东湖分校首次招生，这是官桥八组发展史上的又一个里程碑：村民小组办大学。2011 年 5 月，武汉大学东湖分校独立出来，由田野集团独家主办的武汉东湖学院正式挂牌。农民办大学，看似不可能的事情，周宝生却办到了。

四、田野文化之四：共富乡梓的目标

改革开放之后，周宝生领着官桥八组的乡亲，既种田又开工厂，最后转型办高科技企业，办教育，使得官桥八组先富起来了。

但是，官桥八组周围的乡村还没有富起来，有的村子还很贫穷。要带动周围的乡亲们都富起来，这是周宝生的追求。共富乡梓，这是周宝生田野文化的又一目标。

国家将“扶贫”和“精准扶贫”的工作提上日程，扶贫工作是党中央、国务院的一项重要战略部署。

周宝生首先对官桥村其他组里的贫困户和因病因残而致贫困人群给予了倾力资助，有的给钱，有的修房子缺砖瓦，他就送砖瓦。他要以官桥八组为窝，孵化出一批“官桥八组”来。

近几年，官桥八组一共投资了3000多万元，支持帮助官桥村其他组新建居民新村300多户，种植油茶树

5000余亩。他们还帮助石鼓岭村一组70多户村民建起了新房。

我们再说他的对口扶贫对象，处在嘉鱼县域最南端的官桥镇观音寺村。官桥镇观音寺村是有名的贫困村，全村有3000多人、933户、8个村民小组，分散住在30个自然湾村里。把官桥镇最有名的官桥八组组长周宝生请出来，对口扶持观音寺村，让官桥八组和观音寺村组成对子，让官桥八组带领观音寺村脱贫，走向富裕。这是嘉鱼县委的决定。

从2015年9月开始，周宝生把在观音寺村的扶贫攻坚任务，交给他任董事长的武汉东湖学院担任。周宝生把任务交给武汉东湖学院，还有一层意思：高校教育要走向社会实践，在扶贫实践中来锻炼教职员工和在校学生，有利于立德树人，培养合格的建设者，服务于国家的需要。他的设计是既完成扶贫任务，又培育干部。

周宝生带着武汉东湖学院扶贫工作队，徒步入村。这个观音寺村离官桥八组只有10公里，但经济差距却有十万八千里。观音寺村集体经济是个空壳子，2015年全村经济收入只有3.8万元。村党支部委员会和村民委员会没有办公室，借用村小学教室办公。全村享受财政补贴的低保户有129户136人，五保户35人，还有部分病残家庭没有享受到政策扶助。至于其他农户的具体收入情况，村组干部只了解个大概，说不清楚。

周宝生觉得，情况一定要掌握清楚。精准扶贫第一步，就是要精准识别，建档立卡，确保对象情况精准。周宝生派出武汉东湖学院党委组织部副部长杨曲波，担任进驻观音寺村的“第一书记”，带领工作队逐家逐户进行普查。

工作队先进村3人，发现许多农家人去室空，部分老年人、妇女、儿童留在家里守着村庄和土地，调查摸底工作难度超出想象。周宝生亲自指挥，又增派了10个人到观音寺村调查摸底，最后增派到30人。他多次到村里和工作队的同志一起调查摸底，他就不相信这件事办不成。他对驻村第一书记杨曲波说，他们要像钉子一样钉在村里，做起事来要“倔”“迂”“憨”，就是用实力，莫取巧，一定会成功。

工作队采取走访、问询、座谈、电话、微信联络等多种形式，用眼观察，用脚丈量，用心交流，穿行于村湾的沟沟坎坎。扎扎实实地跑了一个星期，工作队队员们记录了6000多页的调查资料，装订成8大本。这是第一手资料，还需要甄别确认。工作队又来来回回地跑农户家核查落实，平均每户去了五六次。

村民们发现，过去工作队队员进农家，狗都要汪汪叫几声，现在跑的次数多了，连狗都对他们熟了，不再叫唤，还夹着尾巴跑到他们跟前欢迎他们。

上门到户，一看粮，二看房，三看劳力强不强，四看家中有没有读书郎，五看有没有人卧病在床，六看有没有啥家当。

看过了，还要问当事人，问邻居：子女在哪里上班？城里有没有房？乡下人讲究财不外露，工作队队员们这么“倔”“迂”与“憨”，让村民们服了，人家这样是为了村里好啊，后来大家都很配合了。

通过反复甄别，工作组最终确认142户511人为精准扶贫对象，相比原来的扶贫对象登记情况，动态变化中的贫困人口出现了不少新面孔，而有些原来的扶贫对象，退出了被扶贫的队伍。家底摸清楚了，穷根子找准了。

观音寺村既无优势资源，又无特色产业，水、电、路等基础设施落后，大量劳力外出，常住人口 600 余人，全无发展意识。

周宝生和工作组集多方智慧，确立了“产业主导，长短结合，注重生态，绿色发展”的 16 字总体构想，结合观音寺的实际情况，制定了观音寺村二十个项目的五年发展规划。工作队印发了近千本扶贫工作宣传手册，发给贫困人员，让他们明白自己的穷根子，与扶贫工作队配合，共同拔掉穷根。

周宝生说：“要做到物质上的扶贫，还必须做到精神上的扶贫，后者更重要。你把总体规划做得再好，你为他个人的脱贫计划做得再好，他不为所动，你一切都是白干的。我们对贫困户物质扶贫，还要对贫困户扶智扶志，也即精神扶贫。”

周宝生和扶贫工作队办起了扶贫培训班，对农民进行培训，给他们讲改革开放以来的大好形势，讲农民致富的典型，讲党的方针政策，讲脱贫致富的条条道路，讲国家法律，以提高他们的政治觉悟和思想水平。

培训班还教农民种油茶，学栽培、网络技术等实用知识，并且带他们到外地参观学习，到官桥八组作客，用活生生的榜样和典型来激发调动他们的脱贫积极性。

按照计划，周宝生带领的扶贫工作队经过艰苦细致的工作，2016年已经达到脱贫户32户95人，2018年实现脱贫142户508人，达到观音寺村人全部精准脱贫。

周宝生的观音寺村扶贫，发展了集体产业：重点建设了800亩油茶基地，建成了6144平方米的薄膜温室大棚，建成了100亩湖莲种植基地；发展了基础设施建设：贫困户易地搬迁完成，80套安置房高标准建成，80户贫困农家搬入新屋。乡村安全饮水和村卫生室改造已完成；对贫困户分类指导，因户施策：资助51户贫困户加入生态土鸡“315”养殖计划，每户每年能增加收入4000元；帮贫困户自主创业，变“输血”为“造血”：建起了土鸡养殖场、鳝鱼养殖网箱、小龙虾养殖基地。

周宝生真心扶贫，倾力扶贫，扶贫不辍，周宝生扎实推进精准扶贫，受到乡亲们的欢迎，受到各级领导的高度评价。中共湖北省委、国务院扶贫办信息中心、湖北省委扶贫督查组、咸宁市委等部门派人先后到观音寺村检查指导工作，对观音寺村的扶贫工作给予了高度评价。

周宝生的共富乡梓理想，通过扶贫得以实行，他的田野文化得到传播。

2018年10月24日

第十四堂课　作家的三大功夫

老师们、同学们，大家好！

我的职业是文学编辑和作家，1973 年入行，至今已近半个世纪。就我所见，各种行业的专家高手，所有的成功人物，都是有功夫的人。武当剑、少林拳、南拳、八卦莲花掌、降龙十八掌等，少年时，我喜欢看武侠小说，那些武林高手独特的功夫，令我羡慕得不得了。那时真想自己拥有这些武艺，游走江湖，大碗喝酒大块吃肉，为民除害，替天行道。在当今科学界，我曾采访过两个院士，一个是构成 DNA 的第六元素的发现者邓子新，研究生命科学的，毕业于华中农业大学，房县农家子弟；另一个是 GPS 之父刘经南，研究卫星定位的，湖南长沙人，“文革”中从武汉测绘学院毕业。他们能当院士，能出成果，为国家为人类做贡献，是有功夫的。文学界，从我熟悉的省内作家说起，徐迟、姚雪根、碧野、曾卓、刘醒龙、熊召政、池莉、陈应松、田禾、李修文、张执浩等，他们获得茅盾文学奖、鲁迅文学奖，他们是有功夫的。国内作家茅盾、巴金、老舍、王蒙、蒋子龙、张贤亮，以至莫言、贾平凹、张炜、韩少功、王安忆等，都是有功夫的人。

优秀作家，能写出好作品的作家，肯定如武林高手一般，都是有功夫的人。我做编辑与写作，平时很注意研究作家们各自的功夫，他们的功夫有各自的独特性，也有共同之处。他们能保持创作活力，不停地写出作品，没有熄火，是因为他们在不断地练功夫，没有荒废武艺。作家中也有一些人出了几个作品后，就去当官，就去下海，读者很快就忘了他们。他们放弃了练功，所以就被文坛抛下了。

作家的功夫是要练到老的，直到你停笔的那一天。

我就自己的体会，结合编创工作中的识见，归纳出了作家的三大功夫，即读书、生活、写作。下面分别说些见解，供大家参考。

一、读书的功夫

有成就者，无不热爱读书。难以想象，这个世界上如果没有书读，人生会有什么意义；对于爱书者来说，会少了多少乐趣。热爱读书，号称书虫、书痴的人有很多，我们平时也听过读过许多热爱读书的人的故事。马克思在图书馆读书，他坐的座位处置放脚的地方被搓出槽子。列宁读书入迷，用馒头蘸墨水当奶油吃。前些时，我读前中共中央政治局常委吴官正的《闲来笔潭》，首篇就是写他读书的事情。解放初期，家里穷，他拾猪粪时，在村小学教室旁边听，把老师讲的内容都记住了。放学时，他就大声背诵老师教的内容，引起了老师的注意，老师觉得这孩子不读书可惜了，就免费让他上学。吴官正的求学之道十分艰难，他后来考上了清华，成就了自己。吴官正的这本《闲来笔潭》可当散文集来读，我觉得他的文学水准挺高的。

莫言的初始学历是小学五年级。莫言每天牵着牛，背着草筐从教室旁经过时，心里浮起难言的滋味，不断梦想着自己进到教室和同学们一起学习。他在夜晚的油灯下和下雨天不能出工时读书，他收集了村里和附近村里流传的各类小说，到了无书不看的程度，常常忘了割草和放牛。他找到一些中医书，连中医书上的汤头口诀都背得滚瓜烂熟。他后来到县棉花加工厂当三年合同工，还是不断找书读，他要当作家。莫言后来要当兵，连考三年，终于当上了。莫言一边读书，一边写作，小说一篇篇寄出，又一篇篇被退回，1981 年 10 月处女作终于发表了。1984 年初夏，他听说解放军艺术学院文学系招生，但听到消息时已经有点晚了。作家刘毅然回忆说：忽然有一天房门被轻轻推开，走进一位圆脸的军人，他没掏出官方的介绍信，而是掏出自己发表的两篇小说，他说他想上军艺当徐怀中老师的学生。刘毅然当时协助徐怀中招生。刘毅然留下莫言的小说，莫言没有慷慨激昂信誓旦旦，留下小说默默地走了。刘毅然读了莫言留下的两篇小说，动了情怀，当夜送给了徐怀中老师读了。徐怀中也称赞不已，并说全国小说评奖怎么没发现这两篇呢？当时报名日期已过，但莫言还是被军艺文学系破格录取。刘毅然坦言，假如莫言当时没有勇气直闯军艺大门，假如当时军艺拘泥招生的清规戒律，那么现在能有《红高粱》，能有斯德哥尔摩红地毯上中国作家莫言捧得诺贝尔文学奖杯吗？很难说。

我要说说我自己了。毫无疑问，我算得上是一个热爱读书的人。少年时在乡下，从小受乡间民俗文化的影响，喜欢故事，喜欢带文字的东西，乡里农闲时有说书的艺人，说全本的《刘子英打虎》《薛仁贵征东》《薛丁山征西》《五虎平南》《罗通扫北》《小五义》《大五义》等，一部说一两个月，我每场必到，是最小的听众。上学后，识了字，找一切可看的书。我母亲中年信佛，惜字纸，家中有一篾篓，装满了母亲随手捡回的字纸，我隔一段时间就将这些字纸扒拾出来细细读上面的字。我设法将村里及亲戚家所有的书都弄来读，为了读到某人家的书，给人家套近乎，帮忙做事。“文革”中，村里来了下放知青，有位知青带了一箱子书。我知道后，与他交朋友，帮他们挑水打柴，得到了阅读他箱子里的书的权利。这位张姓知青的哥哥是华中师范学院中文系的毕业生。他箱子里有一套他哥哥的教材，有《文艺理论》《文学史》

《古文选讲》《大学语文》《语法修辞》等，我都通读了一遍。我后来上了华师中文系，所学课程是我在乡下都自学过了的。我在乡下时就爱好文学，写诗写湖北道情、湖北渔鼓等唱词，参加毛泽东思想文艺宣传队。1969 年中华人民共和国成立 20 周年，我写了首《亿万人民庆国庆》的诗，发在武昌县文化馆办的《武昌文艺》上，我成了武昌县的工农兵业余作者，填了登记表，大约是现在的县级作协会员。

尽可能找到一切可阅读的东西，我的文学情结越来越重。我是“文革”中的初中生，我回到乡下当社员，做过各种农活，当过生产队的民兵排长。我通过读书，感到内心拥有一种力量，有一种充实与智慧感。我后来当民办老师，教过初中。1971 年，机遇来了，我被贫下中农推荐上了大学。我上华师中文系后，圆了自己的心愿，一门心思扑在读书上。当我看到华师图书馆那一架架丰富的藏书时，顿时觉得自己的渺小。我在第一个暑假背了二十七本长篇小说等名著书籍回乡下去。三年的桂子山读书生活，我是华师那一届学生中第一个在《湖北日报》《长江日报》发表文章的学生，我入了党，毕业时分到

《湖北文艺》(1979 年恢复《长江文艺》刊名)做编辑。我做了一辈子的编辑，当了一辈子的作家，还要当下去。读了一辈子的书，我如果说有一点功夫的话，就是从读书中来的。我觉得我自己是幸福的。

如今是信息满天飞，信息碎片化，传媒多样化，文化载体丰富到你眼花缭乱的时代，你还热爱读书吗？微博、微信、QQ，手指轻轻一点，图文都有。你还能在安静的书房里坐下来，手捧一本纸质书，平心静气地读下去吗？我有，我也看微信，但不开微博、QQ，有电子邮箱，也上网看看，更多的是查资料。我每天翻阅六七种报纸以及大量的杂志，粗略浏览，而把一本书读完，是我更愿意做的。

读书，特别是在今天，要善于选择书，读好书，不要读垃圾书。如何区分好书和垃圾书以及不好不坏的书，需要有眼力有功夫。我想，一般喜欢读书的人是能区别开来的，这里就不展开谈了。

作家的第一功夫，是读书。读书使你强壮，读书使你有力量，读书提高你的人品、素养、文字表述能力，使你武艺高强。

没有少时的苦读，也许就没有后来成为党和国家的领导人的吴官正。

没有少时的苦读，也许就没有诺贝尔奖得主莫言。

没有少时的苦读，肯定就没有我的创作与编辑的人生了。

二、生活的功夫

我们都在生活中，每个人的生活都有自己的独特性，每个人的人生有很多波折与传奇性。我说的作家的生活功夫，不是说作家生活的能力，而是作家提取生活的原料作为自己创作对象的能力。

作家需要的生活，一是自己亲历的生活，二是别人亲历生活的流转，三是从阅读文本中得来的生活。面对这么多生活的来源，如何将它们变成一部或一篇感动人的具有价值的文学作品，作家的眼光是非常重要的。我说的生活的功夫，也可以说是作家要有发现生活的独特的眼光。作家写成的一部作品，其中的故事与人物，也可能不是作家亲身经历的，有的甚至在现实中是不会发生的，但读者读了之后，却感觉是那么真实。这是艺术的真实，艺术的真实是高于生活的真实的。作家写的这种生活，是由他掌握的生活概括、综合、提炼而来的。是他的经历，是他的亲戚朋友家人或他人的生活，或是从阅读文本中来的生活，是他综合得好，提炼得好。生活的功夫，其实是作家提炼、综合、概括生活的能力。

20 世纪五六十年代，文学书不少，有一本书叫《高玉宝》，就是高玉宝写的，写的是他本人经历的生活，选入小学课本中的一篇课文叫《半夜鸡叫》，其中的周扒皮形象是当代文学中的典型。张贤亮当了二十多年的右派，对饥饿、对女人有一种刻骨的记忆与渴望，他后来写出的《男人的一半是女人》《牧马人》，成了他的代表作，是新时期的文学经典。从维熙在监狱中里待了多年，复出后写了许多劳改作品，他的《大墙下的红玉兰》也是新时期的文学经典。从维熙曾担任过作家出版社的社长，我们在北戴河一起住过十天，在钟祥还同台唱过俄罗斯民歌《三套车》。天津作家杨显惠写的《夹边沟记事》系列，共几十篇，写的是 1957 年一批“右派”发配到甘肃边远之地的故事，读来真是令人断肠。这几个作家写自己的独特生活，写别人很难经历到的生活，有撼人的力量。杨显惠的三本书《夹边沟记事》《甘南纪事》《定西孤儿院纪事》是独特的。他还原了历史的场景与真实，他写的生活不是自己的经历，而更多的是别人的，是摘取的，是流转过来的。看他的经历，他是甘肃生产建设兵团的支边青年，在甘肃生活多年，有实地经验有耳闻的传说，再加上采访，所以他得到了真生活。

我还给大家讲一位老诗人，如何写出一首歌词，以及因写了这首歌后产生的影响而引出的故事。梁上泉是重庆的诗人作家，他写过许多的诗歌、小说、电影与电视剧。有一首很有名的歌《小白杨》是他写的。他在中华人民共和国成立初期当过兵，有很浓厚的士兵情结。有一年，总政请几个写歌词的人到新疆开笔会，他随着去了。走了天山南北，他看了戍边的军人生活，有一种冲动在心里涌动。但就是没寻找到一件参照物，没找到一个突破口。笔会结束时，梁上泉向总政主持笔会的人说，他还想待上一段时间。如果现在回去，他心中那点冲动离开了环境和氛围，会很快没有了，他就等于白来了一趟。总政的人答应他了，但提出要求，他必须为军队写一首歌词，梁上泉也答应了。于是，他一个人留下，到边防哨所，去采访去观察。有一天，他看到一个小战士用水壶里的水浇灌哨所边的一棵小树，于是上去和小战士聊天。高山哨所的水很珍贵，都是人背上去的。梁上泉问：“你用宝贵的水浇灌一棵小树苗，这树苗一定来得不平凡吧！”小战士告诉他，这树苗是他当兵时，妈妈送给他的，他带到边防站后，栽在哨所旁，每天将他自己喝的水节约下来，浇灌小树苗，小树苗现在长得很茁壮。梁上泉的眼前立即出现在石河子看到的一排排白杨树，看到部队操练时那一队队操练的军人如白杨树一般挺拔茁壮。梁上泉所寻找的观照对应物犹如电光石火出现了，歌词《小白杨》很快写好了。由士心作曲，由阎维文演唱，不胫而走，成为广为传唱的经典歌曲。

我个人的创作，影响有限，我写了一些散文、小说、诗歌、非虚构作品。其中有一些是我自己经历的生活，有一些是别人生活的流转。获奖组诗《我忆念的山村》是1977年我到房县农村当省委路线教育工作队一年的生活积累。我曾经出版过《万元户大世界》《迷失的魂灵》《窑工虎将》《吸毒者》《老汉口奇案》《受贿的女人》《曾侯乙编钟那些事》《民间收藏纪事》《大明经略熊廷弼》和《营救簰洲湾》等几部中长篇非虚构作品，这些作品里所用的材料，全部是采访和从资料文本上采撷得来的。而要得到你真正想得到的材料，你必须千方百计、殚精竭虑。你只有得到了真正有用的生活材料，写到作品中，起到重要作用，才算成功了。这得到材料的功夫就是生活的功夫。

三、写作的功夫

前面说到作家读书的功夫，作家的读书与政治家、科学家、理工类人以及日常民众读书是不一样的。作家的读书除了作为人生的修炼外，还是写作的借鉴和素材的获得途径，在这方面，各有各的招数。生活的功夫，除了作家各显身手各有奇招之外，还与作家的生活环境、人生经历有关。下面我们说一说作家的第三大功夫，即写作的功夫。

作家写作的套路，说起来都是相同的，如构思、结构、人物、故事、细节，以及语言、角度、全景观照、立意等，但这些写作必须用的东西，每个作家在使用时都是有各自的特点的，显出了他们独特的个性。

而且，构思、结构、人物、故事、细节以及语言、角度、全景观照、立意等，看上去是技巧问题，但任何写作不仅仅依靠技巧，是与作家本人的思想修养、人格品质与文学素养紧密联系且不可割裂开来的。

作家的写作功夫实际上是作家的一种全面、综合的修炼。

我先讲讲作家写作的构思。构思是作家写作的开端，无论是写长篇还是短篇，或者小小说，包括各种文体，诗歌、散文、非虚构、剧本(电影、电视连续剧、戏曲脚本)等，作家开始写作时，进行的第一件事就是构思。构思就是总体设计，就是考虑怎么将自己拥有的材料变成有血有肉的文学作品。构思是必须有的，构思好，作品就会写得得心应手，如顺风行船，直向目标；如果构思不到位，写作时就会疙疙瘩瘩，难以达到预期的效果，导致作品失败。厉害的作家，就像高明的厨师，食材到了面前，眼睛一扫，就能立刻设计出一桌菜肴来，且色香味俱全，保证食客吃得满意。构思这种功夫，实际是作家的一种高超的设计能力。

我很佩服贾平凹，他写作几十年，写的长篇、中篇、短篇与散文早已超千万字了，出版的书有数百册，国内的鲁奖、茅奖得了，国外的文学奖也得了不少。他的作品写一部成功一部，每一部都有一定的反响，即使是一篇散文如《丑石》，一个短篇如《满月儿》，一个中篇如《黑氏》，都能流传下来，都有影响。他的长篇从《浮躁》开始，到《废都》《秦腔》《带灯》等，一部部都写得成功。贾平凹绝对是写作高手，而他在构思作品方面，就是那高明的厨子或裁缝，看材配菜，量体裁衣。他根本就不需要挖空心思，殚精竭虑，寝食不安，在一堆材料面前，怎么安排，什么在前什么在后，人物、故事，自然而然地形成了。有时还要弄一点新花样，换换方式和口味，让读者能看到一些新的变化，其实那变化不变化无关紧要，他的构思早定好了。贾平凹的多部长篇，每一部构思都有特点，都不一样，我就不去一一分析了，我只说他有强大的构思能力。

中国作家获诺贝尔文学奖的只有莫言一人，莫言虽说写过《透明的红萝卜》《红高粱》等中短篇小说，但他是以长篇小说而闻名的。莫言的长篇小说构思，大胆、神奇、魔幻又现实，天马行空，无羁绊无拘束，见出了他匠心独具的构思设计。莫言的红高粱系列，“我爷爷我奶奶”地写下来，巧设机关，大胆叙述，在中国当代作家中立刻显出了他的不一般。他的《酒国》《檀香刑》《四十一炮》《天堂蒜薹之歌》《丰乳肥臀》《生死疲劳》《蛙》等长篇小说，设计构思都十分精巧和引人，他获诺贝尔文学奖和茅盾文学奖是实至名归。

我还可以举出一批国内外作家在构思上的能力和特点。但作家除了构思的能力外，还要有刻画人物、叙写故事等方面能力的配合，才能完成一部作品。而要把作家写作的每样功夫都说清楚，那是要写出很多本书的。下面，我说一说作家的语言功夫。

语言是一个作家用以表达自己的利器，他的千万言的作品，都是他用语言的砖瓦盖起来的，作家写下的每一个字，写的都是心。而语言不仅是区分作家的重要标志，也能显示出一个作家水平的高下。

在中国现当代，很有语言特点语言个性且比较相近的一脉，是沈从文、汪曾祺、孙犁、贾平凹。沈从文与汪曾祺有师从关系，在西南联大时，汪曾祺是沈从文的学生；孙犁与贾平凹也有师从关系，贾平凹创作之初，说自己对孙犁是奉若神明，高山仰止，他们俩在创作上有过多次书信来往。这四人的语言有其相似之处，都是简洁、明朗、晓畅，把口语与诗意完美结合，是一种朴实平淡韵味无穷的风格。他们四人都是我喜爱的作家。

在此，我们只说孙犁。孙犁的语言特色是值得进行深入剖析研究的，他能够将口语与诗意完美结合在一起，无论是小说还是散文，在内核上都具有雅俗共存的特点，并没有因为诗情画意的特点而脱离了其描写的普通劳动人民，反而为作品赋予了不一样的阅读体验。孙犁小说当中的人物对话和景致描写等处使用了一些地方口语，使作品更加生活化，也使得人物形象的勾勒更加饱满，而且这些语言糅合在一起的时候又具有诗画一样的美感。孙犁的荷花淀派，就像山西赵树理的山药蛋派一样，在当代中国文学史上享有盛誉。《荷花淀》发表于 1945 年，整体的情感基调较为欢乐浪漫，勾勒出了许多形象鲜明的农村年轻女性，作品当中透露着朴素清新的风格。荷花淀派的作品主要是以描写农村地区的情节为主，在语言描写上更加贴近于生活化的气息，突出了农村人的质朴，整体风格温馨且质朴，在一些人物的心理形象刻画中更关注细腻抒情的韵味。

孙犁作品中的用词十分有特色，能够极其巧妙地将通俗与雅致糅合在一起，使得小说当中描写的人物与日常生活当中普通农村人的形象十分贴合，同时又较好地保证了作品的文学审美特性。孙犁对于小说当中人物语言的描写尤为突出，较好地吸收了当地方言中一些极具亮点的词汇，经过诗化的处理，形成了别具一格的语言风格。如在《荷花淀》当中有当地女性之间的一些对话："你看说走就走了。""可慌哩，比什么也慌，比过新年、娶新——也没见过他这么慌过！""拴马桩也不顶事了！""不行了，脱了缰了！""一到军队里，他一准得忘了家里的人。"在这些对话片段阅读的过程当中能够更好地体会出女人对于丈夫离乡参军并未真正埋怨，而是用一种诙谐轻快的语气突出了愉悦开朗的氛围。这些简短的对话之间具有极强的张力，在一来一往的唇齿咀嚼当中甚至呈现出了一种音律美的特色，整部小说中对话的节奏明快轻松，也更好地表达出了人物高涨的热情和对美好生活的向往。在小说《碑》中描写景致时写道："河流从天的边缘处流了下来，像一条银带似的，在村庄的南头曲敛一下，又奔到远远的东方去了。"这段文字当中既使用了当地的方言"曲敛"来展示河流的蜿蜒曲折，又通过"银带""奔流"这样的词语赋予了文字一定的诗意和美感。

孙犁的小说描写简洁细致，在《嘱咐》当中，描写妻子看到离别多年丈夫时的神情，从猛地一怔住到咧开嘴笑，再到转过身去抽泣，这种神情与动作的转变描写极其细致，尽管用词简单却将妻子的情绪表达得十分到位，在其情感上蕴含着复杂的转折与冲击，那一瞬间的神态变化，仿佛跃然纸上，对读者会产生更大的冲击力和吸引力。孙犁小说当中的简洁与细致特色并不互相冲突，在他的短篇小说当中，往往能用三四千字讲述一个故事，但其中一些细节上的刻画对于丰富人物形象和形成推进线索也显得十分重要，通过深入的思考和敏锐的捕捉，作品描写在简洁和细致的尺度拿捏上表现得十分出色，也使得文章的张力十分突出。

孙犁的作品中的语言较为率直，总是以直接的对话形式来展现情节和人物的性格特点，但尽管如此，背后蕴含的人物特征和情感输出还是需要细细揣摩，是一种较为含蓄隐晦的表现方式。孙犁也曾直言谈过自己的创作，他对于口号标语式的情感输出和人物刻画并不认同，而是通过耐人寻味的情节、引人深思的价值观念取胜。孙犁认为，在作品当中越隐蔽地展现出作者的观念，越有利于作品的流传——这种含蓄的表达方式当中更多地蕴含着孙犁对于读者自行体悟、自行理解的一种认同，并不希望通过小说描写和人物刻画直白地将自己的情感态度和价值观念附加在读者身上。如在《碑》中，赵老金日复一日在河边打捞战友的尸体，每一次的行动都是沉默的，他把网撒下去再慢慢地拉上来，最后都是叹一口气。这段文字用直白的语言描写出了赵老金的行为，背后却蕴含了一种含蓄的对于战友的怀念，通篇没有一个字直接抒发情感，甚至连一滴眼泪都不见，但这种情感的传递却十分有力，直击读者的心灵。

孙犁的小说作品中的语言较为平淡朴实，并没有使用大量华丽的辞藻堆砌，但是在情感和观念的传递上却十分浓烈，将所有的深情都蕴藏于平淡之中，这也是其作品与其他小说形成风格差异化的原因之一。在《风云初记》当中描写芒种睡在露天的院场中，天河从头上斜过去，夜深人静，引来四面八方的相思。古代文人对于银河的幻想和描写使用了许多瑰丽或奇幻的辞藻，但在孙犁的笔下，仅仅使用了“天河”二字，平淡朴素到和人们日常的口语交流并无二致。却也正是这种平淡的描写方式，突出了芒种在观看夜空时产生的心绪转动，从牛郎织女延伸到对新人嫁妆、娶亲花轿的想象，在表达对于美好爱情向往的同时，也刻画出了更加饱满的人物形象。

作家的第三大功夫是写作的功夫，这写作的功夫是与前面的读书功夫和生活功夫不可分离的。如果一个作家的这三大功夫都高超，那他在文坛上是会有一席之地的。苦练功夫，是我们为了事业，必须天天去做的事情。

2018 年 11 月 10 日

第十五堂课　红色写作，书写英雄的家国情怀

老师们、同学们，大家好！

今天我给大家讲我的一次创作体会。2019 年，我通过采访、创作了关于共和国勋章获得者张富清的一部长诗，叫作《中国，一个老兵的故事》，我在长诗中所表现出的老英雄张富清的家国情怀，我觉得是应该大力张扬的。

我在下面的讲座中，以一个作家、一个诗人、一个写作了这部长诗的作者的角度和眼光，来说一说一个老兵的家国情怀。关于张富清的报道很多很多，大家对老英雄张富清的事迹也很了解。有些人会说张富清这么一个先进人物，这么一个英雄，他的事情我们都知道，还

需要你来讲吗？所以我说我是从一个诗人、作家的角度来看他，来谈他。同时，我也会结合我的创作以及我对当下文学的一些看法，但主要是讲张富清这个老兵的家国情怀和他的感人事迹。

书写英雄的家国情怀是作家、诗人的使命和责任

书写英雄是作家、诗人的责任和使命。在文学界，书写英雄、书写英雄的家国情怀被归类为红色写作。红色写作，应该说是歌颂中国共产党领导下的人民和军队为解放劳苦大众建立新中国所做的牺牲与奉献，以及他们中的英雄人物，是鼓舞人民向上向前的写作。我写共和国勋章的获得者老英雄张富清，无疑是一种英雄写作，是一种红色写作。

中华人民共和国成立70周年的时候，推荐了70部长篇小说，都是经典小说，喜欢读书的同志应该都知道。因为我是20世纪50年代出生的人，这70部长篇里面，超过一半，我青少年的时候就读过，如《红岩》《红日》《保卫延安》《野火春风斗古城》《林海雪原》《红旗谱》《红

色娘子军》《保卫延安》，等等。这些长篇小说，都是红色写作。对于五十年代、六十年代甚至七十年代初出生的人，这些红色作品中的英雄对这一年龄段的人的世界观的形成应该起到了很重要的作用。所以说，红色写作，书写英雄，应该是我们作家的使命和责任。

我之所以要先谈这个问题，是要引出我下面要谈的第二个问题。因为我的这部长诗，是红色写作。当下中国诗坛的红色写作严重缺失。我不谈现在的小说和其他文学作品，就谈诗歌。在当下的诗歌中间，我们有多少诗是写英雄，写英雄情怀的？当下的诗坛大量地流行着一种个人化的口水诗、下半身诗。

所谓梨花体："毫无疑问/我做的馅饼/是最好吃的。"而这诗的题目是《一个人来到田纳西》，这就是所谓的梨花体的代表作，这是什么诗啊。田纳西州是美国的一个州，田纳西与你做的馅饼有什么关系？所谓乌云体："天上的白云啊/真白/真白/真他妈的白。"这也是诗？我们还有一个很有名的刊物发了一首诗："一坨牛粪，上面插着三朵鲜花，其中一朵比另外两朵更漂亮。"这些诗，我这个五十年代出生的诗人，实在看不下去。我们的诗人不去歌颂英雄，不去写人民，写当下人民为了实现我们的理想所做出的努力、所做出的奉献、所做出的工作，而是去写这些口水诗，真的没有意思。红色写作、当下诗坛英雄写作、歌颂英雄情怀的诗歌写作，严重缺失。

我昨天上午参加《湖北新诗百年诗选》研讨会，我在会上发了个言。我说我们湖北的诗人，从浠水人闻一多写《红烛》《死水》开始，到写下《黄河大合唱》的湖北老河口人光未然。这老一辈的诗人，他们写了多好的诗啊，留下了多少经典。我们诗歌里面有很多红色经典，田汉的《义勇军进行曲》，在我们湖北，我的老师、我们的前辈徐迟先生 1945 年在重庆国共谈判的时候，第一个写出歌颂毛泽东的诗《毛泽东颂》，在重庆《新华日报》上发表，贺敬之的《回延安》《雷锋之歌》，郭小川的《将军三部曲》《一个和八个》，等等。当代诗歌是有歌颂英雄的传统的，但在当下我们的诗歌里这一传统是严重缺失。

当下诗歌对红色写作不重视，红色写作严重缺失，我们需要作家、诗人进行红色写作，书写英雄，书写英雄的家国情怀，这是一个诗人作家的使命和责任。

北京大学教授、当代著名的诗歌理论家谢冕先生最近发表文章说，在这个时代没有大诗，小诗泛滥。这是一种现象。我们的一部分诗人在坚持进行红色写作、歌颂英雄时，还有些人进行讽刺。我们为什么不能歌颂？对我们的英雄，对我们的人民，为什么不能进行歌颂？我作为一个诗人，写了很多诗。我过去写过长诗《向警予之歌》，歌颂中国共产党的第一个女中央委员、第一任妇女部长向警予的英勇一生。我还写过大组诗《闻一多颂》。我坚持我的红色写作，我歌颂英雄的家国情怀，这是我的追求。红色写作在当下严重缺失，我们诗人应该写英雄，写英雄的家国情怀。

我再讲一讲我创作长诗《中国，一个老兵的故事》的过程。2019 年 5 月 10 日的晚上，我接到了省作协办公室主任的电话。他说作协党组决定派一个文学小分队到来凤去采写老英雄张富清，写作一本报告文学集、一本散文集、一部长诗，想请我出山。时间很紧，任务很重，他问我的身体受不受得了。当时他说写一部长诗，他也没说这个诗有多长。当时我就答应了，我说我是写诗的嘛，我对张富清的事迹，已经从报刊上了解了，我觉得他的事迹确实是值得写。5 月 12 日是星期天，我们开车从武汉出发，经宜昌到恩施来凤走了 11 个多小时，奔行了一千二百里。在来凤，我们采访了两天后，5 月 14 日又驱车 11 个小时回到武汉。15 日和 16 日因为我有一个讲座和一个必须开的会，又耽误了两天。从 5 月 17 日到 5 月 31 日，我就闭关写作，把床放在书房里，一口气写出了三千多行的长诗《中国，一个老兵的故事》，写了张富清。

我今年 69 岁，入党 46 年，作为一个诗人、一个作家，一开始我担心写不写得出来，这个任务拿不拿得下来。后来我到了来凤，见到张富清。当时要见张富清很难，全国各种新闻媒体，一百多人在来凤等着他。张富清老人 95 岁了，身体也不太好，中宣部已经明确指示，不接受分散的记者采访，等待特定时间再请他接受全体记者的采访。我们几个作家通过来凤作家田方明带到张富清家里。我一进去以后，看到张富清老爷子坐在沙发上，脸上呈现出宁静、安详，充满着阳光，是一个非常慈祥的老爷子。我第一个进去，我就把老爷子的手一握，我就突然有种感觉。我觉得我和老爷子的人生气场一下子打通了，我看他就像看见我的老父亲一样。我们简单地聊了几句话，说得并不多。现在获得信息很方便，我对大量写他的报道和视频等资料，进行了研究。我们还有两个作者，当时正在给报告团写张富清的材料，一起待了一个多月，我从他们那里又了解一些细节。晚上，来凤县的朋友请我们几个人吃饭的时候，把张富清的大儿子张建国拉来。我就坐在张建国旁边。我们作家、诗人应该有善于发现的眼光和敏锐的听觉。我抓住这个机会，我跟张建国聊天，从他口里面聊到我需要知道的细节，需要知道的东西，有些东西从材料上是得不到的。我必须有我自己的亲身感受，我的目的达到了，所以回来后我就写了。

写作期间，长江出版集团、湖北人民出版社、省作协党组领导给我们不断鼓劲，他们希望我们快点写出来。我简单地介绍一下这个写作的过程，是我觉得我和张富清老爷子的那股人生气场打通了以后，我一定能把这部长诗写出来，把张富清他的家国情怀表现出来，我自己有些把握。5 月 31 日写完以后，心里没底，毕竟没给人看过。我第一个发给我的一个老大姐，原湖北省群众艺术馆《中国故事》的主编王春桂，她是搞理论研究的。我说王大姐，这是我写的一部长诗，我没给任何人看过，请她第一个给我看一看。她看完以后就给我发了这么一段话：“下午一点端起饭碗，边吃饭边看，一口气看到一点五十七分钟。中间三次泪流，很感动。这应该是我平生读的最长的一首长诗了。我断定这首诗会感动一些有良知、与共和国共生共长的所有的人，这次你的诗才让大姐我刮目相看，太棒了。你开始下去的时候，我有点担心，觉得这是个无法用诗歌写的难题。没想到你在这么短的时间内，居然出色地完成了任务并交卷了。当然，可以想象得出来，你的付出是多么的辛苦。因为我觉得你已不似三十年前那么健壮、生龙活虎了。这个任务有点重，有点压头。益善，祝贺你，为你点多少个赞都不过分。”

得到这个老大姐的肯定后，我有了点底气了，就把诗稿发给了几位同志看，都觉得写得好。我觉得不是我有多高的水平，之所以能将诗写出来，一是我的感情是真挚的，二是张富清的事迹，这个老兵的家国情怀确确实实打动了我。重要的是我们的感情，我们的那股气相通了，所以我能比较顺利地写出来。

这部长诗，《湖北日报》发表了其中的第七章，占了三分之二版，中宣部的学习强国平台转载。《光明日报》的编辑打电话给我，我就把全诗给了他们，他们选发了长诗的序歌、第一章和第八章，用了一个整版。《光明日报》的文艺部主任打电话告诉我，这是他们在 1976 年周总理逝世时，以一个整版发表过李瑛的《一月的哀思》之后，四十多年来，《光明日报》第二次发一个整版的诗。《光明日报》发的这一版诗，中宣部的学习强国平台又全部转载，中国共产党新闻网用繁体字全部转载，中国作家网也全部转载。这些媒体选发了节选后，知道这诗的人就多起来了。湖北省文联主席刘醒龙碰到我，他问，老哥，你这个诗有多长。我说有三千多行。他说让我给他。当时《芳草》第四期已经编完了。他们临时换稿，把长诗放在头条全部发表了，并且配了评论家李鲁平的评论，之后湖北人民出版社出版单行本。湖北省文联、武汉市文联、湖北省朗诵艺术家协会和长江云联合，在卓尔书店举行了一场专场朗诵会，长江云有 22 万名听众现场收听。

这就是我对当下诗坛书写英雄情怀的缺失的一点想

法，和我作为一个作家，凭着一种责任感，一种使命感来写这部长诗，来写张富清的家国情怀。

我写老兵张富清的家国情怀

2018年3月，十三届全国人大一次会议通过决议，成立退役军人事务部。各省、市、县都跟着成立退役军人事务局。这个部门的一个重要任务就是对他们的辖区内复转退军人进行信息登记。2018年12月3日那天，来凤县退役军人事务局来了一个人，这个人就是张富清的二儿子张健全。张健全拿了一个红布包，送到退役军人事务局登记。工作人员打开红布包一看，里面有一个特等功、两个一等功、一个二等功、两枚战斗英雄的勋章，还有立功证明、立功报捷书等。张健全过去也没有看过。负责登记的小伙子叫聂海波，看了以后很吃惊。张健全说这是他的父亲，父亲叫他来帮其登记的，父亲是1954年从部队转业到来凤的。

张健全有一个高中的同学在湖北日报，叫张孺海，回家过年时，张健全告诉他这件事，张孺海回武汉后，给湖北日报的领导汇报了，湖北日报派人到来凤，最先报道张富清的事迹。接着，各种媒体开始轮番报道。

我写张富清的长诗，从一个红布包的秘密开始。一个老兵有这么多立功证书、勋章、奖章，这些东西是怎么来的呢？是从战火中炼出来的，是在战场上打出来的。

张富清是陕西洋县人，1948 年参加中国人民解放军西北野战军，彭德怀的部队。习仲勋先是西北野战军副政委，后来是西北野战军的政委。张富清是王震的兵。参军就要打仗，他参加了很多战斗。张富清参军以后，因为出身穷苦，他不怕苦，不怕死，为解放全中国，消灭国民党的反动派，他不怕流血、牺牲，在战斗中他十分勇敢。

张富清立大功的这场战斗是永丰城的攻夺之战。1948 年 11 月 27 日，陕西蒲城永丰，两军惨烈交手，胡宗南精锐第 76 军被西北野战军围困在长 600 米，宽 300 米的城堡中，困兽犹斗，歇斯底里。解放军紧咬不放松，硝烟遮天蔽日，誓要攻进永丰城，扫清进军障碍，消灭第 76 军。作为主攻，张富清和他的连队像猛虎一样扑上去。战斗从傍晚开始，步枪、机关枪和大炮齐响，手榴弹、炸药包在敌阵炸开，照明弹划破夜空的黑暗，冲锋号召集起一次次的强攻，火力太猛，突击队一夜之间换了三个营长和八个连长，战友们伤亡惨重。

这时候，张富清受命带着两位战友，组成了一个突击组，他们抱着炸药包，带着手榴弹，拿着冲锋枪。他们乘着夜色，沿着敌人的火力死角，爬到城墙边，手指抠着城墙的砖缝扒到了城墙上，然后从城墙上跳下去。张富清跳下去的时候，跳进了一伙敌人中间，张富清端起冲锋枪就扫，打死了一排敌人。张富清带着两名战友隐入到夜色里面，摸到了两个火力很猛的碉堡跟前。张富清让两个战友掩护，他上去。他带着炸药包，八颗手榴弹，慢慢爬，爬到碉堡跟前时，却摸不到放炸药包的地方。张富清这时想起了董存瑞，他准备用自己的右手像董存瑞那样举起炸药包的时候，他脚下的一块石头被他踢开了，石头下面是土，这时张富清趴下来，在土里挖了一个坑，把炸药包和八颗手榴弹埋下去，把导火索一拉，人一翻滚，这个碉堡就炸了。爆炸时，张富清头上的军帽被掀掉了，嗖的一声，像风吹了一下，他当时感觉头皮有点麻，没有在意。原来是一颗子弹擦过了他的头皮，那子弹再往下一点，他就没命了。现在他夏天都要戴帽子，就是受了伤的后遗症。

第一个碉堡炸掉了以后，他的两个战友接应他，他们又去炸第二个碉堡。第二个碉堡火力还是很猛，我们的进攻的部队不断伤亡。两个战友就说第二个碉堡让他们上去，张富清让战友们还是掩护他，他有经验了。张富清在夜色里，爬到第二个碉堡跟前，用同样的办法炸掉了第二个碉堡。

1948 年 11 月 28 日拂晓，主攻部队发起总攻，冲锋号嘀嗒嘀嗒分外响亮，战士们的喊杀声震响在黎明。这天上午 10 时，永丰回到了人民手里。胡宗南的精锐 76 军 2 万 5 千人被西北野战军全歼，76 军军长当了俘虏，永丰之战获得全胜。

张富清的一个特等功、两个一等功、一个三等功、两次战斗英雄是怎么得来的？是战火中锤炼出来的，是在战场上打出来的，是流血牺牲换来的。据张富清回忆，当年开庆功大会的时候，是他的旅长王震将军亲自为他戴的军功章，司令员彭德怀跟他亲切握手。张富清是 1948 年在战场上火线入的党。为了人民的幸福，为了中华人民共和国的建立，他不怕牺牲，英勇战斗，这个就是家国情怀，这是我在诗中写的张富清的家国情怀的第一个方面，也是张富清人生中的亮点。

我再谈第二个方面。长诗中有一章是以“八千里路云和月”作的标题。这里的家国情怀就是个人服从组织，到祖国最需要的地方去，到最艰苦的地方去奉献自己的人生。张富清他们从陕西打到甘肃酒泉，又从甘肃酒泉打到了新疆喀什。算一算路程，八千里路，四千公里。“八千里路云和月/驾长车踏破/贺兰山缺/仰天长啸/壮怀激烈/收拾旧山河/向北京报捷。”张富清到新疆喀什以后，他已经是一个连长了。这时候，抗美援朝战争打得正激烈，中央军委从解放军各个军区抽调一百个连级干部到北京集训，集训完后作为中层指挥员送到朝鲜前线。一路辛苦地到达北京，朝鲜战争在几天后停战了，中央军委就把这批人送到速成中学里面学习文化知识。张富清被送到了武汉，在武汉防空部队的一个速成中学里面学习了两年，从中学毕业了。张富清就在 1953 年、1954 年学习了两年，他没有上过学，在将近两年的时间能够把初中的文化课程学完，而且最后考试的时候每门功课都是四分或五分。学习完以后，部队决定让他们转业到地方上去。张富清这个时候已经30岁了，还没结婚。

张富清于1954年在武汉的速成中学学完后，组织上提出三个去向，一是可以回老家。张富清可以回到陕西洋县和未婚妻孙玉兰结婚，老婆孩子热炕头，过安稳生活；二是可以留在武汉，转业到一个工厂工作，三是可以到山区，到最需要你们出力的地方去。张富清选了第三个去向：到祖国最需要自己的地方去。他打听到湖北恩施最穷，而恩施的来凤县最远，来凤是四川、贵州、湖南、湖北四省交界的地方，张富清就说他到这个地方去。他写信叫孙玉兰从陕西洋县赶到武汉，他们在武汉结婚。结婚以后，就出发了，他们从武汉到恩施走了五天，有的地方有车，有的地方没车，就靠步行翻山越岭，先到了恩施，然后从恩施到来凤又走了两天。

他们到了来凤以后，张富清到县里有关部门报到。张富清是一个连级的干部，连级干部在地方上可以当一个正股级干部，来凤县给他的第一个职务，就是城关镇粮管所的主任。他在来凤65年，在职整整干了30年。他在来凤安家，他有四个孩子。老大是个女儿，因为小时候医疗条件有限，得了脑膜炎，现在生活不能自理。老二是个儿子，就是大儿子张建国。老三也是个儿子，叫张健全，就是中华人民共和国成立 70 周年大庆时陪他在北京天安门城楼上观礼的人。老四是个女儿，在一个医院里面当护士。

张富清不回老家，也不留在大城市，主动到来凤这个最艰苦的地方，然后默默无闻地在岗位上干了 30 年，离休以后又过了 35 年，一共 65 年。这么一个老兵，他是出于什么？他这是不忘初心，牢记使命，作为共产党员，他到党需要的地方去奉献自己。他在永丰城时，那天晚上的战斗，他说他们的突击队一个晚上换了三个营长、八个连长，那都是牺牲的。一个突击营长牺牲了，再换一个顶着，又牺牲了，再换一个上去，换了三个营长，八个连长，那普通的战士死了多少，牺牲了多少？其他的不说，陪他炸碉堡的两个战友，当他炸完第二个碉堡回来找这两个战友的时候，才发现他们都牺牲了，而且到现在为止，这两个战友叫什么名字，出生在哪里都不知道。张富清说他想想牺牲的战友，还有什么可以值得向组织提要求的呢？还有什么不满足的呢？还有什么不能够去干的呢？这就是老英雄的家国情怀。我当时写到这些的时候，也流眼泪了。

他在来凤先任粮管所主任，后来到卯洞公社。卯洞现在是一个旅游景点，很漂亮的地方，酉水从它旁边经过，武陵山脉葱茏悠远。他在卯洞当公社革委会副主任，卯洞公社有一个大队叫高洞大队，是居住在高山上的两千多苗族群众。这个地方不通公路，条件非常艰苦，公社决定修一条公路上去。张富清主动请战，领头带着社员来修这个公路。两年里，他常常半年才回一次家，跟当地修路的农民在一起，同吃同住，什么苦活都干。两年以后，这个公路修通了，高洞的两千多苗族儿女第一次看到公路，第一次能够从公路上坐车到下面来，与世界接通了。

张富清后来到三胡区当副区长，从三胡区副区长的岗位上再回县城建设银行当副行长，在副行长的岗位上离休。在卯洞，在三胡，在建行以及他的第一个岗位粮管所，张富清在每个岗位上面，都做好他自己应该做的工作，尽最大的努力来发挥自己的作用。为了当地的老百姓，为了人民群众，为了国家，他不声不响，默默无闻地奉献。这些是我的长诗表现张富清的家国情怀的第二个方面，就是从军人到老百姓，从部队到地方，以国家需要为重，小家服从大家，到最艰苦的地方去为人民服务。

张富清的家国情怀的第三个方面，是不忘共产党员的初心，为国为民，廉洁奉公。这个老爷子的廉洁是你想象不到的。我在来凤时和他大儿子张建国吃饭聊天时，张建国说了一句话：“刘老师，我们家 1975 年之前就没有吃过一顿饱饭。”他说话的时候，眼睛有点红红的。那个时候张富清家里孩子多，粮食供应少，吃不饱。张富清在粮管所当所长，他管着城关镇五千多居民的粮食供应，手头有粮食和油料。但是张富清没有拿过一粒米、一把面回家。张建国说他妈妈到山上去剥树皮、摘树叶回来给他们吃，他们吃得眼睛发绿。

张富清在三胡区当副区长的时候，碰上国家精简人员，很多公职人员下放。三湖区也要精简人员，张富清第一个把他老婆精简下放。他老婆孙玉兰是供销社的一个职工，做营业员。她被下放后，就没有工作了，没有工资了，就回家去了，失业了。孙玉兰很不服气，说她没有犯错误，工作这么好，为什么要下放？张富清说她是干部家属，自己又分管这个事，她不下放谁下放。孙玉兰下放以后，一家六口人靠张富清一个人的工资生活。一个副区长的老婆，为了解决家庭的困难，出去给人家当保姆，上山砍柴。砍了一大捆柴，背下山来，弓着背，压得大汗淋漓，然后把柴火拿到街上卖，几毛钱一担。再就是养猪，一年养两头大肥猪，过年的时候人家把猪杀了吃肉，他们家把猪杀了拿去卖钱养家。我在长诗里面写了一整章，我觉得任何一个成功的男人后面，肯定有一个伟大且做了奉献的女人。张富清身后就有孙玉兰这个女人。我长诗里面的这一章叫“爱的相随是永远”。孙玉兰跟着张富清一辈子，什么苦都能吃，孙玉兰是张富清的最好的伴侣。

张富清的大儿子张建国，高中毕业以后当知青，恩施的朋友给他弄了一个招工的指标。张富清知道了以后，把指标压下来给了人家，而把张建国送到卯洞公社林场里面干了6年。后来张建国通过自己的努力，入党，提干，做了教育局的局长。对于几个孩子的工作，张富清没有帮过一点忙，都是通过孩子们自己的努力，自己读书，自己参加的工作。张富清家里四代人中，有6个共产党员。他有一个孙女，在湖北民族学院当老师，搞音乐。

张富清的廉洁，不仅表现为对自己家的孩子们的严格要求，还表现在公私分明上。离休以后，他的眼睛患了白内障，住到医院，准备换一个人工晶体，做手术。县建行的行长建议他换一个好一点晶体，好的晶体要一万多元。和他同病房的病友是个农民，也是因白内障而要换晶体，换了一个三千块钱的，张富清选择了与农民病友一样价格的晶体。张富清说，他换个三千块钱的晶体就行了，何必要那么贵呢？为国家、为人民节约一分钱是一分钱。

还有一个故事。张富清有高血压病，他的药费，国家全部报销，他开了治高血压病的药放在家里。他大儿子张建国也有高血压病，有一次回家看望父母，忘了带药回来，就把老爷子的药吃了一颗。张富清说："你以后不能再吃我的药了，我这个药是国家出的钱，你不能占国家的便宜。"说完，把自己的药锁进抽屉里。这些细节看似不近人情，但是老爷子确确实实是这么做的，确确实实是这么想的。

张富清在卯洞公社当副主任时，分管的供销社、卯洞造船厂都是有钱有物的地方。供销社供应物资，卯洞造船厂造船，在湘鄂渝赫赫有名，卯洞的金丝桐油是出口的重要商品。张富清坐在金山上，不取分文。物质和财富是国家的，管理者只有管理的责任，如果向财物伸手就是犯罪。共产党员只能付出，不能窃取，窃取贪赃就是犯罪。政府清理干部借款，长长的借款名单中间没有张富清的名字。张富清一家经常生活捉襟见肘，他没有向公家借一分钱，没有一次向组织提出困难补助申请。

啊！张富清，真正的革命战士，优秀的共产党人，一身廉洁，两袖清风。让那些贪腐分子在老人面前发抖吧！让那些忘记初心，忘记使命的变节者在老人面前忏悔吧！张富清是武陵山中的一座高山，我们所有的后来者都要向他致敬！

张富清的家国情怀，我再讲一点。张富清 88 岁的时候因为高位截瘫，一条腿被锯掉了。他从湖北省人民医院做完手术回家以后，坐在轮椅上，轮椅要人推。老伴要照顾他，还要上街买菜，回家做饭，孩子们都在上班，老伴累，孩子们忙，他觉得自己成为大家的麻烦。

张富清老两口住的是一个两室一厅的房子，八十年代建的。张富清截肢以后，就总想自己站起来。他心想，自己成天坐在轮椅上，给国家给家人增加负担添了麻烦，一定要练习着站起来。有一天，趁着老伴出去买菜的时候，他就从轮椅上就爬下来，然后慢慢地移到墙边，再扶着墙壁慢慢地用一条独腿想站立起来，结果他摔倒了。他双手撑地，手上流血了，他双手扶着墙再次努力站起来，他终于站起来了。一次次地练习，手上的血抹到墙上，他家的墙壁上，到处都是血印子。老伴回来后看到这种情况，就说他："你这是何必呢？"他回答说：他在战场上，没有倒下，今天就不能够天天坐在轮椅上，给别人添麻烦。老伴被他说服了，就天天帮他练习站立。最后，他装上假肢，可以走路了。他也有一个轮椅，我们后来看到他在北京被习近平总书记接见，到天安门城楼上观礼，都是坐的轮椅。实际上，他安了假肢以后，是能够站起来的，还能够跟老伴一起到街上走路，到菜场买菜。就这一点，当时我就想，这个事情的意义何在？他 88 岁了，截了一条腿，坐在轮椅里面让人推着，不是很好吗？你为什么要站起来？这一章，我写的题目是“永不倒下的战士”。

老爷子说，他不愿意成天坐轮椅，轮椅要人推，给家人和组织添麻烦，他为了尽量少给他人添麻烦，就自己慢慢地锻炼着站起来。张富清的家国情怀，从他的每个细小的事迹中都可以表现出来。

我今天给大家介绍的是我在长诗里面写到的张富清，这部长诗很适合朗诵，我的普通话说得不好，我不太会朗诵。很多朗诵者朗诵过其中的章节，效果都不错。湖北省之声的播音员冯悦曾朗诵了序歌与第一章，她把音频发到我的手机上面。那天我刚好到东湖高新区去当一个活动的评委，他们派了司机来接我。我在车上打开了手机，听冯悦的朗诵，她朗诵得真好。那个司机说：“哟，刘老师，这个诗真感人，这个人朗诵得真好。”我就说：“这是我写的。”一个武汉的普通司机说了这样的话，使我感受到了诗歌的力量、文学的力量。

英雄的家国情怀给我灵魂的洗礼

我是只说我的感受，我不知道能不能说“我们的”？

大家且听一听再说。我有三点感受。

第一，不忘初心，牢记使命，一辈子为党和人民工作。作为一个党员作家，我要牢记为人民服务，为社会主义服务的方向，用我手中的笔，歌颂共产党，歌颂革命，歌颂祖国，歌颂人民军队，歌颂人民英雄，歌颂英雄的家国情怀，要红色写作。这是我在写作《中国，一个老兵的故事》以后，我的一点感受。我们每一个人都要做好自己的事，为国家、为人民、为社会做力所能及的事，大家都这样做，我们的国家就会强大，人们就会富裕。

第二，我们要永远记住牺牲了的革命前辈。张富清在解放战争的枪林弹雨中九死一生，转业后 60 多年深藏功与名，不向组织提任何要求。原因是什么？张富清老人很平静地说：比起那些牺牲了的战友，他们有的连姓名都没有留下，自己已经很幸福了，组织给了他转业和离休的待遇，他不能再向组织提任何要求了。我们要记住这些牺牲了的烈士，要感恩。记住我们现在所享受的一切，是谁给的，要做好我们自己的工作。我今天能够写这么长的诗，今天能够在这里给大家开讲座，在座的朋友能够和我来一起感受张富清老人的家国情怀，是谁给的？我们平常人，我们老百姓，我们在各个岗位上、各行各业的朋友，要永远有一颗感恩的心。张富清老英雄做了那么多的事，他心里记着、想着他那些牺牲了的战友！他默默无闻、不声不响做自己该做的事，为了国家，为了人民做出奉献，而我们难道不能够从这里得到一种启示吗？我们要感恩。这是我接受灵魂洗礼的第二点。

第三，我个人体会是仁者寿。我第一次走进张富清的那个两室一厅的房间，看到张富清安安静静地坐在沙发上面带微笑，然后了解了张富清的人生经历，用我的感情融进去书写了张富清的家国情怀以后，我就觉得张富清有今天，是因他的无欲无求，他的心放在家国上面，没有想他自己，他很安静，他很安宁，他的脸上是阳光的，他是面带微笑，面带慈祥的，让人一看就是一个仁者、一个善者。

中国有句古话叫做“仁者寿”。张富清今年 95 岁，我看他这个样子活着超过 100 岁肯定没问题。为什么呢？我说作为我们老年人，在生活中间，我们有一颗感恩的心，我们无欲无求，我们心里尽量想着国家，少想着自己，少想着自己的挫折啊，这里不满意那里不满意啊，少想这些。我们多做善事，多做仁义之事，仁者寿，只要做到这样，我们就能够长寿，我们就能够健康，我们的人生就会充满阳光。

今天，我是以一个作家、一个诗人眼光，讲了讲一个老兵的家国情怀，也谈了我的体会。下面，我朗诵长诗第八章中的一首诗，作为我今天讲座的结尾。这首诗的题目是“老兵的军礼”。

新疆老部队来人
看望他们的战友
老兵张富清

绿色军装出现
八一军徽闪动
新疆，王震，三五九旅
老兵有点耳背
但这几个关键字
却听得分明

老兵顿时热泪盈眶
老兵心里掀起波澜
老兵回到激情岁月
老兵听到冲锋号声

老兵站起来了
用一条独腿
坚强地站起来了
缓缓举起右手
行了一个庄严的军礼

啊，我的战友
啊，我的连队
啊，彭德怀元帅
啊，王震将军
我永远是你们中的一员
我永远是人民军队的兵

老兵行了离开部队
六十四年后的一个军礼

老兵穿着军装
老兵戴着胸章
老兵头顶军徽
老兵脚踏大地

老兵是武陵山中的
一座巍巍青山
老兵是酉水河中的
一股激情波浪
青山不坠凌云志
流水不息奔大江
老兵永远跟党走
老兵为民之志永不移

老兵举起右手
向着祖国
向着伟大的党
向着英雄的人民
向着人民的军队
敬礼！敬礼！

中国，2019 年
这个鲜花开放的五月
在人民弘扬奉献精神
凝聚起万众一心
奋斗新时代的强大力量时
一个 95 岁的老兵
他的一个标准的军礼
是一次集结号
是一道冲锋令
是一尊山样的楷模
是一种磐石样的精神

共和国的老兵啊
我们这些后来者
与你一起行进在队伍里
朝着新时代前进！
前进！前进！

2019 年 10 月 23 日

第十六堂课　明代经略熊廷弼的悲剧人生[1]

老师们、同学们，大家好！

今天的这个人文系列讲座，我讲一讲江夏这地方出的一个历史人物，他叫熊廷弼。我们江夏有革命家项英、李求实、唐义贞，有京剧大师、谭派创始人谭鑫培，有深明大义率部起义的张轸。还有明代兵部尚书、辽东经略熊廷弼，一生殚精竭虑，守边报国，是个民族英雄。江夏纸坊有个熊廷弼公园，公园里有熊廷弼的塑像。

---

① 资料来源：《大明经略熊廷弼》，武汉出版社，2010。

我先给大家解释一下“经略”这个词。经略是个官职，始于唐宋，是边防军事长官。到明清时，凡遇有重要军务时即特设经略，统理一省或数省军务，职位高于总督与巡抚，事毕即罢。

我分四个方面给大家介绍熊廷弼的一生。

一、少年立志，耕读入仕

熊廷弼祖上是江西南昌县北岗村，其高祖熊天亶在明宪宗成化年间(1465—1487年)，宦游湖北，居住在现在的武昌武泰闸一带。武泰闸带向来不是有钱人住的地方，这只能说明熊天亶没有多少钱，做的是很小的官。后来连武泰闸的房子也住不起了，就干脆搬到乡下了，他们搬到了江夏县修贤里一里，就是现在的武汉市江夏区纸坊街郭家岭村。

按照熊廷弼一族留下的家谱来看，熊天亶是熊家来江夏的第一代，第二代是熊廷弼的曾祖父熊道兴，第三代是熊廷弼的祖父熊高峰，第四代是熊西庄，熊廷弼的父亲。熊廷弼是江夏熊氏的第五代。我曾到江夏金口街熊享堂湾去采访过，查看了忠孝堂熊氏宗谱，这个湾子里现在生活居住着熊天亶的第十五代到第十八代子孙。

熊廷弼的父亲先娶了一位妻子，生了个女儿后不幸去世。熊西庄又娶了个妻子李氏，在熊西庄四十岁时，李氏生下了熊廷弼。

1569 年，明隆庆三年六月初八日，熊廷弼出生在湖广省武昌府江夏县修贤一里郭家岭村。《江夏县南乡熊氏宗谱》记载：熊廷弼出生时："云飞四起，长虹贯室，雷声震地。"这是老套路了，但凡名人出生时，史料都会记载这些自然异象，我们可信也可不信。

熊廷弼的家庭当时是个什么情况呢？典型的农民，可能不是最穷的，家里有点地，能过上温饱生活吧！

熊廷弼的家旁边，有一座低矮的山冈，山冈下有他们家的一块芝麻地，他出生的季节，正是芝麻开花时，熊西庄给儿子取了小名叫芝冈，即芝麻冈下生的。熊廷弼的名字有些讲究，廷是他这一辈的派字，弼呢？部首为弓，引申义为纠正辅佐的意思，《后汉书》说："柱石之臣，宜居辅弼。"这个名字是祖父熊高峰取的，祖父是乡村中读过一些书、识得几个字的农民，他特别希望子孙中能出一个为国出力、光耀门庭的人。

乡下兴孩子一周岁时抓周，此习俗起源于魏晋南北朝之时，在南方比较流行，北方却不怎么讲究。孩子坐在一只大簸箕中，周围摆满了算盘、书、木槌、毛笔、尺子、笛子、小刀、钱币等东西。抓周又叫“试儿”，孩子两只手抓什么，就预兆着他将来的职业与命运。抓算盘，做生意；抓笛子，搞艺术；抓钱币，拿发财。熊廷弼抓周这天，两只小手都没空着，一手抓书，另一手抓刀——这孩子将来文武双全。一屋子客人欢叫起来，熊高峰、熊西庄激动得热泪盈眶。

六岁时，熊廷弼到村里的私塾先生那里读书。熊廷弼聪颖好学，刻苦认真，先生教的《千字文》《百家姓》《三字经》，学了几遍，就能从头到尾背下来。

乡村私塾先生只能教些初级启蒙的知识，再深一些的经史子集教不了。私塾教育把对对联当作重要内容来教，“天对地，地对风，大陆对长空”。少年熊廷弼对对联十分厉害，能见景生情，出口成章。对对联，考的是作联者敏捷的思维和对事物的准确描述水平，还要讲格律。熊廷弼在村里私塾先生那儿读书，比照如今的教育，在语文方面，应该已达到初中水平，他对对联的水平很高，江夏民间流传着许多他对对联的故事。今天只介绍其中两个：一个卖鱼人碰到小廷弼，说："你很会对对联，今天我出一上联，你对上了，我送你一条三斤的鲤鱼。"卖鱼人说："乌龙有甲，四足八爪一颗珠。"熊廷弼脱口而出："黄颡无鳞，一尾二须三只角。"熊廷弼得到一条鱼回家给爷爷下酒。一个卖毛笔的小贩到村里卖笔，熊廷弼正想换一支新笔，但一时又无钱买。小贩说："我出个上联你对，对上了我送你一支笔。"小贩出上联："小蒙童，文才高，三元及第。"熊廷弼对出："大老板，生意好，四季发财。"熊廷弼得到一支毛笔。

私塾先生去世了，熊廷弼失了学，因为家里没有钱送他到武昌去上更高的私学，熊廷弼只有回家帮父母和姐姐做农活。熊廷弼放牛时，牛角上挂只布袋子，里面装着书，他骑在牛背上读书，把那些坊间流传的《三国演义》《水浒传》《武穆精忠传》和各朝演义读了个遍。熊廷弼的爷爷的弟弟有个孙子叫熊廷立，比熊廷弼大。熊廷立考上了秀才，在铁岭山庄的家里设馆授经。父亲听到这一消息，立即带失学的熊廷弼到熊廷立家拜师上学。

熊廷立看熊廷弼相貌堂堂，机警聪慧，立即喜欢上了这个堂弟。他问熊廷弼读了哪些书？廷弼回答《三国演义》《水浒传》《武穆精忠传》等。熊廷立告诉熊廷弼，这些书是小说野史，读了对提高自己的知识水平和树立做人的榜样，是有用的，但对科举应试相去甚远。走科举之路，要学做八股文，要读圣贤书，要学四书五经，读儒家经典。

熊廷立尽自己所能给熊廷弼讲授八股文写作，讲解经史子集。熊廷弼倾心就学，夜以继日。熊廷弼学完了《论语》《中庸》《大学》《孟子》《诗经》《尚书》《礼语》《易经》《春秋》之后，三年过去了，熊廷弼已经十七岁了。

万历十三年(1585年)，堂兄熊廷立通过科考，中了进士，到湖南平江做训导官，离开江夏，熊廷弼又一次失学。三年求学堂兄，熊廷立给他树立了做人读书的榜样。在江夏熊廷弼这一族里，熊廷立是第一个中秀才、举人、进士的。

熊廷弼又回到郭家岭当起了农民，再次自耕自读，家里还是拿不出钱来让他去武昌城里求学。江夏五里界有个罗财主造屋，请了许多民工帮忙，熊廷弼也去了，当锯木头的解匠。民工六点钟上工，主家到八九点还不开早饭，大家喊饿。仆役告诉大家，罗财主请了个秀才为新屋写对联，说是写好对联就开饭。秀才左思右想，到现在还没想出来。熊廷弼听了，找到罗财主说，他来写。熊廷弼当下铺纸挥笔，写下："锦绣山高，闪闪跌跌，脉脉结成龙虎地；绿湖水远，弯弯曲曲，滔滔流入凤凰池。"罗财主一看，小伙子写得不错，当即通知开饭。当罗财主知道熊廷弼因家穷而辍学耕种后，就给熊廷弼送了一笔钱，让他到武昌城里的县学去读书。罗财主的行为，相当于现在的助学活动。

万历十五年(1587 年)，通过县考、府考、院试后，十月份，熊廷弼考中秀才，为江夏县当年考中的秀才第一名。而日夜盼望孙子有出息的祖父熊高峰于九月去世，没有看到孙子考中秀才。

根据科举制的相关规定，秀才是第一个名分，未中秀才前称童生，有人到六十岁还未考中秀才，称老童生，中了秀才是生员。秀才考举人，举人再考进士，中了进士，就可以受皇帝接见，可派一个官当当了。进士中的头三名，叫状元、榜眼、探花。而秀才考举人考进士，这中间要经过多少关口，我就不细叙了。

熊廷弼十九岁中秀才，到万历二十六年(1598 年)，三十岁时才高中进士。这十年间，熊廷弼遭江夏三年大灾，父亲去世，他娶妻生子，一家人靠一对卖豆皮的老夫妇接济，才没饿死。熊廷弼离开郭家岭，到后石湖边开荒养家。今天的金口街熊享堂湾，就是熊廷弼当年开荒种田，慢慢才聚集起来的村庄。总之，熊廷弼从一个农民的儿子，通过刻苦耕读，三十岁时有了功名。

二、保定断案，江南督学

1598 年，熊廷弼虚岁 30，进入晚明的官场，从此走上不归路。

熊廷弼当的第一个官，是保定府推官，任期 6 年。万历三十三年(1605)年，熊廷弼调工部，补屯田司，管些土木建筑屯田的事。三年后，1608 年，调任浙江道御史，上任刚十天，又调任辽东巡按，任期 3 年。万历三十九年(1611 年)调任南隶督学御史，两年后因杖杀诸生案而遭劾听勘回籍，任期 6 年。万历四十七年(1619 年)，任兵部右侍郎兼都察院佥都御史，经略辽东两年，1620年10月，遭言官弹劾，听勘回籍。天启元年(1621年)，再接皇上圣旨，六月，任兵部尚书兼都察院右副都御史、辽东经略，53岁。天启二年(1622年)一月，广宁失守，二月罢职听勘，四月判死刑入狱，54岁。

纵观熊廷弼一生，30入仕，54岁被判死刑，其中两次听勘回籍，第一次6年，第二次八个月，熊廷弼在任上只有17年多。

为了便于向大家介绍熊廷弼的人生及其悲剧，我对他任保定推事及江南督学做一部分介绍，把他三次奔赴辽东边关的经历做一部分介绍，没有按时间顺序来讲。他听勘回籍两次的六年零八个月，就不做专门介绍了。

保定府属北京直隶管辖，直隶就是京城直管，保定府属于京城首府。熊廷弼从江夏出发到保定上任，他的一个少年伙伴李九成伴他一起，两人在路上走了二十多天才到达。明代府一级的正官共有知府、同知、通判、推官四人。知府是一把手，四品；同知五品，通判六品，推官七品。推官专掌刑狱，不预他政。熊廷弼管的就是公检法，办案。他中进士后就到保定这么个重要地方任推官，七品起步，说明皇上还是很看重他。熊廷弼在保定 6 年，凭着他一个农家子弟的勤奋，以及从小濡染的精忠报国的理念和他性格中的正直刚强正义，他平反冤屈，为民做主，不畏阉党和朝中奸佞。进行官员考察时，他连续 6 年都被推为理官第一。在其任内，保定曾经 3 年大灾，他与部下一起到乡下赈济灾民，在水中推船，把粮食送到被水包围的孤岛灾民手中。

熊廷弼任保定推官时，平反了大量的冤案，老百姓赞誉不尽。讲一件他断的案子。熊廷弼与李九成住在保定府官衙，没带家属，他们经常到一家洪移庄小酒店吃饭，店主高老头听说熊廷弼是保定推官后，将自己的外甥受冤遭押待斩的事说了，希望熊廷弼做主。

熊廷弼回衙后，调出前任已判定的案卷，找到高老头的外甥的案子，仔细一读，便断定此案证据不足，可能是冤案。

高老头的外甥叫陈立刚，聪明俊俏勤劳，洪移庄里的王家有女桂桂，两人青梅竹马，互相爱慕。陈家向王家提亲，王家嫌陈家穷，没答应。但两个年轻人却仍在私下相爱。突然一天桂桂不见了，遍寻不果。王家就告陈家，说陈立刚杀了桂桂又匿尸，证据是陈立刚身上带有桂桂的一条汗巾。县官把陈立刚抓了，判成死刑，送到保定府，待秋后处斩。

熊廷弼决定调查此案。李九成从家乡陪同熊廷弼到保定，实际是给熊廷弼当管家。他除了照顾熊廷弼吃住外，有空就在城里街巷四处转悠，看各种稀奇事。有一天他看到西城墙根坐着一个女人，脸上有被刀割后的伤痕，像老树皮，一双手的十根手指被砍掉四根，眼睛瞎了，只剩两个黑洞，没有眼珠，穿得破破烂烂，坐在城墙下靠人施舍。李九成看她可怜，上去给了她一枚铜钱，那女人不会说话，舌头被割了。而李九成离开后，那枚铜钱就被一个男人拿走了。李九成回家后将看到的情形对熊廷弼说了。熊廷弼把桌子一拍，就是这伙人了。原来熊廷弼已经查明，在清苑保定一带有一叫花子团伙，把妇女儿童悄悄掳走，故意致残，然后让其乞讨，他们坐收渔利。熊廷弼立即布置第二天的行动。

第二天，熊廷弼带人在西城的一家餐馆坐下，让李九成带高老头到那女乞丐面前，李九成又给了一枚铜钱，高老头转身朝茶馆点点头，然后两人离开了。这时，那个操纵女乞丐的男人走近取钱。熊廷弼指挥几个如狼似虎的衙役冲上去，把那男人打翻在地。那个女乞丐就是洪移庄的王桂桂，可怜的美丽少女被残害得人不人鬼不鬼了。高老头的外甥陈立刚的案子平反了，一群害人的叫花子团伙被抓了。

万历三十九年(1611 年)，熊廷弼从辽东巡按任上接旨，到南直隶任提学御史。

熊廷弼在保定任推官时，曾得罪朝廷大员沈一贯。他在辽东任巡按时，不讲情面，大刀阔斧，弹劾处置了一批官员。他为人刚直，不附势，不受礼，不行贿，只是为国为民尽忠尽责。他在辽东巡按有功，朝廷提拔他，把他派到南直隶任督学。实际上这是个坑，那些不喜欢他的内阁领导和吏部领导，名义上是提拔他，实际上是把一个烫手的山芋扔给他。熊廷弼是湖北人，湖北为楚，战国时就被人称为荆蛮、楚蛮、南蛮，熊廷弼当时的外号叫熊蛮子。

南直隶辖应天府、苏州府、凤阳府等十四府，也是中央直辖的。因为晚明时，江南养蚕织丝，丝绸出口，南直隶所辖江南区域，经济发达，有钱人多，资本主义的萌芽在江南生长。有钱人多了，重利轻学，江南士子，学风败坏。各州县突破朝廷规定，突破生员名额，只要有钱，就能买个秀才当当。有了生员名义，却不好好读书，混入生员队伍中的滥竽充数者，聚众闹事，包打官司，公开狎妓，干预地方行政，控制地方舆论，党同伐异，隐漏钱粮，奢侈淫逸，醉生梦死。一些州县的地方官处置他们，反被他们赶跑，他们能左右舆论，官员们怕。明代秀才生员穿蓝袍，老百姓喊江南这些秀才中的坏分子为蓝袍大王。有时，街上两家人吵架，有时赌狠会说："我明天找个蓝袍秀才打死你。"

熊廷弼从辽东巡按任上调来江南，他采取了整治不良秀才的雷霆行动。秀才们每年都要考试，叫岁考，然后科考，再就是举人考试。熊廷弼按照岁考成绩分六等，一二等奖励，三四等及格，五等者降为平民，六等者直接黜革，开除出生员队伍。熊廷弼将各州县的秀才考试集于一手，亲自监考，亲自阅卷，将那些过去开后门用钱买功名的不学无术滋扰闹事的人全部淘汰，推举真正的有真才实学的士子。考试成绩公布后，淘汰者皆为乡绅津要子弟。他对江南学子来了一次大清理，被淘汰的人不再闹事。熊蛮子在辽东时，那些巡抚总兵都怕他，生员哪里敢闹事。

熊廷弼设立的这个考试规定，却为他的人生悲剧埋下了一颗定时炸弹。熊廷弼得罪了东林党。东林党势力强大，在朝为要员的多。东林党的首领顾宪成的儿子顾与淳被淘汰了，列入末等。而东林党子弟被淘汰者众多，从此，东林党人与熊廷弼结下了仇恨。

熊廷弼在江南督学时，雷霆万钧，铁面无私。读书人应遵循的是非礼勿视，非礼勿听，非礼勿言，非礼勿动，这是纪律，这是规矩。凡违背者，要受惩罚，惩罚的办法是杖责，就是用大板子打屁股。明朝举国上下都流行杖责，有时把人活活打死。

宣城县生员冯应祥、苏望海、李茂先、芮永缙闹事，四处告状，无中生有，熊廷弼派人抓捕，除冯应祥逃走了，另三人都被抓住。三人入署院，审问时，不服罪，用杖责刑，挨打最多的苏望海没有死，李茂先没有死，只有芮永缙在二十天后死了。熊廷弼杖杀生员，东林党人和一些平时不喜欢熊廷弼的人上奏章弹劾熊廷弼，说熊廷弼杀人。熊廷弼没有服输，给皇帝上奏章，为自己辩解。他为整治江南学风，整肃士子生员，迎恶而上。

皇帝派人调查了，但因东林党人反对得太厉害，就给了熊廷弼一个听勘回籍的处分。熊廷弼回到江南，在位于现在武昌紫阳湖的地方住了6年。这6年中，他读书修炼，为民办公益，修了四邑公堤、武金长江大堤。

三、三赴辽东，精忠报国

明朝的九大边防重镇，分别为辽东、蓟州、宣府、大同、山西、延绥、宁夏、固原、甘肃。九大重镇都派重兵把守，而辽东为九边之首。辽东为辽河之东的地区，是今天辽宁省的大部分区域，包括吉林省、黑龙江省地区。

辽东与建州女真族、朝鲜为邻，当时的辽东总兵李成梁、巡抚赵楫，两人把持辽东，对女真人努尔哈赤统一了女真各部，成立大金国(史称后金)，还经常到明朝的领土上抢掠人口物资，采取的是绥靖政策。他们给努尔哈赤封官，送银子和物资，甚至将辽东的一块八百里的土地拱手送给努尔哈赤，把居住在这块土地的百姓，驱赶到其他地方。当时辽东军伍不振，官吏贪渎成风，矿税引起兵士哗变，形势岌岌可危。

万历三十六年(1608 年)到万历三十九年(1611 年)，熊廷弼被朝廷任为辽东巡按，在任两年零七个月——这又是反对熊廷弼的人给他挖的坑。

巡按是个什么官职呢？是朝廷派下去的纪律检查官，虽说级别不高，但权力很大，对于所巡按地区的主官以下各级官员的违纪之事，可以直接处理。

熊廷弼到辽东时，辽东总兵李成梁已镇辽几十年，83 岁，熊廷弼出生那年，李成梁就是辽东总兵了。李成梁是个“老油子”，过去朝廷派来的巡按，都被李成梁和赵楫用金钱美女招呼，之后一点事没有，巡按回朝廷奏告皇上，李成梁还受表扬。这次熊廷弼来，他们还是用老办法。李成梁、赵楫于晚间到熊廷弼住处拜望，派人赠送金银玉带，熊廷弼不收。李成梁赵楫设宴为熊廷弼接风，熊廷弼婉谢不赴。这两个人没法子了，觉得这个熊蛮子滴水不进。

熊廷弼是年底到达辽东的，他做的第一件事就是勘验调查，带人在路上走了 27 天，是明朝第一个把辽东与女真的疆界走了一遍的官员。他经勘验后查明李成梁、赵楫将明朝宽甸六堡共八百里国土送给了努尔哈赤，将六万四千户居民驱往内地，还每年拨八百两银子给努尔哈赤。这是典型的啖虏行为，熊廷弼写了弹劾李成梁、赵楫的《抚镇弃地啖虏疏》，上奏朝廷。

他列出李成梁、赵楫八大可斩之罪。但是李成梁在辽东经营多年，已成“不帝制而自王”之势，朝廷的重要人物已被他买通。神宗皇帝不理朝政，把一干事推给内阁处理，内阁压下熊廷弼的奏疏，不给皇上报告。有人劝熊廷弼算了，说李成梁是扳不倒的。熊廷弼为了主持正义，再次上疏，指责朝廷不处置李成梁与赵楫，“朝廷之处分日缓一日，则两臣之伎俩日多一日，国家之纪纲日坏一日，则天下之公愤日积一日”。熊廷弼一次次上奏章，内阁再不敢扣押了，上报皇上。神宗皇帝念李成梁之功，召之还，让其退休，巡抚赵楫则被罢官。

熊廷弼第一次巡按辽东时才 40 岁。他除了扳掉李成梁、赵楫这两个大员外，还智斗矿阉，罢了辽东矿榷。另外，他整饬边军，整治贪渎，制定了辽东守边的战略策略；修筑边墙，对努尔哈赤实施战和齐下之策，使得辽东局势变得平安与清明起来，朝野赞颂，只有他的对立面骂他熊蛮子。

熊廷弼第二次赴辽东，是在万历四十七年(1619年)三月，明朝与已立国号的后金打了一场大战，这就是“萨尔浒战役”。

后金国大汗努尔哈赤决定出征明朝，根据当代历史学家阎崇年的说法，一是努尔哈赤深知万历皇帝晚年更加腐败，辽东军备废弛；二是努尔哈赤已经完成了对女真各部族的征战统一，建立了后金政权；三是这时女真国内灾荒严重，景况悲惨，努尔哈赤欲攻打明朝，掠夺财富以解女真人的危机。努尔哈向明朝发动战争，他发布了著名的《七大恨》讨明檄文，其中第一恨是明朝无故杀害努尔哈赤的祖父和父亲。

努尔哈赤先派奸细进城，最先打下了辽东的抚顺城，烧杀抢掠。

小小女真，竟敢向大明朝挑战，而且占领了抚顺。明朝朝野震惊，极其愤怒，朝廷决定出兵，杀死鞑虏，扬大明雄风。

此时，经略辽东的是河南人杨镐。朝廷从各省调兵遣将，明军明将从四川、广东、山东、山西、北直隶、南直隶纷纷向辽东集结，总兵力达十一万，这些人统归杨镐指挥。杨镐将兵力分为四路：东路指挥刘綎、南路指挥李如柏、西路指挥杜松、北路指挥马林。四路指挥都是明朝大将，人人都有打过大胜仗的历史。精兵强将，准备彻底打垮努尔哈赤。战斗在萨尔浒开始，作战细节我就不说了。这场战斗，明军是分进合击，后金则各个击破，6天之内，明军大败，损失兵力四万五千八百人，战死文武将吏三百一十余人，丧失骡马二万八千余匹，损失枪炮火铳两万余支。明军主帅、辽东经略杨镐后被处决。明军的四路指挥，杜松、刘綎战死，马林于开原战死，李如柏因败自杀明志。

朝廷众大臣面对辽东丧城失地，且努尔哈赤气焰嚣张地表示要跨辽河、打进长城内的气势，一个个吓得不得了。他们想起熊廷弼在巡按辽东时，干得不错，而且他是个熊蛮子，他出山定能镇住努尔哈赤。

万历四十七年(1619年)四月十二日，熊廷弼在江夏接到兵部日夜兼程送来的照会，让他火速赴京听用。熊廷弼行到河南信阳，又接皇上圣旨，让他星夜赴京。熊廷弼日行两百里，在河北保定时热毒大发，从头脸到腰腹遍生疥疮，服药之后，伤及脾胃，大泻不止，人都瘦脱了形。但他还是昼夜奔驰，只为报国守土。

努尔哈赤在打败明军后，又拿下了辽东重镇开原。努尔哈赤打下开原，后金军屠城三天，男女老幼被杀十余万人。

熊廷弼在京城等了几个月，努尔哈赤已打下辽河之东地区的抚顺、清河、萨尔浒、开原、铁岭，明朝五战五败。辽河之东只剩沈阳、辽阳两城了。朝廷先是急令熊廷弼进京，日夜兼程赶到京城后，辽东努尔哈赤好像不打了。朝廷就让熊廷弼等着，直到开原、铁岭失陷后，明朝五战五败，才让熊廷弼出关。皇帝任命熊廷弼为辽东经略，赐给尚方宝剑，令其见机行事，熊廷弼升为兵部右侍郎兼右佥都御史，官至正二品。

熊廷弼出关时，朝廷只给了九百人，其他军队从各地调，千山万水，一时半会难以到达。他们八月初二进入辽阳，辽阳已是一座空城，官绅都已离去，道员官吏已备好快马，随时准备逃跑。败将残兵，无武器少马匹，辽民或全家被杀，或全寨被杀，剩下余民，没吃的。一切都缺，武器、粮饷、战马都缺。

熊廷弼接手的是一个烂摊子。熊廷弼知道，皇上是被打急了就用人，不急时，他不管事。朝中臣子则是急了就推荐你，然后在后面指手画脚，说你这不对、那不对，弹劾你。大臣中党争得厉害，互相拿你做文章，最后被他们坑了，皇上又听他们的话。

在国家危险之际，明知朝廷党争，皇上昏庸，抗虏守边，难之又难。但熊廷弼没有犹豫，赤心报国，迎难而上。

稳定民心，稳定军心，整肃军队，整顿文武官员中的失职者，实行固守为战的战略，然后催朝廷调军队、发军饷、造武器。熊廷弼拉开了与努尔哈赤搏杀一场的架势。

他逮捕了知州李尚皓，作为朝廷命官，在敌未到时，把家眷送走，自己准备逃跑，动摇人心，并命令官绅将送走的家眷立即接回，否则严惩。在辽阳教场阅兵时，他当场抓了三名逃将刘遇节、王文鼎、王捷，推出去斩首，以祭战死的将士，又将军队内扣盗军饷者陈伦推出斩首，还向朝廷上奏罢掉草包总兵李如桢，并大力表彰在与后金作战中英勇的将官。熊廷弼的这一系列雷霆行动，稳住了辽东文武官员。

辽军疲弱，过去打仗时只知一窝蜂朝前冲，不知兵法战法，熊廷弼就亲自操练。各地兵员也陆续到达，朝廷军饷慢慢到位，在熊廷弼的亲自整顿下，辽军有了明显变化，辽东边防也慢慢走向巩固。

熊廷弼到达辽东之后，努尔哈赤有一年多时间没有与明军发生正面交战。而在此前一年多时间里，努尔哈赤与明军打了五次大仗，五败明军。努尔哈赤本应可以一鼓作气攻下沈阳、辽阳，把辽河之东的明朝国土全部夺走。

有几个方面的原因。熊廷弼经略辽东，让努尔哈赤颇为震动。他与熊廷弼在巡按辽东时打过交道。从熊廷弼查办李成梁、赵楫之事，他知道了熊廷弼的深谋老算。后金军队内部也有矛盾，在战备与粮草供应方面也有些问题。努尔哈赤只是派出探子，收集熊廷弼的行动消息，他十分谨慎，不敢轻举妄动。

熊廷弼利用这宝贵的一年多时间，整顿军队，布置防御阵地，清理吏治，使得辽东防务达到正常，力量日益强大起来。

熊廷弼采取南顾北窥之策，将兵力集中辽阳，亲自镇守，北窥沈阳，随时出动。其实，此时内地调往辽东的军队，因路途遥远，有许多还在路上。熊廷弼大张声势，散布明廷已派出三十万大军赴辽，准备讨伐后金的消息。努尔哈赤知道这个荆楚蛮子，是个敢作敢为的人，对此信以为真。

熊廷弼在辽东惨淡经营，终于兵力达到十三万之众，各个城堡已经修复加固，他从军队和过去因犯错而在押但有本事的将领中，起用一批能领兵打仗的将领。自己身先士卒，与将士们同甘共苦，辽东边防焕然一新。但熊廷弼累得吐血，卧在床上还要处理文书，而在视察部队时，病重也装着没事一样，怕被人看出破绽传到努尔哈赤耳中，就算吐血块，大泻，从马上落水坠泥，两臀磨出疮，痛不可言，仍一直坚持。他是个铁人，是个霸蛮的人，他不能倒下，他倒不下，他把辽东用心血整治成一堵防守的大墙。

万历四十八年(1620年)六月十二日，努尔哈赤亲率五万大军，再次向明军发起进攻。八旗军向沈阳城猛攻，但城上有利炮坚壁，城外有陷阱尖桩，八旗军没攻下。过去努尔哈赤攻打一座城市，明军都是望风而逃，这一次却久攻不下。熊廷弼在辽阳指挥调动，将八旗军陷入三面总攻之中，努尔哈赤一看情况不对，率军退却，回到老巢，丢弃钩梯挂牌无数。熊廷弼在明军连败五场之后获得首胜。

这年的秋天，万历在位四十八年，在八月驾崩，太子朱常洛八月二十八日登基，九月二十六日驾崩，在位不到一个月。皇孙子朱由校登基，十六岁，是为熹宗，年号天启。一个月内换了三张皇帝面孔，明朝朝政有点乱。当时结党成风，贿赂肆行。熊廷弼不巴结，性格刚直，他任辽东经略，握有尚方宝剑，官至二品，受到朝臣的嫉妒。朝中的言官要倒熊蛮子，他们不知道，倒熊蛮子就是给明朝挖坑。那个请熊廷弼帮忙推荐个官，曾向熊廷弼索贿遭到拒绝的吏科给事中姚宗文上奏说：熊廷弼“军马不训练，将领不部署，人心不依附”。另有御史顾慥弹劾熊廷弼出关一年，没有收回一座城地，毫无建树。御史冯三元上疏，指责熊廷弼处置辽东事务无谋之罪竟有八条。十六岁的皇帝没有主心骨，虽说熊廷弼上疏驳斥奸人的攻击，但皇帝还是让熊廷弼解任回家养病。

朝廷任命袁应泰，接替熊廷弼经略辽东，是 1620 年十月。

袁应泰是个自信和高调的人，他上任之后，向朝廷报告，立即着手收复抚顺，主动向后金进攻，与熊廷弼以守为攻的战略大相径庭。朝廷十分高兴，鼓励袁应泰反击。

努尔哈赤听说熊廷弼离任，高兴异常。袁应泰准备收复抚顺，他却亲率水陆大军直攻沈阳。如果固守沈阳，熊廷弼的坚城难以攻破。但是沈阳守军出城迎敌，当下即被努尔哈赤打得七零八落，沈阳落入后金之手。接着，辽阳也很快被后金攻陷，辽河以东所有城镇都被后金占领。明朝的国土缩至辽河以西了，辽河之东的十四卫大小城地七十余座，全被后金夺得。

袁应泰接替熊廷弼当了四个月的经略，彻底丢失辽河以东的土地，自杀殉城。

沈阳、辽阳失守，河东十四卫七十余城尽落后金之手，消息飞报到京城，朝中大臣和十六岁的熹宗皇帝一下子慌了手脚，京城立即戒严，他们怕努尔哈赤杀进北京城。熹宗立即召集各大臣商议，没有什么新招了，那些言官把熊廷弼拉下来后，辽东立即失了半壁江山。假如熊廷弼在，不会是这样的结果。一帮御史这时才又说起熊廷弼的功劳，皇帝与兵部、吏部一起决定由薛国用暂行辽东经略，王化贞为辽东巡抚，代薛国用驻广宁；同时下旨：熊廷弼才识胆略过人，有保守危城之功，另直接给熊廷弼下旨，让他速至京城任事。圣旨肯定熊廷弼在辽东的功绩，让他速赴京，语气态度极其诚恳。皇帝还下旨将弹劾过熊廷弼的言官大臣们逐一处分，有的降两级，将那个最先弹劾熊廷弼、公报私仇的姚宗文革职为民，遣送回籍。

熊廷弼在江夏接旨，立即赴京，各驿站备快马，日夜奔行。熊廷弼进京城时，京师万人拥上街头焚香迎接，百姓把熊廷弼当作神了。

熹宗皇帝喜出望外，下旨升熊廷弼为兵部尚书，赐给敕书与尚方宝剑，副总兵职位以下的官员可先斩后奏，发帑金佐军需，赐一品服，宴于都城外，诸大臣陪饯以壮其行。熊廷弼第三次赴辽，荣耀场面可谓登峰造极了。

熊廷弼带着五千京城兵，到达到山海关驻扎。而原任经略薛国用因病未理辽事，王化贞以右参议兼巡抚独行其是。

熊廷弼立即制定了三方布置策略，以救辽东。一方以河西重镇广宁为中心，王化贞率十四万守军列垒河上，以形势据之，缀敌全力；一方于天津、登州、莱州，各置舟师，从渤海湾跨过海峡，联合盟国朝鲜的军队，从努尔哈赤的后方进攻；一方以熊廷弼亲率五千精兵据守山海关，接应广宁与海路，垒起努尔哈赤入侵京师的最后一堵高墙。这是一个战略家的决策，是一个完美的决策，是能挽救大明江山的决策，但这个决策因遭到三个人的破坏而导致失败。

首先是巡抚王化贞。王化贞是东林党人推荐的巡抚，他对熊廷弼的三方之策，嗤之以鼻，此人不懂军事，却又刚愎自用。他不听熊廷弼的指挥，拥十四万重兵在广宁自重。经略一职是临时的，应该管巡抚。巡抚是地方最高长官，但王化贞敢于不听熊廷弼的，是因为反对熊廷弼的三方之策的第二个人张鹤鸣。张鹤鸣是王化贞的老师，王化贞所说所做的一切，张鹤鸣都支持。张鹤鸣是兵部尚书，朝廷中拥兵第一人，即现在的国防部长。这个人也是个东林党人，东林党是不会让熊廷弼有好日子过的。

熊廷弼虽也是兵部尚书，级别与张鹤鸣一样的。但熊廷弼的兵部尚书是虚职，张鹤鸣才是真正掌权的兵部尚书。王化贞在张鹤鸣的授意下，绕开熊廷弼，自作主张进行部署，熊廷弼除了生闷气，一点办法都没有。

第三个破坏熊廷弼三方布置的是毛文龙，这个人是王化贞的部下，王化贞派他带二百兵丁，潜往已陷后金的辽东地区打游击。毛文龙不读书，喜欢打仗，曾为熊廷弼的部下，熊廷弼被免职后，他才到王化贞处。毛文龙带人到辽东半岛渤海湾上打游击，努尔哈赤把主要兵力列于辽河边上，后方防守空虚。毛文龙打下了许多小岛，后来竟然设计打下了镇江城。这下子惊醒了努尔哈赤，立即派了一支重兵守住海边各阵地。毛文龙无意之间将熊廷弼设计的海上进兵一策破坏了。镇江很快被努尔哈赤夺回去了。明军再想从海上登陆攻后金的后方，是很难了。

王化贞借毛文龙打下镇江，大肆宣扬，上奏朝廷庆功，朝野欢庆。他们不知道这一仗破坏了整个大局。熊廷弼认为这是奇祸，是打草惊蛇。

经略与巡抚明显不和，朝廷做了工作，终没有结果。

王化贞在广宁，曾向朝廷许诺，将以6万兵荡平辽东，中秋之月可听捷音。

王化贞的心腹孙得功被努尔哈赤收买，成了内应。天启二年(1622年)正月十八日，努尔哈赤率五万名八旗军，夸过辽河，进攻广宁。王化贞先是列兵于辽河西岸以阻后金兵，但战线太长，后金兵很快击溃明军跨过辽河。努尔哈赤先是打了西平堡一战，西平堡是广宁的重要战略之地。西平堡有守军三千人，副总兵罗一贯带领坚守，三千人全部战死，无一投降者。努尔哈赤带兵围住广宁，孙得功里应外合献城，王化贞在一参将的护卫下，连马都找不到，骑骆驼逃出城。当时熊廷弼在山海关，听说广宁西平这边打起来时，亲率五千兵马前来接应，正好碰到狼狈逃窜的王化贞。

王化贞见到熊廷弼时才醒悟，大哭起来。

后金军追杀而来，此时逃难的百姓近百万人拥至熊廷弼带领的明军身后。为了救百姓，熊廷弼分了一些士兵给王化贞断后，自己带一部分士兵保护逃难百姓，进入山海关。熊廷弼第三次赴辽，到此结束。

四、传首九边，悲剧根源

天启元年(1621 年)熊廷弼于七月二十七日到达山海关就职，到天启二年(1622 年)正月二十三日，第三次赴辽东，只干了四个月。由于张鹤鸣与王化贞及东林党人设障碍使绊子，他的策略、抱负尚未实施就失败了，他与王化贞都成了罪人。王化贞是罪有应得，而熊廷弼则蒙受天大的冤枉，他完全是无辜的。熊廷弼的辩解，以及朝中正直臣子的上疏力保皆无功而返，最后三司会审的结果是经、抚同罪，同入大牢，熊廷弼与王化贞都等秋后问斩。

而张鹤鸣，虽有许多臣子上奏弹劾，言他罪不可赦，但皇上却不问罪，保了张鹤鸣。张鹤鸣后来告老还乡，被李自成、张献忠的农民军杀死。

太监魏忠贤在宫中与皇孙朱由校做伴，带着他玩。朱由校喜欢做木匠活，经常在宫中搭些小房子，做家具，魏忠贤极尽能事地服侍他。朱由校的木工爱好，在当了皇帝后仍然不忘，常常不理政事，专心做自己的木工活。当熹宗的父亲登基不到一个月就死了后，朱由校做了皇帝。紧接着，魏忠贤与客氏上位了。客氏设法害死了前任司礼监秉笔太监王安，魏忠贤当了司礼监秉笔太监，兼管东厂锦衣卫。魏忠贤是熹宗皇帝身边的红人、大内总管。皇帝是万岁，他是九千九百岁。当时东林党人在朝的执政大臣们，极力排斥与自己观点不一致的其他大臣，这些被排斥的大臣纷纷投到魏忠贤门下寻求保护，魏忠贤的势力日渐扩大。

熊廷弼入狱后，熊廷弼的大儿子熊兆珪从江夏到北京，四处求人救父亲。这时，有人帮他找到魏忠贤，魏忠贤答应救熊廷弼，但要熊家出四万两银子。熊廷弼在狱中答应了，魏忠贤让皇帝免了熊廷弼一死，羁押狱中待处理。熊廷弼后来在狱中一想：这不对呀，我无罪被冤判斩，魏忠贤要我交四万两银子免死。这银子我若交了，不就是我自己承认有罪了吗？我一生精忠报国，对朝廷对皇上对国家尽心尽力，从无二心，如果交了银子，我一辈子的声誉就完了。我不是要学岳武穆岳飞吗？是的，宁可死，这银子绝不能交。熊廷弼对熊兆珪说了自己的想法，熊兆珪跪地痛哭。他知道父亲的决定是对的，但父亲必死无疑。熊廷弼的反悔，令魏忠贤大怒，发誓要杀熊廷弼。

由于魏忠贤与熹宗的奶妈客氏串通，操掌朝政，被魏忠贤杀掉的王安，是东林党的朋友，东林党人发起了向魏忠贤和客氏的反攻。他们一个个向皇帝递交奏章，揭露魏忠贤与客氏的种种罪状，但是熹宗不理。魏忠贤将上奏章弹劾他与客氏的东林派大臣，一个撤职查办，打回原籍。东林党人也是硬骨头，他们不怕罢官不怕杀头，不把魏忠贤扳倒不罢休。魏忠贤决定把熊廷弼和东林党闹事领头人一起干掉。他的智囊团谋划了一条一箭双雕之计。他们抓了一个叫汪文言的人，让汪文言作证，说熊廷弼在辽东经略任上，给东林党中的杨涟、左光斗、魏大中、周朝瑞、袁化中、顾大章六人行贿，用的是九万九千两军费，分别给杨涟、左光斗各二万两，魏大中三千两，周朝瑞一万两，袁化中六千两，顾大章四万两。汪文言受尽锦衣卫的各种刑罚，拒不承认。魏忠贤让人写好供词，让汪文言在昏迷中按了手印，然后将汪文言打死。有了汪文言的证词，魏忠贤将“东林六君子”抓起来，用各种刑法折磨，采用一样的办法，让他们招供，然后在诏狱中将六人害死。可怜杨涟、左光斗、魏大中、周朝瑞、袁化中、顾大章六人，都是朝中重臣，因反魏忠贤，最后死于魏忠贤之手。

消灭了东林党中的骨干，魏忠贤向熹宗皇帝上奏熊廷弼用军费行贿杨涟、左光斗等六人的事，让皇帝下旨杀熊廷弼。小皇帝认为熊廷弼刚强正直，不可能行贿，没有批准。

阉党骨干冯铨，是皇帝的经筵讲官，负责给皇帝讲解经书的工作。有一天，他在坊间得到一本绣像小说《辽东传》，这本书第四十八回写的是冯佺父子在辽东为官时，努尔哈赤还未到时，他们父子就南逃了，说冯佺的父亲贪生怕死。冯佺大怒，心想这本书肯定是熊廷弼找人写的，他要上奏。正好魏忠贤让所有阉党设法上奏请杀熊廷弼，谁能办到谁有功。冯佺那天在给熹宗讲完经书后，从袖中取出《辽东传》，说此书为熊廷弼摆功，暗讽皇上昏庸，诛杀功臣。熹宗把书读了，龙颜大怒，下令处斩熊廷弼，且传首九边。魏忠贤的阴谋得逞了。

熊廷弼在狱中被关了三年多，天启五年(1625年)八月二十五日半夜，圣旨到达，熊廷弼被押至西市，口吟绝命诗八十余行，慷慨赴死。受刑时，他立而不跪，刀斧手一刀砍下头颅，一腔冤血从颈腔直喷夜空，高达数丈。熊廷弼被杀时，才五十七岁。

锦衣卫总兵胡应龙带着装有熊廷弼头颅的特制铁桶，到宣府、大同、延绥、宁夏、甘肃、蓟州、山西、固原、辽东九大边关示众，每个地方示众三天。

当熊廷弼的首级传到辽东时，辽东当时的司政司已退至宁远城。宁远司政袁崇焕，曾经拜见过熊廷弼，两人讨论过守边策略。当时天已下雪，正是腊月间。宁远守军在袁崇焕的带领下，从挂在城头的熊廷弼的首级下经过。望着城头的首级，袁崇焕肝胆俱裂，他发出一声号令：跪下！宁远守军全体将士数万人齐刷刷地跪在雪地里，这一场景，吓得随行的锦衣卫总兵胡应龙胆战心惊。

熊廷弼死后，魏忠贤继续迫害熊廷弼的家人。熊廷弼有三儿二女，大儿子熊兆珪在狱中自杀，大女儿熊瑚触阶身亡，小儿子当时还是个孩子。

一百多年后，乾隆在审定史官编定的明史时，被熊廷弼的事迹所感动，做了批示："明之晓军事者，当以熊廷弼为巨擘。"乾隆下旨为熊廷弼平反，下诏书为熊廷弼建了两座祠堂。

熊廷弼的人生，我简略地向大家介绍了一遍。熊廷弼的人生，是悲剧的人生。我们分析这悲剧产生之原因，有以下两点：第一，历代封建王朝，皇帝昏庸、阉臣当道时，必有灾祸。熊廷弼所处明朝晚期，君昏阉臣乱朝，党争不断。正直忠义之臣，处处受掣肘，又不愿同流合污，最后只有悲剧收场。第二，性格决定命运，江夏熊氏，代代刚强，宁折不弯。熊廷弼为官，不请不送，不附和，性格过于刚强，许多人不喜欢他，不为他说话，都叫他熊蛮子，这是导致熊廷弼悲剧人生的另一个原因。

2020 年 11 月 3 日

第十七堂课　短篇小说的意蕴

老师们、同学们，大家好！

我今天给大家讲一讲纯粹的文学创作，讲一讲短篇小说的意蕴，这既可以帮助大家学习写小说，也可以帮助大家读小说。小说的读与写，对于热爱文学的人来说，是必备的功夫。你即使不写作，但读小说能读出其精髓，那也能“于我心有戚戚焉”。

作家晓苏有个比喻，说长篇小说是一位饱经风霜沧桑的八旬老妪，中篇小说是一位风情万种的半老徐娘，短篇小说是一位妙龄少妇。晓苏的比喻，有一定的道理。长篇小说是由一个较长的故事串连起一些情节，进行较有规模的叙事，这故事的场面或宏大或久远，反映一定的历史与生活，人物有主要人物，也有众多与情节事件有关的非主要人物。长篇小说给读者的是一种历史映照。中篇小说的篇幅居中，几万字，也要有故事，也要有人物。但中篇小说的故事不能太复杂，人物不能太多，它的故事集中、人物集中，才能给读者留下深刻的印象。中篇小说给读者的是一种比较直接的启示与明确的印象。那么短篇小说，它应该给读者提供的是什么呢？短篇小说的篇幅不能长，所以它叙的事不能大，甚至不是完整的，是一个侧面，是一个故事的横切面、倒影。它的人物也不是全面的，是某一个场景下的活动，是某一个阶段的经历。我们读短篇小说，主要不是读故事，也不是读人物，我个人认为，短篇小说给读者的，主要是一种意蕴。

什么叫意蕴？意蕴是文学作品里面渗透出来的理性内涵，包括意境、诗意，甚至是禅味。

文学作品分三个层面，即语言层面、意象层面和意蕴层面。读者读了作品后，伴随着意象在脑海里的形成和语言节奏的刺激，产生了初步的美感。但是突破意象表层去体悟作品的意象内蕴，即作品的意蕴，是文学作品欣赏的成败关键。短篇小说创作，如何打造意蕴，如何设置作品的意蕴，是创作成败的关键。

我们读一篇短篇小说，读到一个故事后，再也没有感受到其他的东西，那这个短篇小说就是一篇故事，可以投到上海的《故事会》杂志去。我们的许多短篇小说，虽说在这刊那刊上发表了，甚至被选刊转载了，却仍然只是一个故事，读者心中感觉不到意蕴之美。没有意蕴的短篇小说，肯定不是好小说。

我想就我读到一些作家的优秀短篇小说，和大家一起分析这些作家是如何营造短篇小说的意蕴的。这些见解完全是我个人的体会，仅供大家参考。

一、白描的手法、朴实的书写，营造出一种诗意和洁净

这里的三个关键词是白描、朴实和洁净。举两个当代作家的两个短篇小说为例。

现任中国作协和中国文联主席铁凝的成名作《哦，香雪》，这篇小说不到 8000 字，电脑软件统计的字数是 7692 字。小说发表于 1982 年，当时铁凝 25 岁，在河北

保定市文联《花山》杂志任小说编辑。《花山》杂志是一家地市级杂志。

《哦，香雪》写的是深山台儿沟村，十几户人家过着安定的农耕生活。突然一天铁路修到了山里，经过台儿沟。“两根纤细，闪亮的铁轨延伸过来了，它勇敢地盘旋在山腰，又悄悄地试探着前进，弯弯曲曲，曲曲弯弯，终于绕到台儿沟脚下，然后钻进幽暗的隧道，冲向又一道山梁，朝着神秘的远方奔去。”

铁凝的这段写铁路的语言，白描、朴实、灵动、有诗意。

火车在台儿沟有一站，每晚 7 点，只停一分钟。这短暂的一分钟，搅乱了台儿沟以往的宁静。“从前，台儿沟人历来是吃过晚饭就钻被窝，他们仿佛是在同一时刻听到大山无声的命令。”现在呢，台儿沟的姑娘们刚把晚饭端上桌就慌了神。铁凝这样写她们：“她们心不在焉地胡乱吃几口，扔下碗就开始梳妆打扮。她们洗净蒙受了一天的黄土、风尘，露出粗糙、红润的面色，把头发梳得乌黑，然后就比赛着穿出最好的衣裳。有人换上过年时才穿的新鞋，有人还悄悄往脸上涂点胭脂。尽管火车到站时已经天黑，她们还是按照自己的心思，刻意斟酌着服饰和容貌。”

她们是台儿沟村一群十七八岁的漂亮姑娘，她们打扮好自己后就朝火车经过的地方跑去。她们中有个姑娘叫香雪，总是第一个出门。火车在台儿沟站停下来后，姑娘们就朝车厢里看，看城里妇女头上的头饰，看她手上戴的比指甲盖还小的手表，还有放在行李架上的皮书包。姑娘们问在站台上只站一分钟的列车员：你们老待在车上晕不晕？房顶上那个大刀片似的，那是干什么用的？（她指的是电扇）烧水在哪儿？开到没路的地方怎么办？你们城里人一天吃几顿饭？

这群天真纯朴可爱的姑娘们，被铁凝写得活灵活现。

第二天，她们在同样的时间里又来了，她们会有新的发现。

后来，她们使“这五彩缤纷的一分钟，竟变得更加五彩缤纷起来，就在这一分钟里，她们开始挎上装满核桃、鸡蛋、大枣的长方形柳条篮子，站在车厢下，抓紧时间跟旅客和和气气地做买卖。她们踮着脚尖，双臂伸得直直的，把整筐的鸡蛋、红枣举上窗口，换回台儿沟少见的挂面、火柴，以及属于姑娘们自己的发卡、香皂。有时，有人还会等着回家挨骂的危险，换回花色繁多的纱巾和能紧能松的尼龙袜子。”

我们再看铁凝是怎么写香雪的：“香雪平时话不多，胆子又小，但做起买卖却是姑娘中最顺利的一个。旅客们爱买她的货，因为她是那么信任地瞧着你，那洁如水晶的眼睛告诉你，站在车厢下的这个女孩子还不知道什么叫受骗。她还不知道讲价钱，只说：你看着给吧！你望着她那洁净得仿佛一分钟前才诞生的面孔，望着她那柔软得宛若红缎子似的嘴唇，心中会升起一种美好的感情。你不忍心跟这样的小姑娘耍滑头，在她面前，再爱计较的人也会变得慷慨大度。”

这段描述简直就像香雪的晶莹的眼睛那样洁净。

香雪是个学生，是台儿沟唯一考上初中的人。她的同桌有只宽大的泡沫塑料材质的能自动合上的铅笔盒，她自己的笔盒是只木制的小盒子。香雪在火车上看到了一张堆满食品的小桌上放着的铅笔盒，一只装有吸铁石的自动铅笔盒，铅笔盒是位女学生模样的姑娘的。香雪提着一篮子 40 只鸡蛋，她跑到车窗边敲了敲玻璃，举起了篮子里的鸡蛋。女学生看了一篮子鸡蛋，抱歉地冲她摆摆手，没有开车窗的意思。不知怎么，香雪朝车门跑去，她上了车，准备用最快的速度换回铅笔盒。但是列车却无情地关上车门，载着香雪一路飞奔，台儿沟刹那间被抛在身后了。下一站西山，离台儿沟有三十里。

香雪上车后，红着脸告诉女学生，想用鸡蛋换她的铅笔盒。女学生也红了脸，一定要把铅笔盒送给她，并说自己在学校吃食堂，鸡蛋带回去没用。女学生的胸口的校徽，有矿冶学院的字样。旅客们劝香雪在西山口住一夜再回家，香雪把一篮子鸡蛋塞到女学生的座位下面，她一定要给女学生鸡蛋，她从来没有白拿过别人的东西。

香雪在西山口下车，她沿着铁路，冒着寒风，朝台儿沟走去。在路上，她碰到了来寻找她的台儿沟的姐妹们。

她用手背抹去泪水，举起铅笔盒，迎着对面的人群跑去。姑娘们喊着香雪的名字，古老的群山被感动得战栗了，它发出宽亮低沉的回音：哦，香雪！

读者如果想从这篇小说中读出一个精彩的故事，或者想从这篇小说中读出一个传奇式的人物，就会失望了。

《哦，香雪》给读者的是一种诗意的朴实的洁净的美。这就是意蕴。

这篇小说后来获全国短篇小说奖。1984 年，铁凝从保定调到河北省文联搞专业创作，后来担任河北省作协主席，之后又担任全国作协主席。《哦，香雪》对铁凝是何等重要！

我们再来分析另一位当代作家的作品。刘庆邦，号称短篇小说之王，他的短篇小说确实写得好。

刘庆邦有个短篇小说《鞋》，我数了数字数：8500 字。

《鞋》发表在北京文学上，获第二届(1997—2000)鲁迅文学奖短篇小说奖(第一名，以得票多少为序)。这是刘庆邦短篇中的名篇。这个小说写的事情很简单：一个姑娘给未婚夫做鞋。但刘庆邦把这件事写得起伏跌宕，清新自然而又韵味绵长。小说发表时好评如潮，还被作为高考题出现在试卷上。

“有个姑娘叫守明，十八岁那年就定了亲。姑娘家一定亲，就算有了未婚夫，找到了婆家。”刘庆邦开头就这么明白自然地叙述。定亲后守明就把那个人放在心里了，但又害羞。当媒人把那个人送来的几块布料作彩礼时，守明吓得躲进里间屋里，母亲替女儿把彩礼收下了，母亲倒不客气。接着母亲给她东西，妹妹要看这些东西，她不让看，把女孩那又羞又喜的心理表现得十分准确。定了亲，就要给未婚夫做鞋，这鞋做得怎么样？都有讲究。“先纳底，做帮儿，到缝合，需要几个环节儿，哪个节儿做不对了，错了针线，鞋就立不起来，拿不出手。做鞋是女孩子的一个关口，男方通过你的鞋来检验你的女红优劣，还要从鞋上揣测你的态度，看看你对人家有多深的情意。”守明姑娘把做鞋当作头等大事。刘庆邦把守明如何来做这双鞋写得细致不烦，把守明做鞋时的心理写得波澜起伏，把一个乡村纯朴善良可爱的姑娘刻画得栩栩如生。我们看到守明把鞋交给那个人时，就如看到守明把自己交给了那个人。那双鞋其实就是乡村姑娘守明。

我们读《鞋》，绝不是读故事，我们是读到了那中间的纯朴美丽洁净动人的意蕴。

《哦，香雪》与《鞋》同是营造意蕴的例子。

二、闲笔点睛，看似漫不经心，却似神来之笔

如何使小说的意蕴更加深远、深刻，让人读得心颤心动？达到看似漫不经心，却似神来之笔的效果？这一点，我也举两位作家的两个短篇小说为例。

鲁迅先生于1919年在《新青年》杂志六卷5号上发表了短篇小说《药》。这篇小说只有4500字，曾多年被收入中学语文课本。

华老栓的儿子华小栓患的是肺痨病，也即现在被称为肺结核的病。在抗生素类药物未出现之前，这种病基本是治不好的，患者最终会咯血而死。华老栓为治儿子的病，拿了银圆，到刑场找刽子手康大叔买到了一块蘸着人血的馒头，回家给儿子吃，据说人血馒头能治好痨病，但小栓吃了人血馒头，还是咳嗽，还是咯血，最后还是死了。这一年清明，华大妈在坟地右边的新坟前，摆了四碟菜，一碗饭，哭了一场，化过纸，呆呆地坐在地上，仿佛等候什么似的。小路上又来了一个女人，也是半白头发，褴褛衣裳，提一只破旧的朱漆圆篮，外挂

一串纸钱，三步一歇地走。她走到坟地左边的一座坟前，放下篮子。那坟与华小栓的坟一字排开，中间只隔一条小路。华大妈看她排好的四碟菜、一碗饭，立着哭了一通，化过纸还不走。那老女人徘徊观望了一回，忽然手脚有些发抖，跄跄踉踉退下几步，瞪着眼只是发怔。华大妈怕她过于伤心，便上前劝说，那人却指着坟头给华大妈看：这是什么？那坟上的野草还没全长合，露出一块一块的黄土。围着尖圆的坟顶，分明有人摆了一圈红白的花。

只说这无端出现在坟头的花圈，看似闲来之笔，却寓意多多。刽子手杀害的革命者是夏瑜，却实指被清政府杀害的女杰秋瑾。革命者的死，在民众中并未唤起革命的觉悟，还用馒头蘸革命者的血治病。是谁悄悄在清明时给革命者的坟头献上花圈呢，献上那红白相间的花圈？

这花圈是整个作品低沉恐怖氛围中的一道光，是黑暗中的一团火。因为这神来之笔，《药》这篇小说的意蕴深远了许多，根本改变了小说的格局，具有了革命性。

王安忆的母亲茹志鹃原是上海市作家协会党组副书

记，她于 1958 年发表在《延河》3 月号的短篇小说《百合花》，是她的代表作品。据说这篇小说写成后，茹志鹃投给了许多杂志，均遭退稿。后来在《延河》发表了。

《百合花》也只有 5800 字，写的是解放战争时的事。叙事人“我”是女文工团员，被分派到各个战斗连去帮助工作，团长叫通讯员送我到前沿包扎所去。通讯员大步在前面走，丢下我几丈远，然后又等我，当我快走近他时，他又蹬蹬地自个儿向前走，丢下我几丈远，然后又等我。我对这通讯员感起兴趣来了。我在后面打量他，高挑的个子，块头不大，但从他那厚实的肩膀看来，是个挺棒的小伙子。他穿了一身洗淡了的黄军装，绑腿直打到膝盖上。肩上的步枪筒里，稀疏地插了几根小树枝，这要说是伪装，倒不如算作装饰点缀。

我提出了休息一会后，通讯员就在远远的一块石头上坐下，背向着我。这是因为我是女同志的缘故。我故意到他面前坐下，看见他十分年轻稚气的圆脸，顶多十八岁。他看见我面对他坐下时，立即张皇起来，好像身边埋下一颗定时炸弹，局促不安。我与他拉话，他脸红得像个关公。小伙子是天目山人，十九岁，参军一年，在家帮人拖毛竹。问他娶没娶媳妇？他飞红了脸，更加忸怩起来，憨笑着摇头。

当我们起身赶路时，我看见他摘了帽子，偷偷用毛巾擦汗。走了半天路未出汗，与一个女同志说一会话，他出了一头汗。

我们到了包扎所，包扎所设在一所小学里，离前沿有三里路，因为部队的被子没有发下来，包扎所要到老百姓家借被子。我与通讯员进村借被子，他到村东，我到村西。不一会我借了三条，碰到他时，两手空空。问他时，他说："女同志，你去借吧，老百姓死封建。""哪一家？你带我去！"他带我到了一家，有蓝布红绸的门帘，两边还贴有对联，是个新媳妇家。新媳妇出来，我向她道歉，说我们的同志话没说好，又说了我们借被子的原因。新媳妇低着头，忍着笑。一会儿她从房里抱出被子，里外全新。被面绸洋缎，枣红底色，上面撒满白色百合花。这是她新婚的被子，我叫通讯员上去接。通讯员接了被子，慌慌张张转身就走，只听"嘶"的一声，衣服被门钩挂住，撕了一个口子。新媳妇赶忙拿针线，要给她缝上，通讯员高低不肯，抱着被子就走了。出门后，听人说，新媳妇刚过门三天。通讯员听说后，说："啊，我们送回去吧！"我说，已借来，再送回去，别人还多心，到时洗干净还她吧！

回到包扎所后，他向我敬过礼就跑开了，突然又停住，从挎包里拿出两个馒头，放在路边，说给我开饭。我取了馒头，看见他背的枪筒不知什么时候又多了一支野菊花，和那些树枝一起，在他的身边抖动着。他走远了，还见他肩上撕挂下来的布边，还在风里一飘一飘的。我后悔没给他缝上。

中秋之夜，乡干部送来了月饼，我咬了口月饼，想起了那小战士通讯员，此时可能正趴在工事里。

炮声响起，攻击开始了，伤员被断断续续送到包扎所，我拿着小本子登记伤员姓名。村里的一些妇女也来帮助照顾伤员，那位新媳妇也来了。这时，送来一个重伤员，上了年纪的担架员一把抓住我，希望我们一定要治好这位同志，"他是为我们而负的伤。我们十多副担架挤在一个小巷里，准备往前运，这位同志走在我们后面，可谁知道狗日的反动派不知从哪个屋顶扔下颗手榴弹来，手榴弹冒着烟在我们人缝里乱转。这个同志叫我们趴下，他自己一下扑在那个东西上了。”

新媳妇端着水站在伤员床前，短促地“啊”了一声。我走上前，看到了一张十分年轻稚气的圆脸，原来粉红色的脸色，现已变得灰白，他安详地合着眼，军装在肩头上，露着个大洞，一片布还挂在哪里。

医生来了，新媳妇正拿着针，一针一针缝他衣肩上的那个破洞。医生听了听通讯员的心脏，默默地站起身。他牺牲了。

新媳妇还在拿着针，细细地密密地缝着那个破洞。我伸手摸到了我身边的两个干馒头，那是他给我开的饭。

卫生员抬来一口棺材，动手揭掉通讯员身上的被子，要把他放进棺材里去。新媳妇这时脸发白，劈手夺过被子，自己把被子半条平平展展地铺在棺材底，半条盖在他身上。卫生员说：这是借老百姓的被子，要还的。

“是我的——”她气汹汹地嚷了一句。月光下，我看见她眼里晶莹发亮，也看见那条枣红底色上撒满百合花的被子，盖在这位平常的青年人的脸上。

茹志鹃这篇小说里面有两处闲笔，好像随意写的，但有这两处闲笔和没这两处闲笔，作品的意蕴是大不一样的。

一处是：小战士通讯员背的枪筒里扎着小树枝，后来又多了一支野菊花。看来是伪装，其实内里是反映出小战士热爱生活热爱美。他没娶媳妇，见了女同志就脸红，走路隔得远远的，坐下休息也隔得远远的。这么好的小伙子却在战争中死去，而且是在中秋之夜，令读者多么惋惜。小树枝、野菊花，大自然多么美好，和平多么重要！

还有一处是：通讯员抱被子转身离去，军装挂在新媳妇家的门钩上，扯破了一个洞。新媳妇要补，他不让。他把我护送到包扎所离去时，肩上的军装有撕破的布片在风中飘着。他为救担架队牺牲了，肩上的布片破洞还在，而新媳妇用针细细地密密地缝，满含泪水。

《百合花》这两处闲笔，使得这篇小说的意蕴更加深沉辽远，使读者心中的那种钝痛更重了。

三、出其不意的收尾情节，是提升短篇小说意蕴的砝码

俗话说，织衣织裤贵在开头，编筐编篓，重在收口。

打毛衣的，不论是上衣还是裤子，开头重要，篾匠编筐编篓，收口，也就是结尾重要。短篇小说重要之处在于其意蕴，而其结尾是多种多样的，但出其不意的收尾情节，能使作品的意蕴得到提升。

先举一个例子，迟子建的作品。

迟子建是我喜欢的作家之一，全国作家中获鲁迅文学奖次数最多的是她，她的长篇小说、中篇小说、短篇小说都写得好。长篇小说获得过茅盾文学奖。她的短篇写得很多，人民文学出版社出的“迟子建短篇小说编年”，已出到卷四，我在书店买了她的《北国一片苍茫》(卷一)、《亲亲土豆》(卷二)、《一坛猪油》(卷四)，差一本卷三，准备到网上书店补齐。迟子建的短篇小说讲究意蕴，即使是写的大苦难，也能透出徐徐暖气。

今天说说她的《亲亲土豆》，有13000多字。

这篇短篇小说的字数有点多，我简单地说一说情节。

礼镇家家户户都种着土豆，秦山夫妇是种土豆的大户，他们在南坡足足种了三亩。秋天时他们收获最多，然后进城卖土豆，卖的钱存起来。秦山又黑又瘦，他媳妇比他高出半个头，不漂亮但白净，温柔贤惠，两人在土豆地干活，总是并肩走。女儿粉萍9岁，跟在后面捉蚂蚱。秦山嗜烟如命，园子里种了许多烟叶。冬天，秦山天天坐炕头抽烟，他的牙齿和手指被烟熏得焦黄焦黄，嘴唇呈猪肝色。秦山咳嗽得厉害，双肩咳得像被狂风拍打着的一只衣架，只觉得五脏六腑都错了位，没一处舒服的地方。

妻子李爱杰陪秦山到城里看病，医生给秦山拍了片子，三天后，秦山夫妇再来，医生悄悄对李爱杰说："你爱人的肺叶上有三个肿瘤，让他到哈尔滨大医院里做进一步检查。"

李爱杰和秦山把存的钱取出来，带上烙饼和咸菜，坐火车到哈尔滨。秦山找最便宜的医院，妻子说要找最好的医院。

他们进了医院，做各种检查，花了不少钱，秦山查出肺癌晚期，癌细胞已经扩散。李爱杰听到医生下的结论后，觉得一下子掉进一口黑咕隆咚的井里，感觉不出阳光的存在了。医生说："如果做手术，效果也不会太理想。你考虑吧，要么就先用药物维持，不过最好不要让病人知道真实情况，那样会增加他的心理负担。"

李爱杰慢吞吞出了医生办公室，来到住院部大门前的花坛旁，很想对那些无忧无虑的花草哭上一场，可她的眼泪已被巨大的悲哀征服了，她这才明白绝望是没有泪水的。

李爱杰回到病房，装着高兴的样子对秦山说："你的病确诊了，就是普通的肺病，打几个月的点滴好了。"

"医生跟你说的?"秦山心凉地问。

"没有大病当然好，咱们来了一个多礼拜了，该是收土豆的时候了。"秦山说。

"你放心，咱礼镇那么多好心人，不会让咱家土豆烂在地里!"李爱杰说。

"自己种的地自己收才有意思。钱都在你手里把着，能不能给几百块钱我花花!"秦山说。

李爱杰给了秦山三百元钱。

病房不让家属陪夜，李爱杰在外面与人合租一间房子住。李爱杰与合租房子的病人家属王秋萍结下了姐妹情谊，两人互相安慰。同是苦命人，那天，她们买了一瓶白酒，两人喝得酩酊大醉。第二天醒来时已是中午，李爱杰急忙跑到医院病房。

秦山已经不在病房里了。

李爱杰从医院赶回礼镇，正是秋收的日子，家家户户都在南坡地里起土豆。她远远地看见秦山猫腰在自己家里地里起土豆，女儿跟在他身后用一只土篮子捡土豆。李爱杰从心底深深地呼唤了一声“秦山”，双颊便被自己的泪水给烫着了。

秦山一家人收完土豆后便安闲地过冬天。秦山消瘦得越来越快，几乎不进食。秦山在下雪的日子里挣扎了两天两夜终于停止了呼吸，礼镇的人都来帮助李爱杰料理后事。

由于天寒地冻，在这个季节死去的人的墓穴都不可能挖得太深，所以覆盖棺材光靠那点冻土无济于事的。人们一般都去拉一马车煤渣来盖坟，待到春暖花开了再培新土。

这篇小说，我简单介绍完了，其中我省略掉了土豆花开时对那种颜色和美的描写，秦山夫妇种土豆时的那种精心投入，对土豆的那种爱，土豆的各种各样的吃法，各种滋味的享受，迟子建写土豆写得很极致了。

小说到这里已经很优秀了，但是迟子建的收尾是：

当帮助埋葬秦山的人们套马车去拉煤渣时，李爱杰拦住他们，说秦山不喜欢煤渣。李爱杰从仓库里拎出几条麻袋，打开菜窖门，吩咐几个年轻力壮的人往麻袋里装土豆。

礼镇人看到了一个不同寻常的葬礼。秦山的棺材落入坑里，人们用铁铲将微薄的冻土扬完后，李爱杰再将五麻袋土豆倒在坟上。只见那些土豆咕噜噜地在坟堆上旋转，最后众志成城地挤靠在一起，使秦山的坟豁然丰满充盈起来。雪后疲惫的阳光挣扎着将触角伸向土豆的间隙，使整座坟洋溢着一股温馨的丰收气息。李爱杰欣慰地看着那座坟，想着银河灿烂的时分，秦山在那里会一眼认出他家的土豆地吗？他还会闻到那股土豆的特殊香气吗？

李爱杰是最后一个离开秦山的坟。她刚走了两三步，忽然听见背后一阵簌簌响动，原来坟顶上的一只又大又圆的土豆从上面掉下来，一直滚到李爱杰的脚边，停在她的鞋前，仿佛一个受宠惯了的小孩在乞求母亲那至爱的亲昵。李爱杰怜爱地看着那个土豆，轻轻嗔怪道："还跟我的脚呀！"

啊，真了不得，迟子建！这个出其不意的结尾，使得小说的意蕴一下子有了一种诗意的温暖与无限的恋意。

大家想想，有这个结尾与没有这个结尾，这个小说的区别有多大，我读这小说时想，迟子建为什么不叫《土豆坟》而叫《亲亲土豆》？后来理解了，前者冷，后者暖。

我已经引用并分析了五位作家的五个短篇小说，我最后要分析的一个作家的一个短篇小说，这个作家就是我，这篇小说是《东天一朵云》，东天是东方的东，不是春夏秋冬的冬，有不少人弄错过。

《东天一朵云》是 1993 年写的，8100 多字。20 世纪 90 年代开始，我不怎么写诗了，写起了小说，中短篇写了几十篇，放了 20 多年后，还能发表。写小说是不能赶时势的。《东天一朵云》发表在 2012 年 11 月的《福建文学》上，后来获得了湖北文学奖短篇小说奖。最近，有人已通知我，这篇小说入选了国家孔子学院拉美中心与古巴孔子学院编辑的《湖北短篇小说新作选》西班牙语版。

“文革”期间，60 年代末 70 年代初，全国大演样板戏。河南到湖北乡下跑码头的家庭戏班子，七八个人，年轻媳妇珍还抱着个 10 个月大的娃子。他们经过三叔队长的小村时，被三叔他们留下来演样板戏，一晚上 20 元钱。三叔三婶与女儿云、儿子改，是热心正直善良仁义的人家。女儿云 13 岁，上小学六年级，漂亮善良可爱。云对爹能让这些人在村里演戏高兴得不得了。三婶烧水做饭，让这些人有吃有喝有住，戏班子对三叔一家也感激不尽。在晚上演出前，云已经和戏班子里演主角的小媳妇珍熟得很，会帮助珍抱孩子。戏班子里只有珍有一块手表，价值 120 元，掌握时间用的。演出时锣鼓响亮，乡村里的稻场上坐满了邻近村的农民。珍一会演何庆嫂，一会演小常宝。云帮珍抱着孩子在幕后看演出。演员就几个人，一人多用，忙得不得了。这些河南人唱样板戏，唱出了豫剧的响亮。珍演的女角，演出了撩人的味道，乡亲们看得入神入醉。珍演出前，把手表摘下来递给云，云看演出入迷，接过手表，塞到抱着的孩子身上。演出完了，人们都走了。戏班子的人和队长三叔、贫协组长蛤蟆、会计五叔到三婶家吃夜宵。三婶下的面条煮荷包蛋，珍把孩子安抚睡了后，要看时间，想起手表交给云了，就向云要表。云到处找表，自己身上没有，孩子身上也没有，手表不知到哪里去了？13 岁的善良的云通红了脸，急哭了。手表不在她这里，但珍确实把手表交了呀！在场的人都愣了，那时的一块手表可不是一个小物件呀！河南戏班子里的人，甚至认为这里人这么好，看上去善良，却还有这一招呀？珍一度也这么认为。三婶问女儿："手表在哪儿？不要糊涂，不能给人说闲话，你还有几十年，你还要做人呀，要是把名誉坏了，一辈子抬不起头来。人家的东西是人家的，我们不要，我们是有志气的人家。你爹是有志气的人，是队长，今后怎么说人家啊！"三婶这一番叫女儿不糊涂的话，却是绝顶的糊涂。队长三叔在云脸红流泪拿不出手表来时，面对河南的戏班子和蛤蟆二伯、会计五叔，竟然像发怒的狮子一般，挥手给了 13 岁的女儿一个耳光，"啪"的一声脆响，在夜里传得好远。云的脸上印上了五道手指印，云痛苦得大哭起来。

一屋子人都来劝三叔，河南人也后悔了，领头人说算了算了！

三叔说："不能这样算了，我们这村子风气正得很，从来也没发生这类事情的，话好说，但名声不好听，今后我们怎么见人啦！云，你不消哭的，哭是没有用的。

你既然承认拿了人家的手表，你就要把手表交出来，交不出呢，你就不要活了。”

终于，大家散去了，准备明天再来处理这件事。

第二天早上，睡在三婶脚头的13岁美丽善良的云不见了，家里人、戏班子的人、村里人四处寻找，都没找到。

戏班子的人对坐在门槛上的三叔说：“是我们给你们带来了灾难，对不起了，我们先走了。”他们又四处走码头唱戏去了。

三叔坐在门槛上没动，朝戏班头挥了挥手，大颗的眼泪从眼窝里掉下来。

珍抱着娃子，跪在三叔三婶面前磕了个头，口里叫着：“云妹子，你回来哟，姐姐不怪你。”

这是个晴天，天上没有一丝云。

这里已是小说的终点了，好像该说都说了，一个善良美丽的乡村女孩子因为一个突发事件而失踪了，直叫人心里痛。

但是，我在后面还有个收尾，这个收尾能叫人心里的痛更痛，而且痛入骨髓，特别是对于云的父亲三叔、母亲三婶，还有弟弟改。

十年后，一伙年轻人在拆老戏台，他们决定在这里修个乡间俱乐部。戏台太简陋，是用红砖码起，没有用水泥凝结，有许多的砖缝。靠着东山墙根，坐着个老头晒太阳抽旱烟，看年轻人拆戏台。改也在里面，改已是个大小伙子了。

有个年轻人叫了一声："哎呀，这里有块手表，夹在砖缝里了！"

众人停了手脚，一齐看那表，那表一点也没锈蚀。

改走过去，改一把抓过手表，愣了愣。

改突然望着东边，蹲在地上大哭起来："姐呀姐呀，你是受了委屈了。姐哟，你在哪里，你快回来吧。手表找到了啊，姐！"

改的哭声瘆人，哭得人的毫毛直抖。

那时，靠着东山墙根的老头大叫了一声，吐了一口血，一头扎在地上。

那是三叔，云的爹。

改急忙跑过去，一边扶起老人，一边大声叫着："爹，爹，你怎么了？"

三叔缓缓睁开眼睛，却一句话也说不出来，只把眼向天上使劲看着，天上一朵洁白的云，轻盈柔弱，正悠悠地飘了过去。

我的这篇小说，写的是我乡间记忆，事情是我们少年时经历过的。我想写一种善良，写一种美的失去，让人心痛。但收尾加这个情节，让人心里更加痛。我想有这个收尾与没这个收尾是不一样的。我的目的应该达到了。

短篇小说的意蕴是短篇小说的灵魂精髓。沈从文、孙犁、汪曾祺，包括贾平凹的一些短篇，都是讲究意蕴的。

我不知道我说的是不是有一定的道理，谢谢大家！

2022 年 10 月 12 日

第十八堂课　汉正街与《万元户大世界》

老师们、同学们，大家好！

今天给大家讲我的一本书《万元户大世界》的写作过程。虽然说这事已过去三十多年，但改革初期的那种氛围那种热烈，作为历史仍然不可遗忘。而我作为作者之一，也可以说一说这本书的写作价值。

一、我们确定写汉正街

汉口有个汉正街。据明代《夏口县志》记载，汉江从西到东，码头云集，吞吐如山货物，汉正街初具规模。清代康熙、乾隆年间经济发展较快，汉正街成为汉口之正街。1987年之前，我没有去过汉正街，虽说我1971年到武汉上学，毕业后留汉工作共有18年。那时是改革开放之初，只听说汉正街有很多做生意摆摊子的个体户，都成了万元户，但是对于那条街、那些个体户的情况，我一点也不清楚。

我到汉正街，与徐世立一起写出长篇非虚构(那时称纪实文学)《万元户大世界》，纯属偶然。

1987年12月初，《今古传奇》杂志约我写一些反映当时改革开放的当代题材的作品。这本杂志当时发行量达百万册，发表的作品主要是武侠传奇故事，以历史题材居多，杂志的主办者想改变社会上人们对他们的批评，也想发表一些反映现实的作品，特别是强调改革与开放的作品。《今古传奇》时任主编是我的大学同学，当时他下派去地市任职，主持工作的是武汉军区创作组转业到地方的高子鲜。冲他两人的面子，这个任务我接受了。

我每年有半个月的创作假，但在15天内写一部长一些的反映改革开放的稿子，时间和我一个人的力量确实不够。我想找一个合作者，他能写且是快手，还要与我的风格合拍。我想到了徐世立，他是《武汉晚报》的记者，也写报告文学。我与徐世立说了，他很乐意地答应了，他也请了半个月的假。

《今古传奇》杂志社为我们在武昌饭店开了一间房，421号。12月17日，我与徐世立住进了饭店，但住在饭店里，我们对于写什么、怎么写，还没有任何的目标。我们带了不少的资料，这些资料都是在湖北改革开放中做出成绩来的各种典型人物或事件，媒体进行过报道，都有文字与图片。

我和徐世立关在房间里，翻阅着大量的报道，有杂志，有报纸，还有些打印的材料。徐世立在报社当记者，对武汉的情况比较熟，掌握的材料也比我多。我们一边研究材料，一边商量、讨论，寻找写作的对象。时间只有半个月，我们决定，这写作的对象最好限定在武汉三镇，采访方便，离家也近些，当然我们俩都做好了在饭店里住半个月的准备。

在一本杂志上，我们看到了汉正街小商品市场的报道，徐世立看了，然后转给我看了。这个比较简略的报道，写了汉正街小商品市场的三千多家个体商户，进行小商品批发，辐射湖北各地市，还辐射到河南、浙江等省，甚至辐射到国外。汉正街的小商品满街，人流涌动，生意兴隆，这些个体商贩赚得盆满钵满，多数已进入万元户的行列。

在20世纪80年代中期，万元户可是个不得了的数字啊。那时刚刚有稿费，一千字稿费标准为三至六元，上班的人工资每月只有几十元。我和徐世立在汉正街连续采访，觉得太辛苦，便到餐馆里改善生活，两个人点了几个炒菜吃了一顿，只花了10元钱。

万元户，汉正街有那么多个体经商者成了万元户。他们怎么成了万元户，这里是个万元户的世界，这里面有多少故事，有多少人物，有多少情节！

我与徐世立不约而同地说，就写汉正街，写汉正街的小商品市场，写汉正街的万元户。我们俩就讨论研究起来，怎么进入汉正街，怎么搜集材料，怎么采访。我们俩越讨论越兴奋，像捡了一块金子，像发了财。现在想起来，这真是命运所定。这本写汉正街文章的杂志，徐世立原本没带，是他临出门时，看到桌上有本杂志，就顺手带来了。这本杂志开启了我们的思路，引导我们找到一个好题材，到达了一个埋藏着富矿的宝山。我们讨论题目时，开始拟的是《万元户世界》，徐世立想了想，说加个大字吧，更气派更有力量。我说：“好!”

这一天，我们的工作很有效率。选定了写汉正街后，我们围绕着汉正街又找了些其他的有关资料。当时武汉有两个作家写过有关汉正街的小说，一个是邓一光，另一个是吕运斌。其中邓一光的小说写了汉正街过去打码头的故事，对我们的写作有帮助，比如说他写的湖南宝庆人打码头的材料，我就用进来了。

二、我们在汉正街采访

我们搜集并研究有关资料，确定写汉正街后，1987年12月18日，我和徐世立乘轮渡过汉口，到了汉正街。我是第一次到这里，从汉口码头上岸，进入一个跨街铁架圆门，门上焊着8个铁皮圆形牌牌，上面写“汉正街小商品市场”。进入这个门，到处是街巷，到处是熙熙攘攘的人，街两边摆着摊子，摊子后面是房子，房子里面装着货物，这也是门面。我和徐世立穿过人流，寻找汉正街管委会。我被汉正街的街巷搞得晕头转向，汉正街市场东起江汉区的三民路、集家嘴，西到硚口区的武胜路，南临汉口沿江大道，北至中山大道，它由多福路、大夹街、新安街、宝庆街等78条街巷组成，占地2.56平方公里。

我和徐世立找到汉正街小商品市场管委会，说了我们的来意，负责接待的人很忙，他表示欢迎，他说汉正街是全国有名的小市场，有20多个国家的人在这里交易。这是改革开放的结果。这个人说了半天，就是这些话，不具体。我和徐世立觉得这样采访不行，我们必须深入下去，要有具体故事、人物和场景。我们在管委会报了到，剩下的由我们自己去进行了。徐世立打电话找到了他在《武汉商报》当记者的朋友谈义，谈义很快到汉正街与我们会合，又找到了在汉正街管委会工作的刘汉平。

中午，我们四个人在一起吃饭，我和徐世立对谈义与刘汉平说了我们写作的打算，说了要写改革开放中汉正街的鲜活生动的、有故事情节的、有典型人物的大一点的作品。

刘汉平和谈义的到来，使我与徐世立在汉正街的采访柳暗花明，进展顺利。特别是刘汉平领我们拜访了汉正街个体户中的名人郑举选(郑麻瞎)之后，我们交谈甚欢。郑举选为人豪爽，他在家让人做了几个小菜，我们喝起酒来。他向我们讲了他自己，也讲了汉正街的许多他了解的人和他熟悉的人。

接下来的六天，我和徐世立有时分开，有时一起，在汉正街的林立铺子里，在如潮的人流中，开始了采访。有郑麻瞎的介绍，有谈义与刘汉平的引领，我们采访到了许多故事，认识了一批做生意的人。这些人中间有个体户，还有国营商店、街办企业的人，我们甚至采访到了一个后来出版了几部长篇小说但当时在当个体户的作家，他叫王仁昌。我们与个体户交谈，以诚恳交朋友的姿态向他们了解情况，我们从他们那里获取了大量的素材。我和徐世立早出晚归，中午在汉正街随便吃点什么，有时也有个体户请吃盒饭，我们很晚才回武昌饭店，乘轮渡最后一班船。六天六夜啊，马不停蹄，我们收获了，我们丰收了。

郑举选，在汉正街说这个名字，人们大多不知道，但如果说郑麻瞎，就人人皆知了，在汉正街上他是个传奇人物。我们的书，第一个人写的就是他，后来书出版发行时，与他发生了一些误会，经过沟通，得到了和平解决，那是后话。这个郑举选，在 2018 年中国改革开放 40 年纪念大会上，党中央、国务院授予全国 100 人为改革先锋，郑举选获此殊荣，是全国的个体户的代表。郑举选于 1940 年出生在汉阳侏儒山，5 岁因出水痘而麻了脸，眼睛也因生病而导致视力下降，近乎失明，中华人民共和国成立前夕逃荒落居汉正街，做小生意糊口，但一直不顺利。

党的十一届三中全会后，他决定东山再起，要在汉正街占一小块地方，做生意活命。1979 年 11 月，郑麻瞎领了个体经商户的执照。郑举选有了执照后，倾其全家所有的 15 元钱，开始了他新时期的创业，15 元钱啊，还是他卖冰棒卖了一个夏天才积攒起来的资本。

我们看郑麻瞎是怎么做生意的吧！收废品的刘老头从一家针织厂的垃圾堆里扒出了大批废弃的编织钩针。刘老头拿了一把来找郑麻瞎，说这东西卖废品值不了钱，让他看看还有没有用。郑麻瞎摸了摸，说加工一下，可以用来做家庭用的编织工具。郑麻瞎把刘老汉的钩针收购了，加工后，通过他的渠道批发给各地小贩子，一只钩针赚几厘钱，他是准赚不亏。

武汉毛笔厂制作毛笔杆时多下的竹节很多，这些零碎不齐的竹节在厂区堆成一座垃圾山，厂里决定搬掉这座垃圾山。郑麻瞎的妹妹在厂里工作，回来和哥哥谈天时说了这个事。郑麻瞎听了后，自己摸到了毛笔厂，找到厂长说："这个垃圾堆我搬了，我也不要你的工钱。"厂长高兴地答应了。郑麻瞎找到住在精武路的山东人，这些人是专门制作吹气球的哨嘴子的。老郑请他们把毛笔厂的竹节都搬去，用这些竹节制成哨嘴子，他再收购。这些哨嘴子他再卖给吹气球的。

空军中的空降兵用的降落伞的带子，用一段时间就报废了。老郑找到部队首长，要买这些报废的降落伞带子。部队首长说："你拖吧，便宜得很。"这些降落伞带子到了郑麻瞎手中，又成了宝贝。他请了一批民工，把降落伞带子加工成钥匙带子，批发到全国各地。在汉正街打工的民工，专门加工这种钥匙带子，后来也成了富裕户。

武汉有个打火石厂，有 200 多名职工，生产的打火石无销路，成吨成吨的打火石堆积在仓库里睡大觉，厂里发不出工资。听说汉正街的郑麻瞎本事大，厂长亲自上门拜访求助。郑麻瞎笑着说，都这个年代了，城里人谁还用装打火石的打火机呢？谁不是用一按就“扑”地冒火的气体打火机？这是 1983 年的事，那时乡村还大多用打火石的打火机。郑麻瞎说：“全部拖来，我想办法。”老郑把打火石分装在许多小包里，给他的销售队伍源源不断地销往乡间。打火石厂有钱发工资了，厂长感谢不已。

郑麻瞎的销售队伍，是一群盲人，这些盲人遍布在全国各地。

我和徐世立在汉正街，采访了许多个体户致富的典型，郑麻瞎是做得最好的，他做出了名，《加拿大周刊》记者南希·德黑姆女士到中国，特地到汉正街访问郑举选，回去后写了《个体户的春天》，文中说：小商品市场的个体户们也有自己的英雄，45 岁的郑举选就是勤劳、坚韧的中国人的典型。

我和徐世立在汉正街采访六天六夜，所获材料足够我们写一本书了。

三、《万元户大世界》书稿的误会

我在前面说过，我们与郑举选因为写他的外号闹了误会，后来得到和平解决。下面我就说说《万元户大世界》一书以及与郑举选闹误会的故事。

我和徐世立完成采访，回到武昌饭店，开始了写作。我们关在房间里日夜奋战，两人每天一人写一万字。那时没有电脑，我们是真正地“爬格子”，500 字的大稿纸，一天一人要写 20 张。

1987 年 12 月 31 日，是 1987 年的最后一天，《今古传奇》的负责人高子鲜和编辑晏艮忠一起，到武昌饭店看望我们，并请客结账。我们的稿子也基本写成了，我和徐世立约定带回家再改一下，元旦假期结束后，就给编辑部交稿。

1987 年的最后一天的中午，我们把为我们采访工作提供过帮助的谈义、刘汉平、乐建平等人都请到武昌饭店来，由高子鲜、晏艮忠代表《今古传奇》请客。

我和徐世立从武昌饭店各自回到家里，把各自的稿子进行打磨，元旦过后，我们把《万元户大世界》的稿子交给了《今古传奇》编辑部。原来打算写10万字的，现在有19万字了，远远超过了原来的计划，这当然令《今古传奇》编辑部的同志高兴。

《今古传奇》编辑部很快给了我们意见：很好，安排在1988年第三期头条发表。当时看稿审稿的是晏艮忠、高子鲜和蒋敬生。晏艮忠是武汉大学中文系毕业分配来的，高子鲜原是武汉军区创作组转业到的《今古传奇》的，蒋敬生是《今古传奇》的三个创刊人之一，写的历史小说特棒。这三个人的编辑水平无疑是值得信任的。

当时，湖北省文联有一个图书编辑部，他们把书稿也拿去了，准备放在江苏文艺出版社的"纪实文学丛书"中出版。

现在，应该说我们的事情做得比较成功了，任务完成得不错，我和徐世立各自回单位上班。如果没有后来发生的故事，我们的《万元户大世界》的写作就完满地完成了任务。

故事开始了。查我的日记：1988年6月16日一早，高子鲜给我打电话，说是《今古传奇》（双月刊）第三期不能按时发行，原因是第一章《郑麻瞎蜚声海内外》，引起了文中主人公郑举选的不满，他找到省委宣传部，说文中的名字写他叫郑麻瞎，是对他不尊重，提出要求撤稿。省委宣传部给省文联打了电话，指示刊物暂缓出版。

高子鲜问我怎么办？他们杂志社很着急。

这是个严重的问题。《今古传奇》当时发行一百多万份，当时刊物都印好了，只等装订送邮局。如果撤稿，造成的经济损失很大不说，不能按时发行，将严重影响刊物声誉。

这第一章是我写的，我们把郑举选放在开篇，而且从头到尾都是说他如何创业如何发展，都是说的好话，何来侵权之说？何况在整个采访写作过程中，我们关系一直处理得不错，在一起吃过几次饭喝过几次酒。我对高子鲜说，这事还是沟通协调为好，里面肯定有误会。

第二天，我和高子鲜一起赶到汉正街，先在管委会找到了领我们采访的刘汉平，从刘汉平处知道了事情的来龙去脉。

《今古传奇》在汉口的一家大印刷厂印刷，工人中有喜欢读书的，在排印《万元户大世界》时，读了中间的故事，十分喜欢，互相传阅。有一位女工也读了，这位女工看到稿子中写了她在汉正街的舅舅，而且是正面赞扬，很高兴。女工把清样悄悄带了一份回家，把清样交给了舅舅，她舅舅读了后很高兴，对我们两个作家写汉正街的改革开放给予了极高的评价。女工的舅舅看到稿子里把郑举选写得特别好，把他当一号人物歌颂，就把清样拿到郑举选家，目的是叫郑举选也高兴高兴。

郑举选的眼睛瞎了，是改革开放前在汉正街摆地摊时，被那些“围剿资本主义打击投机倒把”的人打瞎的。女工的舅舅到了郑举选家里，把清样上专写郑举选的一章读给郑举选听了，女工的舅舅事后说，当时郑举选听了后，“笑眯了”，并没有说不好的话。

当时，郑举选有个朋友在一边听了，对郑举选说：“你的大名叫郑举选，但是，他们这文章的题目叫你‘郑麻瞎’，是不是对你不尊重！”

关于“郑麻瞎”的叫法，我们采访时得到的材料是，在汉正街，大家都这样叫他，他从来就没有提出过异议。郑麻瞎是汉正街的一个响亮的名字，叫郑举选，人家不知道是谁；叫郑麻瞎，人人知道。过去人家叫他郑麻瞎，他都是乐呵呵地答应。

我和高子鲜在刘汉平处弄清楚了事情的经过后，就到郑举选的办公室里拜访。我们向他讲了我们是在对他进行正面宣传，“郑麻瞎”是一种坊间的叫法，我们只是借用，并无恶意，这是误会。

1988 年 6 月 18 日，下雨。郑举选应邀到了武昌，在《今古传奇》会议室，大家坐下来商谈，我也到了。

长篇纪实文学《万元户大世界》第一章的标题是《郑麻瞎蜚声海内外》。这一章是我写的，我曾把事情的经过给我的合作者徐世立说过，他表示没有办法，所以，在整个调解活动中徐世立都没有参与。

我在《今古传奇》会议室里，把原稿给大家读了一遍，又做了说明，希望郑举选谅解。中午，《今古传奇》请大家到东湖听涛酒家吃饭。

酒席上，我们继续商谈。饭后，郑举选回汉正街，约定下次再谈。

“郑麻瞎”事件发生后，我是食寝不安。这事处理不好，影响人家杂志的发行。

想个什么办法呢？我再次打电话给徐世立，他在《武汉晚报》工作，记者的采访任务重，无暇顾及。唉，就由我一个人顶着吧，谁叫这一章是我写的呢！

那时武汉市江夏区还叫武昌县，我的朋友在那里当文化局的副局长，他接我到纸坊去讲课。我在纸坊待了两天，高子鲜打电话叫我回来想办法。

我回到东湖省文联大院的家中，我与高子鲜见了面，商量来商量去，对于怎么说服郑举选，还是想不出办法。

我一个人在家里，把自己关在书房里，急得没有办法，我像个溺水的人，希望前面有一根救命的稻草。

我的书房里有几架子书，收到的杂志和报纸也很多。我舍不得扔掉这些旧报纸和杂志，这是因为少年时在乡下珍惜一切有字的纸而养成的习惯。那时在乡下，没有书读，对一切报刊书籍爱惜不已。我想，这些书报，说不定什么时候就能派上了用场。

就是我这个像葛朗台爱惜金钱一样爱惜书报的嗜好，在关键的时候起了作用。

我经常一个人在书房里流连，在书报刊中穿行，尽情地享受书报刊带给我的欣喜和快乐。我只要一进书房，或写作或阅读，我就会安静我就祛除烦恼。我希望我的书房，能让我走出困境，给我启示，找到那艘诺亚方舟，把我渡到岸上。

书房是个神奇的地方，书房是我此生不可离弃的地方，书房里有奇迹出现。

我在书房转悠的时候，看到了一堆旧报纸，我踢了这堆旧报纸一脚，觉得有点儿碍事，我想这堆报纸也该拿出去卖了。我虽然爱收藏旧报刊，但旧报刊堆积到一定的时间，我也会拿出去当废品卖的。当时我正烦躁着，没事好干。我想，干脆放松一下自己吧，把这报纸处理一下。我找来绳子，蹲下身子，开始捆扎这堆旧报纸。

这堆旧报纸有《湖北日报》《长江日报》《参考消息》等，还有一些其他报纸。我在捆报纸时，看到了一张《书刊导报》，这是武汉当时一份带点读书与文艺味的报纸，作家李德复当总编，每期都给我寄。是一种什么暗示？我拿起一张3月份出的《书刊导报》，从第1版看到第4版，第4版有一些广告。我平时看报是从来不看广告的，看广告不是无聊吗？是的，那天我有点无聊，我竟然鬼使神差地看到一则像香烟盒大小的广告，而且把那张《书刊导报》第4版上的香烟盒广告看完了。

我看到这个香烟盒大的广告是这样写的："我叫郑举选，雅号郑麻瞎，是武汉汉正街个体商户，我经营日用百货批发，有什么什么小商品，价格多少多少，购多优惠，欢迎光顾。"

什么什么？我把这则发在《书刊导报》第 4 版上的香烟盒广告看完了。我有点不相信自己的眼睛，我怎么看到了这则广告？谁让我看到这则广告的？是神吗？这世界没有神，只能是机缘巧合。

这则广告是郑举选做的无疑。你自己说你叫郑麻瞎，而且说郑麻瞎是雅号。什么是雅号？雅号是褒义词嘛。你自己花钱做广告说的，我的文章按照你自己说的雅号称呼你，这怎么是不尊重你呢？

那天那个时候，我夫人和儿子上班的上班上学的上学去了，我一个人在书房里突然哈哈大笑起来，我笑出了眼泪。我找到了！我找到了一件和解的武器，啊，生活，生活中怎么有这么巧的事呢？这真是一个"今古传奇"！

我胸有成竹，我不慌不忙，我坐下来，摊开稿纸，写了一份关于写作《万元户大世界》一稿的备忘录，把我们写作的初衷和写作的过程，以及“郑麻瞎”名字的来源都做了详细的说明。我对高子鲜说，《万元户大世界》的稿案，我找到了“郑麻瞎”的依据了，没问题。

高子鲜连声说好。

这一天，我睡了十多天来的第一个安稳觉。

1988年6月27日，星期一，我拿了备忘录和《书刊导报》的广告，叫上高子鲜，一起到了中共湖北省委宣传部，见了文艺处处长肖光烛、副处长邹明山，我们把《书刊导报》的广告和备忘录交给他们。肖光烛和邹明山看了报纸和备忘录后，笑了。他们说：没问题了，杂志你们快点出版吧！

我们再一次找到郑举选，我把那张《书刊导报》上的广告给他看了，他哈哈大笑说：“好了，好了！你们不用撤稿了，这是误会，误会！”他请我和高子鲜吃了饭。

1988年第三期《今古传奇》很快就出版发行了，避免了经济损失，也没有拖期。江苏文艺出版社当时出版了一套很有名的“纪实文学丛书”，《中国农民大趋势》《中国西部大监狱》《东方大爆炸》等都收入其中。很快，我们的《万元户大世界》也收进这套“纪实文学丛书”中出版了。

《万元户大世界》在《今古传奇》发表后，引起了读者强烈的反响，我们收到上百封读者来信，都是表扬这部作品反映了改革开放的成果，是一部好作品。

《万元户大世界》是第一本写汉正街的长篇非虚构文学作品。后来，有再写汉正街的文学作品和电视剧，我看了其中的内容，有一些是受过我们作品的启发的。

《万元户大世界》后来获得《今古传奇》第二届(1985—1988)优秀作品创作奖。

后来，我和郑举选又见过面，我们成了朋友。我对郑举选是尊敬的，作为工商个体户，他在改革开放中，敢为人先，领头搞小商品批发，带动了全国著名的汉正街小商品市场，是有贡献的。2018 年中国改革开放 40 年时，他被评为改革开放 100 个先锋人物之一，是实至名归的。

这就是我在汉正街写《万元户大世界》一书的故事，我想，我的文学经历，与许多人与事有缘分，令我永远不忘。

这里我还要说一点的是，当年带我们采访的刘汉平后来不幸在恩施出车祸去世了，与这个稿子关系重大的高子鲜大哥也于今年年初去世了。我永远地感激他们，记住他们。

2023 年 5 月 31 日

后　记

读完《十八堂课》的校样后，觉得要写这篇后记，原来是不准备写的。这本书是一个偶然的收获。2012 年退休后，我应邀到《芳草潮》当特邀主编。《芳草潮》是办给农民工看的大型报道型文学杂志，一共办了九年。

当时，湖北田野集团的老朋友周宝生对我说，你到武汉东湖学院来当教授吧！我说我还在编杂志呢。他说，那你给我们干点什么事呢？我说，给武汉东湖学院当驻校作家，每学期讲一堂课，我发表作品人家要发简介时，就写上武汉东湖学院驻校作家。

我在武汉东湖学院讲了九年课，每学期讲一个题目。武汉东湖学院是一所理工科大学，我就给他们开办一个人文系列讲座。现在收在这本书里的讲稿，除了个别篇章外，都是在武汉东湖学院讲过了的。

朋友问我，干吗不重复讲呢，每次讲一个问题，多费事呀？有人不是一个稿子讲遍天下么。是的，我可以重复讲，因为每学期听课的学生不一样，不影响听众的效果，但我觉得重复还是不好。况且，在这些讲稿中，也有一些是我在其他地方讲过了的，我只保证不给学生们讲重复的内容。

这些讲稿，已经有一部分在《长江文艺评论》《写作》《长江丛刊文学评论》《文学教育》《长江文艺》《雨花》《知音丛书》《新文学评论》《读者空间》发表过。

现在我把这些讲稿集起来，编成这本《十八堂课》出版。感谢武汉东湖学院给我提供了平台，感谢老朋友周宝生写序，感谢书法家旭宇题写书名，感谢武汉大学出版社出版。

作者

2023 年 9 月 15 日，武昌翠柳街